Günter von Lonski
Hass verjährt nicht

Im Verlag CW Niemeyer sind bereits folgende Bücher des Autors erschienen:

Das letzte Lied
Tödlicher Wind
Mord auf dem Schützenfest
Bittere Medizin
Eis!
Teufelskralle
Elend!
Alarm im Pfannkuchenhaus (Kinder-Krimi)
Royal Flash
Ich, Zwölf
Gewissenlose Gier
Lange Finger in der Klassenkasse (Kinder-Krimi)

Bibliografische Information der Deutschen Nationalbibliothek
Die Deutsche Nationalbibliothek verzeichnet diese Publikation in der Deutschen Nationalbibliografie; detaillierte bibliografische Daten sind im Internet abrufbar über http://dnb.ddb.de

www.niemeyer-buch.de

Umschlaggestaltung: Carsten Riethmüller
Der Umschlag verwendet Motiv(e) von 123rf.com
Druck und Bindung: Nørhaven, Viborg
Printed in Denmark
ISBN 978-3-8271-9443-5

Günter von Lonski

Hass verjährt nicht

6. Hannover-Krimi mit Marike Kalenberger

CW Niemeyer

Der Roman spielt hauptsächlich in allseits bekannten Stätten von Hannover, doch bleiben die Geschehnisse reine Fiktion. Sämtliche Handlungen und Charaktere sind frei erfunden.
Spezielle Informationen wurden den allgemein zugänglichen Internetquellen entnommen.

Über den Autor:

Günter von Lonski wurde 1943 in Duisburg-Laar geboren. Er studierte an der Hochschule der Künste in Berlin. Seit 1981 schreibt er Romane, Krimis, Jugend- und Kinderbücher, Hörspiele, Kurzgeschichten, Glossen, Satiren und Schulbuchbeiträge. 2010 erhielt er den Rolf-Wilhelms-Literaturpreis der Stadt Hameln. Günter von Lonski ist verheiratet, hat zwei Kinder und lebt in der Nähe von Hannover. Er ist außerdem Autor von bereits fünf erschienenen Weserbergland-Krimis „Das letzte Lied", „Tödlicher Wind", „Bittere Medizin", „Teufelskralle" und „Gewissenlose Gier", in denen der akribische Journalist Hubert Wesemann ermittelt - spannend, unterhaltend, mit einem Schuss Humor und Ironie. „Hass verjährt nicht" ist nach „Mord auf dem Schützenfest", „Eis!", „Elend!", „Royal Flash" und „Ich, Zwölf" der sechste Hannover-Krimi aus der Feder von Günter von Lonski.

Mehr über Günter von Lonski und seine Aktivitäten erfahren Sie unter www.vonlonski.net

2015

„Wohlauf, Kameraden, auf's Pferd, auf's Pferd!", Polizeiobermeister Martin Matthes beendet das Telefongespräch und nimmt seine Dienstmütze vom Haken.

„Och, nö", nölt PMAnw Beeke Dettmer, eigentlich Polizeimeisteranwärter und dann auch noch ein -in. „Meine Schuhe sind noch nicht mal trocken von dem Verkehrsunfall auf der B217."

„Liebe Freunde! Es gab schönere Zeiten als die unsern – das ist nicht zu streiten! Und ein edler Volk hat einst gelebt", zitiert Matthes wieder Friedrich Schiller. Er zitiert bei jeder Gelegenheit Friedrich Schiller.

Davon werden Dettmers Schuhe auch nicht trocken. Sie zieht ihre Lederhalbschuhe an, verkrampft ein wenig, läuft die ersten Schritte sehr, sehr vorsichtig, muss sich beeilen – Matthes ist schon am Dienstwagen.

„Was ist denn überhaupt los?", fragt Dettmer, nachdem sie sich auf den Beifahrersitz gewuchtet hat.

Warum haben die jungen Beamtinnen alle so dicke Hintern?, überlegt Matthes, zu meiner Zeit ... gab es gar keine Frauen im Polizeidienst. Oder nur sehr wenige. Und die waren schlank und ... „In der Nähe vom Annaturm", sagt er.

Der Annaturm ist – ohne Antennen – ein 28 m hoher Aussichts- und Richtfunkturm auf dem etwa 405 m ü. NHN hohen Bröhn, der höchsten Erhebung des Höhenzugs Deister im Calenberger Bergland, südwestlich von Hannover. Matthes könnte einiges über Turm und Gaststätte berichten, doch wer sollte ihm zuhören?

Dettmer nimmt die Mütze vom Kopf, wirft sie auf den Rücksitz.

„Eine nasse Dienstmütze schlägt man nach außen aus", Matthes verdreht die Augen, „was hat man euch nur auf der Polizeischule beigebracht?"

„Wie man griesgrämige Kollegen erträgt", murmelt Dettmer, „wo fahren wir überhaupt hin?"

Pause. Frontscheibenwischer an, aus, an, Heckscheibenwischer an, aus. „Die Jägerallee hoch und dann müssen wir schauen."

„Wonach?"

„Hab ich nicht so genau verstanden, und das Telefongespräch war plötzlich weg."

„Ach nee."

„Wir müssen eben aufpassen, da steht irgendwo ein dunkelgrüner Mazda. Der Anrufer hat Pilze gesammelt."

„Bei dem Wetter?"

„Pilzsammler sind von außen und innen imprägniert, wie sollten sie sonst ihre Sammelleidenschaft überleben?"

„Ich esse nur Mu-Err-Pilze beim Chinesen", sagt Dettmer.

„Gesammelt von kurzsichtigen chinesischen Omas oder rachsüchtigen Jungrevolutionären!"

Der Regen prasselt gegen die Windschutzscheibe.

„Müssen wir da wirklich raus?" Dettmer schaudert es. „Ich glaub nicht an den Toten und wenn, dann hält er sich bei dem Wetter auch noch bis morgen."

„Was ist das nur für eine Dienstauf... – da steht der Mazda."

„Und der Pilzsammler sitzt im Auto, weil's ihm im Wald zu nass ist."

„Keine Ausreden, der Mann muss hinaus ins feindliche Leben, muss wirken und streben und pflanzen und schaffen, erlisten, erraffen ..., Schiller, Die Glocke."

„Dann muss der Mann eben, ich bin eine Frau."

„Kultur kann auch Frauen nicht schaden."

Der Mann im dunkelgrünen Mazda lässt aufs Anklopfen die Seitenscheibe herunter. „Sie haben angerufen?", fragt Matthes. Eine Qualmwolke strömt aus dem Auto, Matthes muss husten, er hat sich bereits vor Jahren das Rauchen abgewöhnt.

„Ja."

„Können Sie uns bitte den Fundort der Leiche zeigen?" Wasser läuft Dettmer in den Jackenkragen.

„Könnte ich, aber nicht bei dem Regen. Immer den Waldweg hinauf, nicht weit und dann auf der rechten Seite."

„Kommen Sie morgen um zehn ins Polizeikommissariat, da müssen wir ein Protokoll aufnehmen."

„Um zehn Uhr?", ereifert sich der Pilzsucher, „Morgens?"

„Da fällt mir ein, der Termin ist belegt, also um acht. Weiterhin Fungi heil!"

„So ist's recht", sagt Dettmer, als sie widerwillig losstapfen, „den Chinesen beleidigen und dem Italiener die Pizza aus dem Ofen reißen."

„Stets ist die Sprache kecker als die Tat."

„Schiller?"

„Die Piccolomini!"

„Kenn ich nicht, Ihre Pizzeria?"

„Die Piccolomini – von Friedrich Schiller."

„Lass die Leute reden und hör ihnen nicht zu, die meisten Leute haben ja nichts Besseres zu tun."

„Goethe?"

„Nee, Die Ärzte!"

„Wehe, du lässt dich krankschreiben!"

Es ist keine kurze, es ist eine bis auf die Haut klatschnassmachende Strecke. Dettmer niest bereits, Matthes lutscht irgendwelche pflanzlichen Pillen gegen Bakterien und Viren.

Sie hätten den Hochstand bestimmt nicht gefunden, wären nicht plötzlich drei oder vier Rabenkrähen streitend aufgeflogen.

Sie müssen über den Graben neben dem Schotterweg springen. Sicher, Matthes könnte Dettmer seine Hand reichen, aber einer Polizeimeisteranwärter-in? Ihr rechter Fuß schafft die Böschung, ihr linker nicht. Den Flüchen nach zu urteilen ist Dettmer bereits Polizeimeister mit Amtszulage.

Sie stapfen über einen schmalen Pfad zu dem windschiefen Hochstand hinüber. Ganz oben auf der Leiter sind zwei Beine in jägergrüner Hose zu sehen.

Matthes wackelt an einzelnen Leitersprossen. „Ich steig schon hinauf", sagt Dettmer, „sonst stehen wir heute Abend noch hier und spielen Xylophon."

Sie kommt bis zu den Beinen, Matthes ruft: „Nichts berühren", und Dettmer will sich in den Innendienst versetzen lassen.

„Was kannst du sehen?"

„Er riecht streng."

„Wonach?"

„Nach Pisse und ... Exkrementen."

„Hast ja doch was gelernt auf der Polizeischule."

„Ich muss gleich kotzen."

„Untersteh dich!"

„Sein Hintern hängt mir genau im Gesicht und der Rest liegt auf dem Hochstand, der linke Arm unter dem Körper, der rechte über dem Kopf, er hat ein Gewehr in der Hand, in seiner Gesäßtasche steckt ein Portemonnaie."

„Mitbringen!"

„Gewehr oder Portemonnaie?"

„Beides!"

„Geht nicht, das Gewehr ist verklemmt!"

„Portemonnaie reicht."

„Wie ekelig."

„Versuch mal, ihn am Hosenbund zurückzuziehen."

Dettmer fasst den Kerl nicht an, stöhnt aber unter vorgespielten Anstrengungen. „Er bewegt sich keinen Zentimeter. Mindestens zwei Zentner schwer."

„Dann komm runter."

„Ja, Chef, natürlich, Chef, sofort, Chef!"

Als Dettmer wieder auf dem Waldboden steht, schiebt Matthes sie zur Seite. Einsatzfreudig betritt er die erste Sprosse, die zweite, die dritte - er reckt sich nach den Füßen des Toten. „Das ist wirklich etwas viel verlangt ..." Er bricht seine Bemühungen ab und kehrt zurück zum festen Boden. „Den kriegen wir da nicht runter, ohne alle Spuren zu verwischen."

„Es könnte ein Herzinfarkt gewesen sein."

„Leicht beieinander wohnen die Gedanken, doch hart im Raume stoßen sich die Sachen."

„Schiller?"

„Wer sonst?"

„Ernst Messerschmid."

„Kenn ich nicht."

„Raumfahrer!"

Matthes überlegt, schaut zum Toten hinauf, wischt sich die Regentropfen aus dem Gesicht. „Wir müssen uns nach Spuren umsehen." Er sucht den Trampelpfad und das angrenzende Unterholz ab. Dettmer konzentriert sich auf den Hochstand. Keine Fußabdrücke auf dem Grasboden, Blut wäre längst abgewaschen, abgerissene grüne Knöpfe lassen sich im Grün des Waldes kaum finden. Dafür die halbe Schale eines Vogeleis, ein vollgesogener Tampon, bestimmt nicht von dem Kerl da oben, und ein Einwegfeuerzeug. Gelb.

Dettmer würde lieber morgen weiter Spuren sichern, kann aber nicht einfach so tatenlos herumstehen. Sie bückt sich nach einem Stöckchen und kratzt dann unbeteiligt an der Leiter des Hochstands herum. Plötzlich stutzt sie, schaut sich den rechten Holm genauer an. „Chef."

Matthes wird aufmerksam. „Was gibt's?"

„Ich weiß nicht."

„Dann such weiter."

Augenblicke später: „Cheeef! Hier sind Spuren! Echte Spuren!"

Mit ausholenden Schritten übersteigt Matthes das Unterholz. Schon beugt er sich über Dettmer, sie tritt irritiert zur Seite.

„Das könnten Biss- und Kratzspuren von einem größeren Tier sein. Oder?"

Matthes schaut, denkt nach, kratzt sich hinter dem linken Ohr, schaut genauer und dreht sich zu Dettmer. „Hatte er einen Ausweis im Portemonnaie?"

„Woher soll ich das wissen?"

„Schau nach!"

„Ich? – Ach so." Dettmer zieht das feuchte Portemonnaie aus ihrer Jackentasche. „Ausweis vorhanden."

Matthes sucht nach seinem Handy, wählt die Nummer der Polizeidirektion Hannover und lässt sich mit dem K1 verbinden. Er nimmt Dettmer den Ausweis ab. „Ein Todesfall im Deister. Annaturm. Ungewöhnliche Spuren vor Ort. Könnte sich um einen Kriminalfall handeln. Der Mann hieß Harald Perkuhn. Die Koordinaten? Moment." Er wendet sich an Dettmer. „Die Koordinaten!" Dettmer schaltet ihr Handy ein. Es dauert eine Weile, bis sie die Daten abgerufen hat. Matthes meldet sich wieder bei der Kriminalfachinspektion in Hannover und gibt die Daten durch. „Sie übernehmen? Ich stell eine Beamtin an die L401, die Sie einweist." Er beendet das Gespräch und steckt das Handy in die Innentasche seiner Dienstjacke.

„Eine Beamtin?", fragt Dettmer. Ihre Augen senden Todesstrahlen.

„Schon gut, schon gut, der Kowalski in Pattensen muss auch mal an die frische Luft."

„Gute Entscheidung!"

„Ach, es war nicht meine Wahl. Schiller, Die Jungfrau von Orleans."

1945

Otto Perkuhn, Erbhofbauer aus Mohmense, führt einen Dorftreck mit 3 Wagen, 1 Schlitten und 9 Pferden. Seine Familie besteht aus ihm, 24 Jahre alt, seiner Frau Elfriede, 23 Jahre alt, seinem Sohn Klaus, 1 1/4 Jahre alt, und seiner 63jährigen Schwiegermutter.

Am 24.01.1945 gegen 18 Uhr verlassen sie das Dorf Mohmense, Kreis Rastenburg ohne Treckbefehl, vor der anrückenden russischen Armee. Es herrscht eisige Kälte, 15 Grad minus, der Schnee liegt über einen Meter hoch. Nachdem sie das Vieh von den Ketten gelassen und die Futterkrippen noch einmal gefüllt haben, steigen sie auf den schwankenden, hoch bepackten Leiterwagen, der gegen Nässe und Kälte mit einem Holzdach verschlossen worden ist, und verlassen den Hof.

Der Wagen wird von 2 Pferden gezogen, eins wurde als Mitläufer an den Wagen angebunden.

Die gepflasterten Straßen sind alle mit Flüchtlingstrecks und Militärfahrzeugen verstopft. Sie kommen nur langsam auf vereisten Nebenstrecken voran. Ihr gesamter Treck besteht aus 12 Wagen und braucht für die Strecke bis zum Frischen Haff – Luftlinie ca. 100 Kilometer – fast 6 Wochen. Sie fahren Tag und Nacht, manchmal im Kreis, oft müssen sie den nachrückenden Truppen ausweichen und in Gräben und Felder hineinfahren. Der Schlitten behinderte so sehr, dass sie ihn nach kurzer Zeit in den Graben gekippt haben.

Sie werden von russischer Infanterie und Artillerie beschossen und springen immer wieder vor russischen Tieffliegern in Deckung. Trotzdem erreicht der Treck das Haff ohne Menschenverluste, obwohl die Säuglinge und Kleinkinder weder Milch noch wärmende Speisen bekommen haben. Otto Perkuhns Schwiegermutter füttert den kleinen Perkuhn nach Vogelart mit vorgekautem Essen, so entgeht er der gefürchteten Durchfallerkrankung, da die Lebensmittel bei der Kälte alle gefroren sind. Ab und zu erhalten sie etwas aus einer Feldküche oder können den mitgeführten Sauerteig bei längerem Aufenthalt aufbacken. Es ist Ende Februar, als in der Nähe von Braunsberg das Haff vor ihnen liegt, und damit beginnt der Elendsweg über das Eis. Jetzt gilt die besondere Sorge den Pferden. Haben sich die übermüdeten Tiere bis dahin nach jedem Halt im Treck wieder vom vorgehaltenen Heu und Stroh des vorherfahrenden Wagens zum Weiterziehen antreiben lassen, so fällt der Anreiz nun weg, die Wagen müssen 50 m Abstand halten. Inzwischen hat es etwas getaut, dadurch ist unter der oberen Eisschicht eine verharschte Decke entstanden, in welche die Pferde immer wieder einbrechen.

In nicht enden wollender Kette fahren die Wagen über das Eis, immer wieder vorbei an eingebrochenen Wagen mit

Pferden, aber auch Menschenleichen. Dazwischen laufen Fußgänger mit Schlitten, auf denen die Jüngsten und Ältesten sitzen.

Sie fahren meist nachts, da über Tag die Tiefflieger kommen. Sie fliegen so niedrig, dass man die Piloten sehen kann. Viele springen in Panik von den Wagen, die Pferde gehen durch und brechen ins Eis ein. Otto Perkuhn kann seine scheuenden Pferde kaum noch halten, doch es geht gut. Viele Menschen wälzen sich schreiend auf dem Eis, es ist ein grauenvoller Anblick. Viele fahren jetzt rücksichtslos auf das Ufer zu. Noch einmal greifen die Flieger an, dann ist zunächst Ruhe.

Die Verletzten werden geborgen und ans Ufer gebracht. Niemals wird wohl festgestellt werden können, wie viele Menschen den Schreckensweg über das Haff machen mussten und wie vielen es zum Grab wurde.

Nun soll Otto Perkuhn mit seiner Familie über die schmale Nehrung entlang in Richtung Westpreußen fahren. Aber auf diesem Weg hat sich die russische Artillerie bei Tolkemit in Stellung gebracht und sich bestens eingeschossen. Darum entschließen sie sich mit ihren Nachbarn, in der Nacht auf dem Eis entlang der Küste weiterzufahren.

Die Wagen müssen alle hintereinanderfahren, denn abseits des mit Stangen gekennzeichneten Weges hält das Eis nicht mehr.

Nach 3 Tagen erreichen sie endlich bei Stutthof festes Land, am 20. Februar 1945. Tauwetter erschwert nun die Weiterfahrt und der Futtermangel für die Pferde wird zur Katastrophe. Sie mögen die Pferde nicht anhalten, denn sie fürchten, sie würden nicht wieder anziehen. So trecken sie durch den Werder und erreichen eine Stunde vor Brückensprengung die Stadt Dirschau an der Weichsel. Spätere Trecks werden mit Fähren übergesetzt, oft unter russischem Artilleriebeschuss.

Mit 3 Wagen aus dem Dorf geht es weiter Richtung Pommern. Im letzten Dorf vor der pommerschen Grenze ziehen Perkuhns Pferde nicht mehr. Nach mehreren vergeblichen Versuchen kommen sie, sicher auch wegen des Kleinkindes, mit einem pferdebespannten Militärwagen weiter, steigen auf einen Lastwagen um und gelangen schließlich auf einem Sanitätswagen unter häufigem Artilleriebeschuss nach Gotenhafen.

Sie beziehen eine Baracke. In der Nacht wird die Nachbarbaracke von einer Granate zerfetzt. Sie bekommen mit dem Kind eine Schiffskarte und machen sich zu Fuß auf den Weg zu dem angegebenen Hafenbecken. Immer wieder bricht die Schwiegermutter vor Schwäche zusammen, das letzte Stück muss sie zum Schiff kriechen. Es ist ein kleines Vorpostenboot. Hätte Otto Perkuhn geahnt, welche Sicherheit die kleinen Schiffe im Gegensatz zu den großen bedeuten, er wäre bei der Abfahrt nicht so verzweifelt gewesen.

Sie fahren am 15. März 1945 als Geleit für zwei große Passagierschiffe nach Westen. Oft gibt es Torpedoalarm. Als sie es einmal wagen, an Deck zu gehen und rückwärts schauen, werden sie Zeugen, wie eines der großen Schiffe, mit Flüchtlingen beladen, sinkt. Es ist auf eine Mine gelaufen.

Vor Swinemünde erleben sie einen Fliegerangriff auf die Stadt. Als sie sich endlich dem Landungssteg nähern, müde, abgekämpft und verzweifelt, brechen sie vor Freude in unkontrolliertes Schreien aus. Doch sie dürfen nicht an Land, sondern steigen auf ein Küstenfahrzeug um. Über das Stettiner Haff werden sie nach Ueckermünde gebracht. Sie sind der Hölle zunächst entronnen.

Von Ueckermünde sollen Züge nach dem Westen fahren. Alles stürmt zum Bahnhof. Nach vielen Stunden fährt ein Zug ein. Perkuhns drängen sich hinein. Niemand weiß, wohin der Zug fährt.

Eine Nacht sitzen sie hungrig im kalten Zug. Würden ihnen nicht besser ausgestattete Flüchtlinge etwas zu essen gegeben haben, wäre Klaus wohl gestorben.

Über Stralsund geht es nach Bremen und weiter nach Hannover. Dort treffen sie abends um 18 Uhr am 28. März 1945 ein. Es ist ein milder Frühlingstag. Rot-Kreuz-Schwestern stehen bereit, um Alte und Kranke auf Wagen abzutransportieren, so auch Otto Perkuhns Schwiegermutter. Alle anderen werden an verschiedenen Orten in der Stadt untergebracht. Nach zehn Wochen Flucht schlafen sie wohl das erste Mal ohne Angst.

An den folgenden Tagen werden sie auf die Gemeinden des Umlands verteilt. Perkuhns kommen nach Ronnenberg. Es gibt kaum ein Haus in der Gemeinde, in dem nicht auch der letzte Raum belegt wird. Perkuhns beziehen mit 4 Personen 2 Zimmer auf dem Hofgut Rieken. Kein Bad und das Plumpsklo neben dem Misthaufen. Die außerordentlich beengten Wohnverhältnisse, der Mangel an Arbeits- und Verdienstmöglichkeiten, die Unterschiede zwischen der schlesischen Mundart und der hannoverschen Sprechweise und vieles andere mehr führen zu manchen Unzuträglichkeiten zwischen den Besitzern des Hofguts und den einquartierten Flüchtlingen. Doch sie leben, sind gesund und werden sich beweisen.

Calenberger Bote, 12. März 1946

ZWEI

2015

„Lass es noch zweimal klingeln“, sagt Urs Obanczek, „oder besser noch dreimal, du könntest gerade auf der Toilette sein und ich in der Kantine.“

„Keiner geht freiwillig in unsere Kantine!“ Marike Kalenberger nimmt den Hörer ab. „Kalenberger, Apparat Obanczek ...“ Dann hört sie dem Anrufer zu, verzieht keine Miene, sagt „Ich werde es ihm ausrichten“, notiert ein paar Zahlen und legt auf.

„Wem wirst du was ausrichten?“

„Dir!“

„Und?“

„Eine Leiche im Deister, unklare Todesursache.“

„Warum hast du meinen Namen genannt?“

„Der Anrufer wollte den Kommissar sprechen.“

„Das ist Rufmord und wird hart bestraft.“

„Also los, an die Arbeit.“

„Es regnet.“

„Im Deister scheint die Sonne, außerdem werden wir erwartet.“

Obanczek steht stöhnend auf, holt seine wetterfeste Jacke aus dem Schrank und fährt den Computer herunter.

Lässig schlendert er zur Tür, dann zwei, drei schnelle Schritte, doch Kalenberger ist schneller und greift sich die Autoschlüssel von der Ablage. „Ganz schön anstrengend, dich zur Vorgesetzten zu haben.“

Rasant parkt Kalenberger den Dienstwagen aus, übersieht fast Horst Zieker, K3 Wirtschaftskriminalität, und biegt auf die Waterloostraße ein, ohne den Blinker zu setzen.

„Schmeiß das Blaulicht an", sagt Obanczek, „ich will heute pünktlich Feierabend machen."

„Vergiss es."

B6, B65, B217.

Kalenberger schweigt und fährt. Gestern Abend mit einem Western im Fernsehen eingeschlafen. Irgend so ein alter Schinken, von dem sie nicht mal den Titel behalten hat. Die Handlung ohne Erinnerungswert. Nur ein Bild ist hängen geblieben. Eine karge Steppenlandschaft, ein kugelförmiges Gespinst aus fingerdicken Zweigen irrt umher, bleibt an einem Dornbusch hängen, reißt sich los, hastet ein Stück knapp über dem Boden und taumelt dahin, ohne Ziel einem unerreichbaren Horizont entgegen.

Obanczek im Hier und Jetzt klammert sich an den Haltegriff über der Tür.

Ronnenberg, Wennigsen, Springe. „Und weiter?", fragt Kalenberger.

Das Navi ist ausgefallen, hat wohl jemand versucht, NDR 2 drauf zu hören. Obanczek greift nach seinem Handy, gibt die übermittelten Daten ein. „Jägerallee, übernächste rechts."

Der Regen hat nachgelassen, es nieselt noch ein wenig. Neben dem blauweißen Streifenwagen steht ein junger Polizist. Möglichst unauffällig lässt er seine angerauchte Zigarette verschwinden, als er den ankommenden Wagen sieht.

„Kowalski, Polizeistation Pattensen. Ich soll Ihnen das geben." Er reicht Obanczek einen Plastikbeutel mit einer abgegriffenen Geldbörse. „Das Portemonnaie des Toten." Obanczek gibt den Beutel an Kalenberger weiter.

„Und wo finden wir ihn?"

„Weiß ich nicht, ist nicht mein Revier. Außerdem muss ich zurück nach Pattensen, wir sind unterbesetzt." Kalenberger tritt ganz dicht vor den Polizeibeamten. „Natürlich. Versteh ich. Man ist auch nur Mensch." Aber plötzlich verengen sich ihre Augen. Sie zischt wie die Cappuccino-Maschine im K2. „Keinen Zentimeter bewegen Sie sich von der Stelle, bevor wir nicht wissen, wo der Tote zu finden ist."

„Moment!" Kowalski zieht sein Handy. Kalenberger dreht sich um und betrachtet die Gegend. Sie muss den armen Menschen nicht weiter verunsichern. Bäume. Kleine Bäume, große Bäume, Gestrüpp und Luft. Viel Luft, frische Luft, gute Luft.

„Ist nicht weit", Kowalski steckt sein Handy in die Tasche, „nur ein wenig versteckt." Er lässt die Türschlösser an seinem Streifenwagen klacken und marschiert los.

„Wir hätten Gummistiefel mitnehmen sollen", sagt Obanczek.

„Wird schon nicht so schlimm werden und wenn doch, trägst du mich ein Stückchen." Der junge Beamte hat bald einen Vorsprung von acht bis zehn Metern. Immer wieder schaut er durch den Baumbestand auf der rechten Seite, plötzlich bleibt er stehen, zeigt in den Wald hinein und sagt: „Da!" Sofort zeigt sich in seiner Körperhaltung die Tendenz zur Umkehr. Kalenberger sieht ihn an und Kowalski bläst die Backen auf.

Sie stapfen zu dem Hochstand hinüber, und plötzlich sind die Bäume verkappte Duschköpfe, das Gestrüpp schlägt mit nassen Peitschen um sich und die frische Luft ist einfach zu frisch für Großstadtlungen.

Obanczek holt noch einmal aus: „Gummistiefel wären ..."

„Bei jeder Greenpeace-Demonstration bist du ganz vorne dabei und jetzt ist dir das bisschen Natur schon zu viel."

„Schau dir mal meine Schuhe an!"

„Nein!"

Sie sind am Fuße des Hochstands angekommen. Oben auf der Leiter der große Hintern in einer prall gefüllten Hose.

Obanczek besieht sich die Kratz- und Bissspuren an der Leiter. „Könnten von einem größeren Tier stammen."

„Von einem Wolf?"

„Das wäre dann was für die Bildzeitung. Wir überlassen die Spurensicherung wohl lieber unserer Kriminaltechnik."

„Einer muss da rauf!", sagt Kalenberger.

„Natürlich", sagt Obanczek, „klar, nur wer?"

Beide schauen Kowalski an. „Ich hab Höhenangst."

„Gar nicht schlecht." Kalenberger wendet sich an Obanczek. „Der könnte gut in unsere Gruppe passen."

Kowalski wittert Beförderung. „Ich könnte außen an dem Stützkreuz hochsteigen, um wenigstens mal reinzuschauen."

„Eine professionelle Idee!" Kalenberger weiß zu motivieren.

Kowalski stapft durch Gras und Unterholz auf die andere Seite des Hochstands.

Ein Windstoß fegt durch den Wald und entlässt die gespeicherten Wassermassen einer mächtigen Buche auf Obanczeks kahlem Schädel. Oder ist es ein Ahorn?

„Warum bekommen wir immer die beschissenen Einsätze?" mault Obanczek. „Es könnte doch auch mal ein Giftmord in der Markthalle oder ein aufgespießter Museumswärter im Landesmuseum sein."

„Ich hol die Kriminaltechnik“, sagt Kalenberger und tippt auf ihr Handy.

Obanczek zieht den Ausweis des Toten aus dem Portemonnaie. „Harald Perkuhn, wohnte in Hannover.“

„Dann planen wir einen kleinen Zwischenstopp für unsere Rückfahrt ein.“

„Och, nö. Ich habe einen wirklich dringenden Termin.“

„Ich hätte heute Theaterprobe.“

„Du gehst doch schon seit Monaten nicht mehr hin.“

„Spionierst du mir ...“

„Ich überlege die ganze Zeit, wie er hierhergekommen ist.“ Obanczek zeigt auf die Hosenbeine des Toten.

„Er könnte gelaufen sein?“

„Jäger laufen nur ungern. Am liebsten fahren sie doch mit ihrem SUV-Mercedes bis unter den Hochstand.“

„Dann hätten wir in unmittelbarer Umgebung sein Auto sehen müssen, zumindest in der oberen Jägerallee, na ja, darum kann sich auch der Kriminaldienst kümmern!“

„Sieht übel aus.“ Kowalski hat sich auf der Rückseite des Hochstands hochgehangelt. Sie hätten ihn beinahe vergessen. „Der liegt hier schon seit ein paar Tagen und hält sich am Gewehr fest.“ Kowalski könnte wirklich in ihre Gruppe passen. „Ich komm lieber wieder runter, bevor ich den Kollegen die Spuren verwische.“

Langweilig, so im Nieselregen zu stehen und auf die Ankunft der Kriminaltechnik zu warten. Kowalski rutscht von einem nassen Balken, fällt aus anderthalb Metern Höhe ins Gras.

„Wir lassen ihn doch besser hier“, sagt Kalenberger, „ein Obanczek reicht mir.“

Kowalski rappelt sich auf, tritt zu den beiden Kollegen. „Nun stecken Sie sich schon eine Zigarette an", sagt Kalenberger. „Auf den Schreck hin macht die Dienstvorschrift eine Ausnahme."

Kowalski zieht eine Zigarettenpackung aus der Tasche, bietet Kalenberger eine Zigarette an, sie schüttelt den Kopf, hält Obanczek die Packung hin. Obanczek lehnt ab. „Hat sie mir vor Jahren abgewöhnt." Er grinst Kalenberger an.

So ein Wald kann ganz schön langweilig sein für Menschen mit Hummeln im Hintern. Da dehnen sich die Minuten schnell zu Stunden.

Kowalskis Handy meldet sich. Er spricht kurz, legt auf. „Bei der Polizeiinspektion ist ein Anruf eingegangen. An der L401 steht ein Audi R8 mit offener Kofferraumklappe, vom Fahrer weit und breit keine Spur."

„Damit sparen wir uns wohl den Hubschrauber", sagt Kalenberger. „Sie kommen!" Mit dem Kopf zeigt sie in Richtung Hauptweg. „Die Kriminaltechnik trifft ein." Ein Geländewagen lässt den Schotter auf der Piste spritzen.

„Die wühlen sich wie immer skrupellos durchs Naturschutzgebiet und wir ..."

„Damit ist Ihr Einsatz beendet", sagt Kalenberger zu Kowalski, „die Einweisung der Kriminaltechnik übernehmen wir."

Kowalski flucht leise, streicht die Asche der angerauchten Zigarette an einem Baum ab und steckt die Zigarette zurück in die Packung.

Bianca Sonnenberg schaut im Vorübergehen kurz in den schmalen hohen Spiegel. Keine zwanzig mehr, aber auch noch keine fünfzig. Sie hat noch ihre Wirkung, wenn auch der Kreis der Bewunderer überschaubarer geworden ist.

Sie streicht ihre rubinrote Bluse über der weißen Leinenhose glatt. Weiß und Rot, Kontrast und Harmonie, Sekt und Selters.

Sie setzt sich in die Ecke der weißen Ledercouch, greift sich das Tablet von der Lehne. Jetzt ist er schon zwei Nächte nicht nach Hause gekommen, und wenn er dann kommt, wird er sie mit einer billigen Ausrede abspeisen. Wenn er überhaupt eine Erklärung abgibt.

Sie startet das Tablet, ruft ihre E-Mails ab, nur Müll. Alexej ist online.

Alejex, zweiundzwanzig Jahre jünger als sie. Er weiß, was ihr guttut.

Alexej: Hallo, ist da draußen jemand, der ein einsames Herz aufmuntern kann?
Alexej: Alle lieben Brad Pitt und wer liebt mich?
Alexej: Nun komm schon, schenk mir ein einziges Wort.
Bianca: Nervensäge!
Alexej: Bist du allein?
Bianca: Er ist seit zwei Tagen nicht nach Hause gekommen.
Alexej: Also sturmfreie Bude?
Bianca: Untersteh dich!
Alexej: Okay, okay. Darf ich mich wenigstens ins Auto setzen und vor euerm Haus parken?
Bianca: Was soll das denn?
Alexej: Nur, um in deiner Nähe zu sein!
Bianca: Du bist süß. Aber du weißt, dass ich verheiratet bin.
Alexej: Davon habe ich am Donnerstag nicht allzu viel gemerkt.

Bianca: Ich flirte eben gern.
Alexej: War das nicht ein bisschen mehr als flirten?
Bianca: Ich gebe zu, deine blauen Augen haben mich verwirrt.
Alexej: Nur meine Augen?
Bianca: Deine Lippen, deine Hände und ... am Abend bin ich in deinen Armen eingeschlafen.
Alexej: Ich spüre noch deinen Atem, deine Haut ...
Bianca: Ich hab mich im Traum an dich gekuschelt.
Alexej: Danke für dein Foto!
Bianca: Es ist nicht besonders gut.
Alexej: Ich brauche es schon gar nicht mehr anzusehen. Wenn ich die Augen schließe, bist du bei mir! Ich habe Verlangen nach dir und deiner Zärtlichkeit. Ich möchte dein Haar spüren, deine Haut, deinen Mund - ich möchte mehr!
Bianca: Ich schließe die Augen und stelle es mir wunderbar vor. Ich würde dir gerne so viel geben.
Alexej: Dann lass mich in deine Arme fliegen. Jetzt gleich. Darf ich kommen?
Bianca: Komm nicht zu früh! (lacht) Ich weiß einfach nicht, wann Harry wieder aufkreuzt.
Alexej: Wär doch nicht schlecht, wenn dein Alter für immer ...
Bianca: Daran habe ich auch schon gedacht.
Alexej: Bei seiner schlechten Konstitution braucht man sicher nur ein bisschen nachzuhelfen und schon ...
Bianca: Wir kennen uns noch nicht lange genug. Ich weiß einfach nicht, ob ich dir vertrauen kann.
Alexej: Vertrauen ist doch nicht von der Zeit abhängig!
Bianca: Allein an dich denken, macht mich glücklich!

Alexej: Mein Herz gehört dir. Und wenn du willst, auch mehr.

Bianca: Unsere Zeit wird kommen. Es hat geklingelt. Vielleicht ist sie schon da?

„Guten Tag, Kriminalpolizei Hannover, mein Name ist Kalenberger und das ist mein Kollege Obanczek."

Kalenberger hält ihren Dienstausweis vor das Videoauge der Türsprechanlage. Es dauert einen Moment, bis die Türe geöffnet wird. „Kripo?", fragt die schlanke Frau in der halb geöffneten Tür.

Kalenberger steckt ihren Ausweis in die Handtasche, Obanczek zieht seinen Bauch ein.

Kalenberger holt den sichergestellten Ausweis aus ihrer Handtasche. „Herr Harald Perkuhn ist unter dieser Adresse gemeldet. Wohnt er hier?"

„Ja."

„Und wer sind Sie?"

„Bianca Sonnenberg. Ich bin seine Frau ohne Trauschein."

„Dann müssten wir mit Ihnen sprechen. Können wir bitte reinkommen?"

„Aber natürlich", sagt Bianca Sonnenberg und gibt die Tür frei. Durchquert den Vorraum des Wohnbereichs, alles weiß, Marmorfußboden, dazu drei antike Statuen auf eigenständigen Sockeln verteilt im Raum.

Abrupt bleibt Bianca Sonnenberg stehen. „Um Gottes willen, ihm wird doch nichts passiert sein?"

„Können wir uns bitte irgendwo setzen?"

Bianca Sonnenberg nickt, steigt die drei Stufen zum eigentlichen Wohnbereich hinauf, viel Silber, weiß, geometrisch gemusterter Teppich, riesiger Esstisch aus alten Holzbohlen, eine Ledersitzgruppe vor den raumhohen Fenstern zur Terrasse mit anschließendem Grün.

Bianca Sonnenberg weist auf die Sitzgruppe.

„Wann haben Sie Herrn Perkuhn zuletzt gesehen?"

„Vorgestern." Bianca Sonnenberg bleibt vor der Sitzgruppe stehen. In den Händen knetet sie ein weißes Taschentuch.

„Geht es etwas genauer, bitte?"

„Wir hatten keine Lust, auswärts zu essen, und haben uns Ente vom Chinesen bringen lassen. Danach hat Harry einen Anruf auf seinem Handy erhalten und musste noch mal los. Nun sagen Sie schon, was mit ihm ist."

„Wann war das ungefähr?"

„So gegen acht, ich habe die Sachen in die Küche gebracht und mir dann die Tagesschau angesehen."

„Und danach haben Sie ihn nicht mehr gesehen oder gesprochen?"

„Nein."

„Und Sie waren nicht beunruhigt, dass Ihr Mann nicht wieder zurückgekommen ist?"

„Harry hatte gelegentlich, nun ja, überraschende geschäftliche Termine, für die er sich viel Zeit genommen hat?"

„Er war also nicht besonders treu?", fragt Obanczek.

„Wir hatten Vertrauen zueinander. Was ist denn nun geschehen? Hatte er einen Unfall? Ist er schwer verletzt?"

Kalenberger schaut Obanczek an. Obanczek hüstelt, schluckt. „Harald Perkuhn wurde im Deister auf einem Hochstand entdeckt."

„Ach, dann war es gar kein geschäftlicher Termin?"

„Er muss schon vor zwei bis drei Tagen gestorben sein."

„Neiiin!“ Bianca Sonnenberg schreit auf. „Tot? Wie schrecklich. Harald ist tot!“ Sie greift sich an den Kopf und lässt sich in einen der Sessel fallen. „Ich kann es nicht glauben. Er darf nicht tot sein! Woran ist er denn gestorben?“

„So weit sind wir noch nicht mit der gerichtsmedizinischen Untersuchung.“

Bianca Sonnenberg weint und schluchzt auf. Sie drückt sich das Taschentuch vor den Mund, ihre Wimperntusche zerläuft, es kümmert sie nicht. „Hat er sich selbst ...“

„Wohl kaum“, sagt Kalenberger, die Bianca Sonnenberg aufmerksam beobachtet. „Es könnte ein Herzinfarkt gewesen sein.“

„Aber warum dann die Kripo?“ Bianca Sonnenberg ist kaum noch zu verstehen.

„Da waren Spuren“, sagt Obanczek, „die von der Kriminaltechnik noch nicht zugeordnet werden konnten.“

„Oh, Gott, oh, Gott!“ Bianca Sonnenberg verbirgt das Gesicht in ihren Händen, ist kaum noch zu verstehen. „Ich kann doch ohne ihn nicht leben. Was mache ich jetzt nur?“

Obanczek: „Hat sich Ihr Mann in letzter Zeit vielleicht außergewöhnlich verhalten?“

Bianca Sonnenberg reißt die Hände vom Gesicht, springt auf. „Was sind Sie nur für Menschen! Mein Mann ist tot und Sie bedrängen mich mit Ihren unverschämten Fragen.“

„Frau Sonnenberg, es ist wichtig. Je mehr wir über den Toten erfahren können ...“

Bianca Sonnenberg lässt sich wieder auf den Sessel fallen. „Lassen Sie mich jetzt bitte allein. Gehen Sie – bitte!“

Kalenberger gibt Obanczek einen Wink. Sie stehen gleichzeitig auf. „Wollen Sie wirklich allein bleiben? Wir könnten eine psychologische Betreuung organisieren."

„Danke, nein, gehen Sie ganz einfach. Wenn ich Probleme bekomme, werde ich mich an meine Therapeutin wenden." Bianca Sonnenberg schluchzt auf.

„Sie können jederzeit anrufen, wenn Sie Hilfe brauchen oder Ihnen etwas einfallen sollte." Obanczek legt eine Visitenkarte vor Bianca Sonnenberg auf den Glastisch.

„Gehen Sie! Gehen Sie!"

Kalenberger nimmt Obanczek am Arm, will ihn mit sich ziehen.

„Vielleicht ...", flüstert Bianca Sonnenberg. Kalenberger und Obanczek werden sofort aufmerksam. „Vielleicht fragen Sie mal seine Arbeiter in der Biogas-Anlage in Ronnenberg, wann sie Harry zum letzten Mal gesehen haben. Ziehen Sie die Tür einfach ins Schloss!"

Als die Tür mit einem dumpfen Ton zufällt, zählt Bianca bis zehn, dann nochmals bis zehn, steht auf und geht ins Bad. Sie wirft das zerdrückte Taschentuch in den Weidenkorb, wäscht sich das Gesicht.

Sie sieht sich selbst im Spiegel an, holt tief Luft, hält einen Augenblick inne und lächelt sich beim Ausatmen kurz zu.

Sie setzt sich in ihre Kuschelecke auf dem Ledersofa, nimmt das Tablet auf die Knie. „Alexej, bist du noch da?"

DREI

„Was du heute kannst besorgen“, sagt Kalenberger, „wir fahren nach Ronnenberg und sehen uns die Anlage an.“

„Aus der Richtung kommen wir doch gerade, außerdem - welche Anlage?“

„Na, die Anlage eben. Hast du dich denn noch immer nicht bei unseren Kollegen informiert, was sie über Harald Perkuhn wissen?“

„Willst du nicht lieber anrufen und ich fahre? Es wird um diese Jahreszeit sehr schnell dunkel.“

„Ich fahre“, sagt Kalenberger, „und du telefonierst.“

„Vielleicht solltest du mal einen Sehtest machen?“

„Blödmusiker!“

Also wieder B217 mit Kalenberger am Steuer.

Obanczek telefoniert eine Weile, macht sich Vermerke in sein aufgeschlagenes Notizbuch auf dem rechten Knie. Nicht ganz einfach bei Kalenbergers energischer Fahrweise. Schließlich legt er auf. „Und?“, fragt Kalenberger.

„Moment, ich muss meinen Magen beruhigen.“

„In deinem Alter ...“

„... hatte ich noch gar keinen Magen. Also: Harald Perkuhn, genannt Harry, achtundfünfzig, Unternehmens- und Finanzberater. Keine relevanten Vorstrafen, Mitglied der CDU, ihr wirtschaftspolitischer Sprecher, zweiter Vorsitzender der Calenberger Jägerschaft und Betreiber der Ronnenberger Biogasanlage. Bevor du mich wieder unterbrichst: Ronnenberg Richtung Gehrden, nicht zu verfehlen, sagt Google.“

„Biogasanlage?“

„Ich sage nichts, solange du weiter so durch die Gegend bretterst - na, geht doch. Wenn man die richtigen Leute kennt, bekommt man für alles eine Genehmigung. Auch als Privatperson. Perkuhn hatte einfach die richtigen Verbindungen und den richtigen Riecher, wie man aus Scheiße Geld macht."

„Riecher?"

„Riecher!"

Abfahrt B217, dann K231, nach ungefähr zwei Kilometern vorbei an Äckern, einem überfahrenen Pelztier und einem trainierenden Rennradfahrer meldet sich Kalenbergers Nase. „Es kann nicht mehr weit sein", sagt sie.

„Ist es auch nicht." Obanczek schaut auf sein Handy.

„Da!", sagt Kalenberger und zeigt nach rechts zur Windschutzscheibe hinaus.

„Falsch", sagt Obanczek. „Die smaragdgrünen Ü-Eier gehören zur Kläranlage. Nach der Linkskurve scharf rechts abbiegen."

„Mit Navi kann das jeder, ich verlasse mich lieber auf die eigene Nase."

„Jetzt sind wir da. Sind sie nicht schön, unsere capriblauen Rieseneier? Man könnte sie mit den smaragdgrünen zu einem Gesamt-Ensemble verbinden und zur Documenta-Reife bringen. - Künstlerisch gesprochen."

„Überleg lieber, wie wir da reinkommen." Kalenberger steigt aus und betrachtet das massive abweisende Eisentor.

„Tja, wie kommen wir da rein?" Obanczek sieht nicht das Tor an, sondern Kalenberger. Kalenberger schaut Obanczek an. „Nein", sagt Obanczek, „die Hose hat fast einhundertfünfzig gekostet."

„Ist Gefahr im Verzug?"

„Nee!"

„Schade, sonst hätten wir das Einsatzkommando bestellen können, so mit Flutlichtscheinwerfern, Maschinenpistolen, Mauerbrechern und so." Kalenberger steigt auf den unteren Rahmen des Tors, keine zehn Zentimeter über dem Erdboden.

„Da ist nichts", Obanczek drängt es zum Feierabend. „Wir können doch morgen wiederkommen."

„In dem Wohncontainer brennt Licht."

„Hat bestimmt ein Arbeiter brennen lassen. Man braucht nicht zu sparen, wenn man den Strom selber macht."

„Stimmt." Kalenberger steigt wieder vom Torrahmen. „Nur eine ausgeruhte Kripo ist eine gute Kripo. Wir sehen uns das alles morgen in aller Ruhe an."

Endlich. Es wird schon dunkel, als sie auf den Parkplatz an der Waterloostraße einbiegen. Obanczek hat es eilig, Kalenberger wird den Dienstwagen zurückgeben.

Obanczek meldet sich im Büro von seinem Computer ab, holt seinen Motorradhelm und läuft die Treppen zum Parkplatz hinunter. Ob er noch Blumen besorgen soll, um sich für seine Verspätung zu entschuldigen?

Er startet sein Motorrad, auf nach Leiferde, hoffentlich sieht sie nicht so aus, wie der Ort klingt.

B3, B188, Richtung Wolfsburg. Ganz schön viel Verkehr. Dafür umso weniger, als er auf die L283 Richtung Leiferde abbiegt. Nur wenige Autos kommen ihm entgegen, hinter ihm formiert sich eine kleine Motorrad-Gruppe, fünf Maschinen zählt er im Rückspiegel. Eine der Maschinen setzt zum Überholen an. Kein Problem, die Straße ist breit genug. Doch der Fahrer bedeutet Obanczek anzuhalten. Plötzlich spürt Obanczek die Bedrohlichkeit der Situation, er verlangsamt sein Tempo, als wollte er anhalten, doch dann gibt er Gas, um abzuhauen.

Vergeblich. Die Gruppe schließt wieder auf und jetzt wird Obanczek massiv bedrängt. Um nicht im Straßengraben zu landen, biegt er in einen Waldweg ein und weiß sofort, dass es ein Fehler war.

Die Motorradfahrer umringen ihn mit ihren schweren Maschinen, einer stellt sein Bike ab, öffnet das Visier und geht auf Obanczek zu.

„Unser Boss schickt uns, wir sollen dir einen schönen Gruß von ihm ausrichten."

Obanczek öffnet ebenfalls das Visier an seinem Helm. „Euer Boss?"

„Du hast ihm ein Motorrad verkauft."

Jetzt weiß Obanczek, dass die Sache nicht gut für ihn ausgehen wird.

„Und, ist er nicht zufrieden?"

„Eine schöne Maschine, ist ihren Preis wert ..."

Ein weiterer Motorradfahrer steigt von seinem Bike. „... wenn da nicht der kleine Schönheitsfehler mit dem Tacho wär."

„Mit dem Tacho?" Obanczek stellt sich ahnungslos, was bleibt ihm anderes übrig.

„Wir haben gesucht und gesucht, aber da fehlen ein paar Kilometer. Sind einfach so verloren gegangen."

„Davon weiß ich nichts."

Jetzt kommt der dritte Biker hinzu. „Unser Boss schätzt so acht- bis zehntausend."

Obanczek muss Zeit gewinnen. „Ich könnte eventuell mit dem Preis ein wenig ..."

„Gute Idee", sagt der dritte Mann, „du zahlst für jeden verloren gegangenen Kilometer fünfzig Cent ..."

„... und legst noch mal einen Tausender als Entschuldigung oben drauf."

„Ich werde mir die Sache überlegen."

„Nichts wirst du dir überlegen." Die drei kommen gleichzeitig näher. „Du wirst die Buße einfach akzeptieren ..."

„... oder der Boss vergisst seine guten Manieren."

Und dann geht alles ziemlich schnell: eine Handkante rechts und eine links unter die Rippen, eine behandschuhte Faust durch den Sichtausschnitt im Helm und dann gezielte Tritte in die Kniekehlen.

Als Obanczek wieder zu sich kommt, liegt sein Motorrad umgestoßen vor ihm, er selbst halb auf dem Sattel und halb auf dem Tank. Von seinen Gesprächspartnern keine Spur mehr. Er blutet aus Mund und Nase, das Blut tropft ins zusammengetretene Gras.

Obanczek braucht eine ganze Weile, bis er sich aufrappeln kann. Er besieht sich seine Maschine, an ihr scheinen sie sich nicht vergriffen zu haben. Zumindest haben sie noch Respekt vor den wirklich wichtigen Dingen. Wie soll er an sechstausend Steine kommen, um einer weiteren Gesprächsrunde zu entgehen?

Nach einem kurzen Versuch sich zu konzentrieren, verschiebt er die Kapitalfindung auf später, jetzt muss er erst einmal heil nach Hause kommen.

1945

Frau Roberta Friese, Mannheim

Liebe Roberta,
jetzt ist die Plage auch über uns hereingebrochen, man hat uns die Polacken einquartiert, obwohl wir uns mit Händen und Füßen gewehrt haben. Roland ist sogar aufs Amt gegangen und hat seinen in Russland vermissten Bruder angeführt, aber es hat nichts genutzt. Auf einem Lastwagen wurden sie unter Polizeischutz angekarrt. Mann, Frau, kleines Kind und ihre Matka. Wir werden von diesen Fremden aus den Ostgebieten überflutet und dabei geht alles verloren, was für uns Gemeinschaft und Heimat war. Sie bringen Ungeziefer mit, klauen wie die Raben, auch die Geschlechtskrankheiten und unehelichen Geburten nehmen zu, wie der Herr Apotheker sagt.

Und wenn man was sagt, stellt sich ihre Matka breitbeinig auf den Hof und verkündet voller Angriffslust: „Den Hitler haben doch jewählt alle Daitschen". Überhaupt, ihre Sprache. An alles wird ein -chen drangehängt: das Tischchen, das Stiehl-chen, das Ei-chen. Bei uns isst man Grünkohl mit Pinkel und sie träumen von ostpreußischer Grützwurst und Königsberger Klopsen. Nichts ist ihnen gut genug. Der Mann hat ein altes Fahrrad „gefunden", man weiß ja, was man von dem Finden halten soll, aber „in Ostpreußen sind wir mit dem Schlitten zur Kirche gefahren." Undankbar ist das Pack, hausen mit vier Personen in zwei Zimmern in unserem Haus und nicht, wo sie hingehören, auf dem Scheunenboden. Roland und ich mussten zusam-

menrücken und haben jetzt nur noch fünf Räume vom schönen großen Haus für uns. Sonntag hatten wir vom Kartoffelsalat einiges übrig und ich habe ihnen eine Schüssel gut gefüllt rübergebracht. „Bevor es die Schweine kriegen", habe ich halb im Scherz gesagt, aber sie waren sofort eingeschnappt. „In Mohmense waren wir eine angesehene Familie", hat sich die Matka aufgeregt, „da hatten wir kostbare Garderobe und wertvollen Schmuck für alle Tage."

Immer angeben, dabei sammeln sie an den Feldrändern Brennnesseln und Melden für Suppen und Salate. „Jetzt fressen sie uns schon das Gänsefutter weg", hat eine Bekannte gesagt, „und wir haben nichts mehr für unsere kleinen Enten und Gänse."

Es ist eine schlimme Zeit, kaum haben wir den Krieg überstanden, müssen wir schon wieder ums Überleben bangen. Zur geistlichen Erbauung unserer Rucksackdeutschen werden jetzt sogar Heimatgottesdienste für sie in traditionell ostkirchlicher Liturgie geplant. Da bleibt für uns bald nur noch das Ausfegen der Kirche und Putzen der Fenster.

Gnade uns Gott!

Dir und Deiner Familie alles Gute.

Deine Freundin

Svea

An Fräulein Meta Gayk, Mohmense

Liebe, beste Meta,
ich hoffe, dass dich meine Zeilen in diesen chaotischen Zeiten erreichen. Wir sind hier in Ronnenberg bei Hannover gelandet. Das Wichtigste zuerst: Wir haben überlebt und sind wohlauf. Aber sonst – es gibt natürlich keinen Vergleich zu unserer schönen Zeit in Mohmense. Wir wurden

gegen den Willen der Besitzer auf einem Hofgut einquartiert. Vier Personen in zwei Zimmern. Kein Bad und das Plumpsklo neben dem Misthaufen. Das eine Zimmer war gänzlich leer, im anderen stand mitten im Raum ein Stuhl. Das sei alles, sagte Frau Rieken, was sie uns bieten könnten, um den Rest müssten wir uns schon selber kümmern. Otto hat sich gleich auf den Weg gemacht, irgendwo ein klappriges Fahrrad aufgetrieben und zuerst einmal Holz für Bett, Tisch und Stühle organisiert. Ich konnte nicht so viel tun, weil ich mich um unseren Klaus kümmern muss. Unsere Unterbringung ist wirklich menschenunwürdig. Der Wind pfeift durch die Fensterritzen und bei Regen tropft es an fünf Stellen durch. Meine Mutter hat die Strapazen der Flucht an Körper und Seele nur schwer verkraftet, sie lag wochenlang in einem provisorischen Bett in der Küche. Otto hilft dem Bauern im Stall und auf dem Acker, ich habe mit Frau Rieken Brennholz und Kräuter gesammelt und die Hühner und den Gemüsegarten versorgt.

Schlimm ist der Umgang mit den Nachbarn, obwohl er sich langsam bessert. Wir wurden als Polacken und Zigeuner beschimpft, auf Otto wurden sogar Hunde gehetzt. Auch werden wir wegen unserer Sprache scheel angesehen, von wegen Flins für Pfannkuchen und Panewka für Bratpfanne. Doch wir haben begriffen: Das Leben ist das Wichtigste, unsere Wohnverhältnisse und die Armut werden wir schon irgendwie bewältigen. Es muss einfach nach vorne gehen.

Dank meiner begonnenen Ausbildung in Ostpreußen habe ich dann übers Arbeitsamt Hannover einen Arbeitsplatz als Wirtschafterin bei einer Frau Oberstudienrätin in Hannover bekommen. Meinen Klaus kann ich mit zur Arbeit nehmen und Frau Rieken war von meinem Umgang so beeindruckt, dass sie uns ein weiteres, größeres Zimmer überließ. Bei Frau Oberstudienrätin speisen junge Lehrer und Schüler gemeinsam zu Mittag und ich koche. Für die

Küche, den Garten, das Einkaufen und Abrechnen bin ich verantwortlich. Die Lebensmittel sind zwar äußerst knapp bemessen, aber irgendwie bekomme ich immer etwas Leckeres auf den Tisch. Frau Oberstudienrätin ist kinderlos, ihr Ehemann ist kurz vor Kriegsende gefallen. Wir verstehen uns recht gut und einmal hat mich Frau Oberstudienrätin sogar zu einem Konzert bei einer befreundeten Familie eingeladen. Zwei Geigen und ein Cello. Ich hatte mir aus dem Mantelfutter vom Wintermantel meiner Mutter ein schwarzes Kleid genäht. Ich habe die ganze Zeit weinen müssen.

Meine Mutter ist auch soweit wieder genesen und sammelt auf den Feldern Ähren und Kohlstrünke. Otto hilft bei einer Dreschkolonne, zum Lohn bekommt er Korn. Die gemahlenen Körner, Haferflocken und Mehl, sind eine große Bereicherung auf unserem Mittagstisch. Stundenweise arbeitet Otto bei einem benachbarten Bauern für Lebensmittel, oft gibt es frische Milch und Eier. Sehr unangenehm ist der Hofherr. Er ist sehr zudringlich geworden, nach seiner Auffassung würden es die Polacken-Frauen doch mit jedem treiben. Erst wollte ich Otto bitten, ihm in der Dunkelheit hinter der Scheune eine ordentliche Tracht Prügel zu verpassen, doch dann habe ich dem Strolch gedroht, ihn bei seiner Frau zu verpetzen und jetzt ist „Herr" Rieken lammfromm und sagt sogar „Guten Tag."

Soweit von mir, schreib mir doch, wie es euch in der letzten Zeit ergangen ist. Wir sind alle sehr gespannt.

Liebe Grüße
Elfriede

2015

Kalenberger hängt ihre Jacke auf einen Kleiderbügel, reckt sich und öffnet das Fenster. Überraschenderweise ist sie vor Obanczek im Büro, obwohl ihr Auto nicht anspringen wollte und sie den ADAC rufen musste. Jetzt fährt das Auto wieder, allerdings beschleunigt es mit einem leichten Schluckauf. Sie wird ihren technisch versierten Mitarbeiter fragen, sobald er eintrifft. Oder waren sie irgendwo verabredet? Sie wollten heute früh zur Biogasanlage und die Mitarbeiter von Harald Perkuhn befragen. Eigentlich wollte sie Obanczek den Termin allein aufs Auge drücken, doch so wird das nichts. Erstens ist er nicht da und zweitens kann sie ihn wohl doch nicht allein in die Stinktierfarm schicken, wenn er sich entgegenkommenderweise um ihr Auto kümmern sollte. Wo er bloß bleibt?

Das Telefon klingelt.

„Moin“, sagt Obanczek und es klingt irgendwie verkniffen. „Ich kann heute nicht zum Dienst erscheinen. Ich bin krank.“

„Du Armer, was hast du denn?“

„Ich liege im Bett.“

„War sie so anstrengend?“

„Keine Sie, und ich habe heute keinen Draht für deine Scherze.“

„Oje, dann bist du wirklich krank.“

„Ich hatte einen Unfall mit dem Motorrad.“

„Fällst du länger aus?“

„Ich hoffe, ich bin morgen wieder einsatzbereit. Muss mir nur noch eine Gehhilfe und eine Sonnenbrille besorgen, und lass den Flurfunk bitte verbreiten, dass ich einen Motorradunfall hatte. Ich habe keine Lust, zum Gespött der ganzen Direktion zu werden.“

„Kann ich verstehen und ruh dich aus. Für deinen Arbeitsstuhl bringe ich dir ein weiches Kissen von zu

Hause mit. Schon manche Kriminalfälle sind vom Büro aus gelöst worden. Ich fahre gleich zu der Stinktierfarm."

„Vielleicht solltest du so ein Ganzkörperkondom anziehen, damit du keinen Geruch annimmst!"

„Jetzt erst recht! Wir bleiben in Verbindung!"

„Wenn's sein muss?" Obanczek beendet das Gespräch. Kalenberger nimmt ihre Jacke vom Bügel, schließt das Fenster und meldet sich mit Ziel Biogasanlage Ronnenberg ab.

Das Tor ist weit geöffnet, im Hintergrund der Anlage kurvt ein roter Radlader herum, die Farbe beißt sich mit dem Capriblau der Ü-Eier. Also doch kein Documenta-Beitrag - oder die Jungen Wilden haben zugeschlagen.

Kalenberger steigt aus, will den Fahrer des Radladers mit rudernden Armbewegungen auf sich aufmerksam zu machen. „Mist!" Der Radlader verschwindet mit dem Fahrer hinter einem der Eier.

„Sie haben sich doch sicher verfahren?"

Kalenberger schrickt zusammen, schräg hinter ihr steht ein Mann. Ein Herr. Tuchmantel, Hut und blank geputzte Schuhe, an seiner Seite ein lebhafter Jack Russell.

„Kann ich Ihnen helfen?", fragt der Herr mit einem feinen Lächeln.

„Beim nächsten Mal sollten Sie mich vielleicht nicht so erschrecken?"

„Oh, Pardon, ich vergaß mich vorzustellen." Er öffnet seinen Mantel, nimmt aus einer kleinen Seitentasche seiner Weste eine Visitenkarte und reicht sie Kalenberger. „Enzo zu Tannenberg." Auf seiner Visitenkarte steht sogar noch ein Prof. und ein Dr. davor.

Kalenberger nimmt die Karte mit einem kleinen Lächeln entgegen, wird die Herausgabe ihrer eigenen Karte aber großzügig überspielen.

Der Radlader taucht wieder auf. Kalenberger wirft die Autotür zu und eilt über den Platz. Die Schaufel des Radladers erfasst rotgelbes Biomaterial, Kalenberger vermutet, zur Bestückung der Anlage. Sie bringt sich ins Blickfeld des Fahrers. Der Mann im Overall stellt den Motor ab und klettert die Stufen der Einstiegsleiter herunter.

„Das nix öffentlich, alles privat, du verschwinden."

Kalenberger atmet durch. Dann eben so. Sie zückt ihren Ausweis, hält ihn dem Mann unter die Nase. „Kripo Hannover. Arbeiten Sie allein auf der Anlage?"

„Nix allein. Kollega in Baracke." Er zeigt auf zwei übereinandergestapelte Wohncontainer.

„Holen Sie Ihre Kollega, ich muss mit Ihnen sprechen."

Der Mann nickt, führt zwei Finger in den Mund, ein kurzer kräftiger Pfiff. Wenige Augenblicke später öffnet sich die Tür im Container, ein Mann schaut herüber, der erste Mann bei Kalenberger winkt ihm zu kommen, ein zweiter schließt sich ihm an. Sie kommen zögernd näher, schauen aggressiv. „Wie heißen Sie?" Kalenberger zückt ihr Notizbuch. „Passport, please!"

Die Männer sehen sich an, machen den Eindruck, als wollen sie gleich fliehen.

„Keine Kontrolle!", beschwichtigt Kalenberger. Sie wird die Männer nicht direkt angehen. „Wo ist Chef?"

„Chef nix hier", sagt der erste zögerlich. „Chef immer Hannover."

„Sie bedienen die Anlage also alleine?"

Die Männer nicken, einer steckt sich eine Zigarette an, hält seinen Kollegen die Packung hin. Ihre Arbeitskleidung ist alt, die Schuhe sind ausgetreten, ihre Augen sind müde.

„Wann Chef hier?“

Die Männer schauen sich an. „Vor zwei Wochen? Vielleicht. Tarek sein Auto waschen. Schönes Auto.“

„Guter Chef?“

„Gute Euro, für Familie. Sparen und ab.“ Der Mann macht eine Geste, als wollte er fliegen.

Kalenberger überlegt kurz. Die drei haben sicher keine allzu großen Chancen auf dem deutschen Arbeitsmarkt, warum sollten sie ihren Chef töten. Sie wendet sich wieder an den Wortführer. „Ihre Namen. Nur aufschreiben. Nix abgleichen. Sonst mein Chef sauer.“

Wieder schauen sich die Männer an, einer grinst. „Ich Tarek Hoxha.“

„Ich Ramiz Rahmani.“

„Ich Ujbien Doci.“ Das muss er selbst in Kalenbergers Notizbuch schreiben.

„Gut“, sagt Kalenberger. „Danke. Alles okay.“ Sie wird ihnen nichts von Harald Perkuhns Tod sagen, für geschäftliche Belange sind seine Erben zuständig.

Sie verabschiedet sich von den Männern mit Handschlag. Raue, schwielige Finger mit gelben Raucherkuppen. Sie geht zu ihrem Wagen zurück. Prof. Dr. Enzo zu Tannenberg erwartet sie.

„Sie haben Ihren Wagen nicht abgeschlossen, das kann auf manche Menschen überaus verführerisch wirken.“

„Danke“, sagt Kalenberger.

Enzo zu Tannenberg ruckt kurz mit der Hundeleine, der Jack Russell an seiner Seite schaut ihn erwartungsvoll an. „Ich muss mich leider verabschieden, unser Erholungsspaziergang ist beendet. Die Pflicht ruft", er lacht, „vielmehr meine Patienten." Mit einer Kopfbewegung weist er zum hinter ihm liegenden Deister-Höhenzug.

Er tritt einen Schritt vor, Kalenberger gibt ihm zum Abschied die Hand, doch Enzo zu Tannenberg beugt sich elegant darüber und haucht ihr einen Kuss auf den Handrücken. „Wir müssen uns unbedingt wiedersehen. Meine Handynummer finden Sie auf der Visitenkarte." Er dreht sich um und geht den Weg zwischen den Feldern entlang davon.

Einen Augenblick schaut ihm Kalenberger hinterher. Dann steigt sie in ihr Auto. Im Wegfahren geht ihr ein Gedanke durch den Kopf: Der will doch nicht bis in den Deister zu Fuß laufen ...

„Es hat geklingelt", sagt Carlo van Arpke.

„Mach jetzt bitte, bitte nicht auf", sagt sein Freund Pierre, „es ist dreizehn Uhr dreizehn!"

„Wir können eine Minute warten!"

„Das hilft auch nichts, weil es um dreizehn Uhr dreizehn geklingelt hat."

„Manchmal gehst du mir richtig auf die Nerven!"

Erneut erklingt der Türgong. Carlo erhebt sich.

„Soll ich mich rasch umziehen?", fragt Pierre.

„Bleib, wie du bist", Carlo geht zur Wohnungstür, drückt einen Knopf an der Türsprechanlage, das Gesicht einer Frau erscheint auf dem winzigen Bildschirm. „Ja, bitte?"

„Sonnenberg. Bianca Sonnenberg."

„Haben Sie einen Termin?"

„Ich bin die Lebensgefährtin von Harry. Harry Perkuhn."

„Harry Perkuhn?"

„Harry Perkuhn ist tot, und ich habe hier eine Quittung mit Ihrer Adresse. Sie sind doch Carlo van Arpke?"

„Ach, Harry. – Moment, ich komme sofort herunter, muss mir nur rasch etwas überziehen."

„Lassen Sie sich Zeit, ich geh einen Kaffee trinken und bin in einer halben Stunde wieder da."

Carlo dreht sich um und fällt gegen Pierre, der sich hinter ihn geschlichen hat. „Und jetzt?" Pierre scheint fassungslos. „Hab ich dich nicht gewarnt? Hab ich nicht immer gesagt: Keine körperliche Gewalt? Aber du hast alles im Griff."

„Halt den Rand!" Carlo van Arpke schiebt seinen Freund zur Seite.

„Du wolltest die Anzahlung nicht wieder rausrücken und hast die Albaner auf ihn gehetzt."

„Das sind keine Albaner."

„Ganz egal, auf alle Fälle sitzen wir tief in der Tinte. Er ist tot, tot, tot! Wie schrecklich, eine Leiche."

„Sei bitte für ein paar Minuten still, ich muss mich konzentrieren!"

„Du hast dich übernommen! Einfach übernommen! Erst lässt du dir den Lanz Oldtimer von diesem Fettsack anzahlen, dann verkaufst du den Traktor für achtundvierzigtausend an einen anderen."

„Wenn du nicht augenblicklich still bist ..."

„Den Traktor konntest du nicht zurückholen und die Anzahlung nicht zurückzahlen. Also mussten die Albaner ran!"

„Das sind keine ... noch ein Wort, und ich sperre dich ins Klo."

„Ich sag schon nichts mehr, aber sag du mir, wie du aus der Situation rauskommen willst."

Carlo van Arpke lässt sich aufs Sofa fallen. „Ich war mir so sicher, dass er nicht mehr aufmuckt." Carlo van

Arpke schließt die Augen, lässt den Kopf auf die Brust fallen und seufzt tief und lautstark.

Eine Weile geschieht nichts. Nur die Biedermeier-Standuhr ist zu hören.

Plötzlich hebt Carlo van Arpke den Kopf, starrt auf das Gemälde eines nordkoreanischen Künstlers *Abendliche Ansicht von Traktoren, die in einem Fluss gewaschen werden*.

„Der Fettsack, wie du ihn nennst, hat zehntausend angezahlt. Ich habe unten in der Garage noch den Citroen. Wenn ich den für dreizehn-, vierzehntausend loswerde, hätten wir sogar noch was raus. Vielleicht beißt seine Tusse an, wenn ich ihr den Wagen richtig schmackhaft mache."

„Oh, Gott, nicht schon wieder so eine Sülzorgie."

„Willst *du* ihr das Geld zurückzahlen?"

„Wie gerne würde ich ..."

Der Türgong meldet sich. „Bianca Sonnenberg." – „Ich komme!" Er schlüpft in seine Lederweste, greift nach der Chipkarte für die Türen, muss noch mal ins Atelierzimmer, um die Fernbedienung für die Garage zu holen und eilt dann die beiden Treppen zum Erdgeschoss hinunter.

„Guten Tag." Bianca Sonnenberg, ganz schwarz. Selbst ihre Hände stecken heute in schwarzen Handschuhen. Trauer oder Stil? Sie trägt keinerlei Schmuck, nur eine kleine Anstecknadel des Rotary Clubs.

„Ich kann Sie leider nicht in meine Wohnung bitten. Vielleicht können wir uns irgendwo unterhalten, wo niemand mithören kann?"

„Einverstanden. Setzen wir uns in meinen Wagen."

Sie gehen über die Straße, steigen in ein schwarzes Mercedes Cabriolet. „Kommen wir gleich zur Sache."

Bianca Sonnenberg zieht ein DIN-A4-Blatt aus der Handtasche. „Ich steh nicht so auf Traktoren und möchte Ihnen einen Vorschlag machen. Sie geben mir den Vorschuss zurück, ich gebe Ihnen die Quittung und wir vergessen die ganze Sache."

„Natürlich", sagt Carlo van Arpke, „Traktoren sind Spielzeuge für Männer." Er beugt sich vor und fährt mit dem Handrücken über das blankpolierte Holz des Armaturenbretts. „Sie haben Stil."

Bianca Sonnenberg schaut ihn von der Seite an, ist gespannt, worauf er hinauswill. Ein attraktiver Mann, beste Manieren, aber leider kommt so gar nichts von ihm herüber, was ihr Herz erfreut.

„Muss es unbedingt ein Mercedes sein?"

„Nicht unbedingt, seit mein Frisör seit letzter Woche den gleichen fährt."

„Dann hätte ich etwas für Sie, was viel besser zu Ihnen passt."

„Welchen Ladenhüter wollen Sie mir andrehen?"

„Sehen Sie sich den Wagen an und Sie werden begeistert sein."

„Eine Viertelstunde hätte ich."

Carlo van Arpke geht vor, öffnet das Garagentor neben der Haustür mit der Fernbedienung. Taghelles Neonlicht leuchtet auf.

„Ein seltenes Stück, ein Citroen DS 21 Cabrio."

„Wie geil", ruft Bianca Sonnenberg. Sie hält sich die Hand vor den Mund und weiß im gleichen Augenblick, dass sie einen Fehler gemacht hat. Sie besieht sich das Auto genauer. „Der Wagen ist abgemeldet?", versucht sie zu punkten.

Carlo van Arpke nimmt zwei hereingewehte Birkenblätter auf und wirft sie in die Regenrinne vor dem Garagentor. „Ich bin in letzter Zeit einfach nicht mehr dazu gekommen, den Wagen zu fahren. Es ist schade, aber in den heutigen Zeiten ... die Geschäfte müssen vorgehen."

Bianca Sonnenberg umrundet das Auto, lässt sich die Beifahrertür und die Motorhaube öffnen. „Ich habe leider keine Ahnung von der Autotechnik." Sie setzt sich auf den Beifahrersitz, klappt die Sonnenblende herunter und wirft einen kurzen, prüfenden Blick in den Kosmetikspiegel. Sie steigt wieder aus, geht noch einmal um den Wagen herum, öffnet die hinteren Türen, verlässt die Garage und betrachtet den Citroen mit einigem Abstand. „Gibt es irgendwelche Details, die ich wissen sollte?"

„Baujahr 71, über zwei Liter Hubraum, Hydropneumatik, Fünf-Gang-Getriebe, neunzig PS, als Oldtimer anerkannt, daher steuerfrei."

„Nicht so wichtig. Unfallfrei?"

„Nicht mal eine Beule - soweit ich weiß. Vor mir gab's allerdings schon vier Besitzer, was natürlich nicht viel ist für das Alter des Autos."

„Ich hätte ihn lieber in Schwarz", Bianca Sonnenberg lächelt süffisant, „aber in der Farbe gibt es ihn wohl nur als Beerdigungsfahrzeug."

„Ich kann Ihnen leider keine Probefahrt anbieten. Der Wagen ist abgemeldet."

„Ich entscheide nach rein ästhetischen Gesichtspunkten. Später kann mein Automechaniker den Wagen überprüfen."

„Dann nehmen Sie ihn also ..." Carlo van Arpke streckt ihr seine Hand entgegen.

„Sie können es wohl kaum erwarten, an mein Geld zu kommen?" Bianca Sonnenberg übersieht die ausgestreckte Hand.

„... am Samstag ist er in der Zeitung."

„Schön, schön“, sagt Bianca Sonnenberg, „dann zahle ich ihn heute an und nach der Durchsicht überweise ich Ihnen den Rest.“

„Bargeld wäre mir eigentlich lieber, das Finanzamt wacht argwöhnisch über meine Kontobewegungen.“

„Was soll er überhaupt kosten?“

„Ich hatte an neunzehntausend gedacht.“

Bianca Sonnenberg sieht Carlo van Arpke an, direkt, sie zuckt nicht einmal mit den Wimpern.

„Achtzehnfünf?“, fragt Carlo van Arpke.

Keine Antwort, nur dieser durchdringende Blick.

„Also schön, mein letztes Angebot: achtzehnzwei.“

„Fünfzehntausend und Sie übernehmen die Kosten der eventuellen Reparaturen.“

„Fünfzehntausend?“ Carlo van Arpke gibt sich leicht entrüstet.

„Dann wird das wohl nichts mit unserem Deal“, meint Bianca Sonnenberg.

„War nur ein Scherz.“ Carlo van Arpke lächelt etwas verkniffen. „Wer könnte einer schönen Frau wie Ihnen ...“

„Sie brauchen dringend Bargeld, nehme ich an. Wo können wir die Einzelheiten besprechen?“

„Natürlich in meiner Wohnung.“ Carlo van Arpke lässt die Garage zuschwingen und geht voraus. Sie steigen nebeneinander die Treppen hinauf. Oben hält er die Chipkarte vor ein kleines Lesegerät neben der Tür, die Tür öffnet sich. Pierre Webér kommt ihnen entgegen. „Darf ich vorstellen“, sagt Carlo van Arpke, „mein Bekannter Pierre Webér, Kultursoziologe, den hab ich mir aus Castrop-Rauxel mitgebracht.“

Das freundliche Begrüßungslächeln erstirbt auf Pierre Webérs Gesicht. „Ich komme aus Essen und da war es sehr schön.“ Er dreht sich abrupt um und geht in die Wohnung zurück. „Der Baldeneysee ist jedenfalls viel schöner als dieser öde Maschsee."

Carlo van Arpke und Bianca Sonnenberg folgen ihm in einen großen hellen Raum, mehrere mintfarbene Ledersofas, zwei Sessel, ein Glasensemble als Tisch, futuristischer Kamin und als Kontrast ein Sekretär und eine Standuhr aus der Biedermeierzeit. Bianca Sonnenberg orientiert sich mit einem schnellen Blick. „Sie haben einen ausgezeichneten Innenarchitekten." Carlo van Arpke bietet ihr einen Platz auf einem der Sofas an, Bianca Sonnenberg wählt einen Sessel mit Blick auf die hohen Altbaufenster. Die Blätter der Bäume bewegen sich leicht im Herbstwind.

„Darf ich Ihnen einen kleinen Aperitif anbieten?", Carlo van Arpke stellt sich neben Bianca Sonnenbergs Sessel. „Vielleicht einen Campari, einen Manhattan oder einen Martini dry?"

„Ein Mineralwasser wäre mir lieber, ich muss noch fahren." Sie sieht ihn nicht einmal an.

„Selbstverständlich." Carlo van Arpke sieht Pierre Webér an, Pierre Webér sieht Carlo van Arpke an. „Ein Mineralwasser, bitte!", sagt Carlo van Arpke mit Nachdruck. Pierre Webér dreht sich widerwillig zur hinteren Tür. „Bin ich hier denn die Minna vom Dienst?"

Carlo van Arpke setzt sich. „Mit der DS 21 können Sie nichts falsch machen. Der Wagen ist der Inbegriff französischen Charmes, Esprits und frankophiler Lebensfreude."

Bianca Sonnenberg sieht Carlo van Arpke für einen kurzen Augenblick an und ihr Blick signalisiert ein Wort: Schwätzer!

Pierre Webér kommt zurück, öffnet zwei kleine Flaschen mit Mineralwasser, schenkt Bianca Sonnenberg ein Glas ein, nimmt sich die zweite Flasche.

„Und ich?“, fragt Carlo van Arpke.

„Kann ich Gedanken lesen?“ Pierre Webér setzt sich.

Bianca Sonnenberg schaut weiter zum Fenster hinaus. „Ein wunderbarer Ausblick. Wenn Sie sich mal von Ihrer Wohnung trennen wollen oder müssen …“

Carlo van Arpke spricht noch übers Wetter, angesagte Lokale und die kommenden Events. Bianca Sonnenberg ist gelangweilt. „Kommen wir zum Geschäftlichen.“

„Gern.“

„Müssen wir einen schriftlichen Vertrag machen?“

„Ungern.“

„Dann zahle ich den Wagen mit der Quittung für den Traktor an und Sie bekommen die Fünftausend, sobald der Wagen überprüft wurde.“

„Schlechtes Geschäft“, sagt Carlo van Arpke, „sehr schlechtes Geschäft, dann haben Sie den Wagen und ich habe nichts.“

„Trauen Sie mir eine solche Hinterhältigkeit zu?“

„Na ja“, Carlo van Arpke grinst süffisant.

„Außerdem stehen bei einer Auseinandersetzung doch sicher zwei Stimmen gegen meine.“

„Allerdings“, meldet sich Pierre zu Wort.

„Quittieren Sie mir die Anzahlung auf der alten Quittung für den Traktor, ich lasse den Wagen schnellstmöglich abholen und wenn alles in Ordnung ist, bringe ich Ihnen das Geld umgehend vorbei. Bar auf die Hand.“

Carlo van Arpke korrigiert die Quittung der Anzahlung für den Lanz Felddank, Bianca Sonnenberg erhebt sich, sie winkt Pierre Webér einen kurzen Abschiedsgruß zu, Carlo van Arpke bringt sie zur Tür.

Bei seiner Rückkehr grinst Carlo van Arpke selbstzufrieden „Wie haben wir das hingekriegt?" Er reibt sich die Hände.

„Großartig", bestätigt Pierre, „einfach großartig. Jetzt sind wir alles los. Ach, komm her, du bist einfach zu gutmütig."

FÜNF

Kalenberger sitzt im Büro, niemand stört sie, sie kann nachdenken, malt geistesabwesend Kugelschreiberkringel aufs Papier. Merkwürdigerweise werden immer Bäume daraus. Bei Obanczek werden es Herzen, Lippen, verunglückte Frauensilhouetten. Aber Obanczek kann auch nicht zeichnen! Irgendwie kann sie Harald Perkuhns Herztod nicht einfach abhaken, obwohl sie längst der Messerstecherei in der Eilenriede ihre ganze Aufmerksamkeit widmen müsste. Ein Libanese sticht einen Marokkaner nieder, weil er ihm die Freundin ausgespannt hat. Der Marokkaner überlebt, beide können sich nicht an die Tat erinnern und die Umschwärmte schweigt. Was ihr gutes Recht ist. Aber so machen Ermittlungen einfach keinen Spaß. Die Spuren am Hochstand. Könnten sie etwas mit Harald Perkuhns Herzstillstand zu tun haben?

Und plötzlich hat Kalenberger wieder dieses Bild vor Augen: das kugelförmige Gespinst aus fingerdicken Zweigen, das ziellos durch die Steppe irrt. Wenn sie das Bild nicht vertreiben kann, wird sie sich mit ihm anfreunden. Sie wird ihren Steppenläufer *Kantapper* nennen. Warum? Ja, warum.

Wo bleiben denn eigentlich die Ergebnisse der Kriminaltechnik? Sie wird anrufen, obwohl das bei Tod ohne erkennbare Fremdeinwirkung nicht gerne gesehen wird. Hält nur auf und die Personaldecke ist dünn.

Der Herztod wird bestätigt. Übergewicht, Diabetes und eins Komma zwei Promille im Blut.

„Das war's wohl?", fragt Carben, der Kriminaltechniker. Hieß früher Schweinebart, hat den Namen aber weggeheiratet.

„Die Spuren an der Leiter des Hochstands?"

„Kann alles Mögliche sein, für mich sieht es so aus, als hätte jemand eine Schnappfalle an dem Holz ausprobiert. Kann aber auch ein großer Hund gewesen sein - oder der Deister-Wolf ... hahaha."

„Na dann, vielen Dank."

„Nicht dafür."

„Dann nimm es als Vorschuss."

„Ach, die Daten auf seinem Handy sind ausgewertet. Die letzten drei Anrufe galten Bianca Sonnenberg ..."

„Seiner Lebensgefährtin!"

„... und dreimal Carlo van Arpke."

„Geschäftspartner?"

„Die einen sagen so, die anderen so. Ich hab mal nachgesehen. Carlo van Arpke handelt im diskreten Stil mit Oldtimern. Über den Erwerb und Verkauf von Oldtimern kann man übrigens prima Schwarzgeld waschen. Als Unternehmensberater könnte das doch ein interessanter Aspekt in den Geschäftsbeziehungen mit Harald Perkuhn gewesen sein. Zumal Carlo van Arpke auch Oldtimer-Traktoren anbietet und Perkuhn ein anerkannter Sammler ist. Nein, war."

„Woher hast du das?"

„Aus dem Internet, ich weiß bloß nicht, warum ich euch immer die Arbeit abnehme."

„Weil du die Seele von einem Menschen bist. - Gib mir mal die Handynummer und Adresse von diesem Autohändler."

„Schick ich dir rüber, dann brauchst du nicht mitzuschreiben."

„Du Seele von Mensch!"

Kalenberger ruft Carlo van Arpke an. Doch bevor das Gespräch angenommen wird, legt sie wieder auf. Sie wird ihm einen Besuch abstatten. Es regnet. Morgen könnte sie sicher auch Obanczek schicken. Sie zieht ihre Jacke an und geht zum Auto.

Es klingelt in der Walderseestraße. Pierre geht zur Wohnungstür. Auf dem Display der Gegensprechanlage das Bild einer Besucherin, die er so gar nicht in der Wohnung sehen will.

„Ja, bitte?"

„Bianca Sonnenberg!"

„Ja, bitte?"

„Ich möchte zu Herrn Arpke."

„Tut mir leid, Herr van Arpke kann gerade nicht, wir haben einen Stromausfall. Kommen Sie doch ein andermal ..."

„Was haben wir?" Carlo van Arpke kommt in den Flur gesprintet.

„Wir hätten beinahe einen Stromausfall haben können ..."

Carlo van Arpke drückt auf den Türöffner. „Du spinnst wohl. Die Frau ist im Augenblick unsere einzige Geldquelle, und du schickst sie weg?"

„Sie hat so eine unangenehme Aura. Sie ist nicht echt, wenn du mich fragst."

„Ich frag dich aber nicht." Carlo van Arpke öffnet die Wohnungstür. „Wie schön, Sie zu sehen." Carlo van Arpke streckt die Arme zur Umarmung aus, Bianca Sonnenberg grinst und lässt sich zu einem Küsschen rechts und einem Küsschen links in die Arme nehmen.

„Soll ich vielleicht noch die passende Musik auflegen?" Pierre verzieht sich ohne Gruß in die Wohnung.

„Kommen Sie doch rein und setzen Sie sich." Carlo van Arpke schiebt Bianca Sonnenberg ganz leicht an der Hüfte neben sich her. „Darf ich Ihnen etwas anbieten?"

„Wenn Sie einen kleinen Cocktail hätten."

„Haben wir, haben wir." Carlo van Arpke ist ganz entzückt. „Der gute Pierre ist Spezialist für Cocktails in allen Farben und Formen. Er malt sie mit seinen Geschmacksnerven."

„Hoffentlich nicht abstrakt?"

Carlo van Arpke lacht über Bianca Sonnenbergs kleinen Scherz.

„Pierre", ruft er, „Pieeerre!"

„Der Citroen wird nächsten Dienstag abgeholt", sagt Bianca Sonnenberg, „nach der Inspektion erhalten Sie sofort Geld."

„So sehr eilt es nun doch auch nicht", sagt Carlo, „Pieeeeerre!"

„Ihr Bekannter fremdelt wohl ein wenig." Bianca Sonnenberg gönnt Carlo van Arpke ein verständnisvolles Lächeln.

Pierre erscheint.

„Als ob ich nichts anderes zu tun hätte. Die Herrschaften wünschen?"

„Drei Cocktails - nach deiner Wahl."

„Erstens heißt es bitte und zweitens bin ich nicht in Stimmung."

„An die Arbeit! Keine Widerrede!" Carlo van Arpke setzt sich schwungvoll neben Bianca Sonnenberg.

„Weißt du, was du bist?" Pierres Gesicht zeigt rote Flecken. Er baut sich vor Carlo auf. „Du bist ein widerwärtiger Despot, ein rücksichtsloser Banause."

Einen Augenblick ist nur das Ticken der Standuhr zu hören.

„Ich verlasse dich auf ewig."

Tick, tack, tick, tack.

Pierre stürmt in den Flur, greift sich eine Jacke und schlägt die Wohnungstür hinter sich zu.

„Spätestens in zweieinhalb bis drei Stunden ist er wieder da."

„Gehen Sie immer so rücksichtslos mit den Gefühlen anderer Menschen um?"

„Zwischen Pierre und mir ist das mehr ein Spiel, jeder weiß genau, wie weit er gehen kann."

„Und wie weit können Sie gehen?"

„Das kommt darauf an, was ich will." Carlo van Arpke steht auf. „Ich werde uns die Cocktails mixen, aber mehr als Kir Royal kann ich leider nicht."

„Einverstanden", sagt Bianca Sonnenberg. Sie lächelt charmant. Fehlplanung. Da kommt überhaupt nichts rüber.

Carlo van Arpke steht an der Anrichte, nimmt zwei langstielige Gläser und öffnet die Kühlschranktür. Mit dem Rücken zu Bianca Sonnenberg gießt er den Champagner in die Gläser. Er kann die Flasche nicht ganz verdecken, und Bianca Sonnenberg erkennt das Etikett: Veuve Durand von Aldi. Den Champus kauft sie auch immer für ihre Vernissagen, wenn die Gläser den eintretenden Gästen fertig eingeschenkt zu Begrüßung gereicht werden.

Carlo van Arpke kommt zurück zur Sitzgruppe, reicht Bianca Sonnenberg ihr Glas. Er setzt sich hautnah neben sie, hebt seinen Kir Royal in Augenhöhe, prostet Bianca zu, lächelt.

Bianca Sonnenberg prostet zurück, steht auf und tritt ans Fenster.

„Es wird Herbst", sagt Carlo van Arpke. Er erhebt sich und stellt sich hinter Bianca.

„Ein nicht ganz unerwartetes Ereignis." Diesen Kerl wird sie noch gebrauchen können. Natürlich nicht fürs Bett, aber für ihre anderen Pläne. Dafür muss sie ihn erstens in seine Schranken weisen und zweitens antesten, wie pleite er nun wirklich ist.

Jetzt steht Carlo van Arpke sehr nah hinter ihr. Zu nah. Sie dreht sich plötzlich um, ein Schwaps aus ihrem Glas landet auf Carlo van Arpkes weißem Polo-Shirt. Carlo van Arpke weicht zurück. „Ich will mit offenen Karten spielen", sagt Bianca Sonnenberg, „ich steh auf außergewöhnliche Männer. Doch im Augenblick befinde ich mich in einem gefühlsmäßigen Ausnahmezustand. Nach Harry. Sie verstehen sicher?"

„Es tut mir leid, wenn ich Ihnen zu nahegetreten bin." Carlo van Arpke wischt mit einem Taschentuch an dem rosa Flecken auf seiner Brust herum. „Ich bin auch mehr für die freundschaftlich kameradschaftliche Schiene."

Dein Tun spricht eine andere Sprache als deine Worte. Jetzt wieder ein bisschen anfüttern, damit er nicht ganz abspringt. „Doch elegante charmante Männer sind für mich immer wieder eine gern gesehene Herausforderung. Wollen Sie Bibi zu mir sagen, wie all meine Freunde?"

Carlo van Arpke lächelt, stößt mit Bibi Sonnenberg an und haucht ihr einen Kuss auf die Wange. „Ich bin Carlo." Bibi haucht zurück.

Nun aber zum eigentlichen Thema. „Harry ist so plötzlich von uns gegangen und ich fühle mich überfordert mit seinen Hinterlassenschaften, einfach überfordert."

„Wenn ich helfen kann ... gern."

Bianca Sonnenberg lächelt. Jetzt wird's brenzlig. „Harry hat mir eine nicht unbeträchtliche Menge an

Bargeld hinterlassen, über das es keinerlei Unterlagen gibt. Ich würde ungern den größten Teil dem Staat schenken."

„Wie viel ist es denn?"

„Sechsstellig." Angebissen. Du hättest fragen müssen, warum ich mit dem Problem ausgerechnet zu dir komme. Du wickelst doch nur seriöse Geschäfte ab.

„Bei sechsstellig wollen wir nicht groß drum herumreden."

„Ich kann auf dich zählen?"

„Kommt ganz darauf an, was für mich dabei herausspringt."

„Du wirst dich nicht beklagen können." Bianca Sonnenberg steht auf, Verabschiedungszeremonie, Lächeln, Küsschen und Ade!

Gerade will sie vor dem Haus in ihr Auto steigen, da wird vor ihrem Wagen ein dunkelblauer BMW eingeparkt. Eine Frau steigt aus. Frau Kalenberger von der Kripo. Hat Carlo sie ... unmöglich.

Kalenberger zeigt keine Überraschung. Man begrüßt sich kurz, Bianca Sonnenberg rauscht ab. Marike Kalenberger überlegt einen Augenblick. Carlo van Arpke wird jetzt bestens über Perkuhns Hinscheiden informiert sein. Der Überraschungseffekt ist vorüber. Um den Rest soll sich Obanczek kümmern.

Carlo van Arpke sitzt im Bett, mit dem Rücken gegen das Kopfteil des Betts gelehnt. Er liest in einer neuen Segelzeitschrift. Schon vor anderthalb Stunden ist Pierre zurückgekommen. Er betätigt sich im Wohnraum in der Erzeugung zufälliger und völlig unbeabsichtigter Geräusche. Zwischendurch seufzt er vernehmlich, schaltet das Fernsehgerät ein und aus, legt eine CD mit Händels Cäsar auf, stellt sie wieder ab.

Seine Schritte nähern sich der Schlafzimmertür und entfernen sich wieder.

Carlo möchte Pierres Geräuschinstallation keine Beachtung schenken, doch irgendwie muss er immer wieder hinhören. Schließlich öffnet sich die Schlafzimmertür, wird einen Spalt breit aufgeschoben und Pierres Kopf lugt herein. „Du hast nicht zufällig ein paar Hefte mit ungelösten Sudoku-Rätseln?"

Wenn Carlo jetzt einfach nein sagt, geht das Theater die ganze Nacht weiter. „Kannst du nicht schlafen?", fragt Carlo.

„Ich bin völlig außer mir." Pierre verknotet energisch den Gürtel seines roten Kimonos. „Immer muss ich an diese schreckliche Frau denken. Dieses Weib wird uns auseinanderbringen. Nur warum, frage ich mich, warum."

Carlo patscht mit der flachen Hand einladend auf die freie Seite des Doppelbetts. „Du bist süß, wenn du eifersüchtig bist."

„Ich bin überhaupt nicht eifersüchtig", Pierre setzt sich zu Carlo auf die Bettkante. „Wir haben uns alles so schön eingerichtet. Und dann kommt so eine Tussi daher, wackelt mit Arsch und Titten und alles ist infrage gestellt. Was hat sie denn, was ich nicht habe?"

Carlo schmunzelt und legt seine Hand auf Pierres Oberschenkel. „Ich weiß es noch nicht genau, doch es könnte interessant werden."

„Ich bin nicht anspruchsvoll, wenn wir nur zusammenbleiben."

„Wenn Bibi ihren DS 21 bezahlt hat, lade ich dich zur Fischsuppe nach Marseille ein ..."

„Sind wir nicht mehr bei Frau Sonnenberg? Sind wir schon bei Bibi?"

„Mein lieber Pierre, es gibt Sachen, die muss man erledigen, ohne mit der Wimper zu zucken." Carlo streichelt Pierres Rücken. „Bianca Sonnenberg verwaltet Harrys Vermögen. Von Geldgeschäften scheint sie keine Ahnung zu haben und ... sie mag mich. Wenn ich ihr noch ein bisschen mehr den Hof mache, frisst sie mir aus der Hand."

„Heiratsschwindler!" Pierre legt die herabgerutschten Enden seines roten Kimonos wieder über die Knie zusammen.

„Habe ich dich jemals betrogen?"

„Ja, ja und ja!"

„Das war doch höchstens mal ein Ausrutscher, nie etwas Ernstes. Nur du zählst." Carlo zieht Pierre an sich. „Die Hefte mit den Sudoku-Rätseln liegen neben dem Whirlpool."

„Ich hab gar keine Lust mehr auf Sudoku."

„Dann komm ins Bett."

Pierre will über Carlo hinweg auf seine Bettseite wechseln, doch auf halbem Wege übermannt ihn eine andere Idee, und Carlo schafft es gerade noch, seine Lesebrille auf die Ablage neben das Bett zu legen.

Als Marike Kalenberger am nächsten Tag leicht verspätet ihr Büro betritt, ist der Arbeitsplatz ihres Kollegen noch immer verwaist. Er wird doch nicht schwerer verletzt sein?

Bevor Kalenberger ihre Sorgen vertiefen kann, ruft Obanczek an. Er muss am Vormittag zum Röntgen und am Nachmittag wird er seine Maschine in die Werkstatt bringen, aber morgen - morgen ist er ganz sicher wieder zur Stelle. Wenn sie ihn bis dahin nicht arbeitslos gemacht hat.

Kalenberger ist kurz angebunden, wünscht gute Besserung, sie braucht bei der Arbeit einfach ein Gegenüber. Im Dialog entstehen neue Ideen, werden Zusammenhänge sichtbar und lassen sich neue Theorien erarbeiten. Außerdem ist Alleinsein furchtbar langweilig. Auch privat. Und plötzlich geht ihr auf, dass Obanczek für sie mehr ist als ein Arbeitskollege. Aber rein platonisch, ihm fehlt irgendwie der Kuschelfaktor.

Das Telefon klingelt. Die Telefonzentrale. Ein Prof. Dr. Enzo zu Tannenberg sei in der Leitung. Er möchte die charmante Kripobeamtin sprechen, die im Fall Harald Perkuhn ermittle. „Involviert sei, hat er gesagt."

Kalenberger überlegt einen Augenblick, dann lässt sie das Gespräch durchstellen.

Er sagt: „Guten Tag, gnä' Frau", und Kalenberger sieht ihn vor sich, seine schlanke Gestalt mit dem wuseligen Jack Russell an seiner Seite. Der Mann könnte privat durchaus einen Kuschelfaktor haben.

„Wie geht es Ihnen?"

„Gut, und Ihnen?"

„Ich kann ebenfalls nicht klagen. Seit unserer Begegnung an der Biogasanlage sind Sie meine tägliche Begleiterin."

„Wie das?"

„Sie gehen mir nicht aus dem Kopf."

„Das lässt sich doch ändern."

„Entschuldigen Sie, dass ich so mit der Tür ins Haus falle. Aber zum Small Talk während der Arbeitszeit werden Sie wohl wenig Zeit haben. Ich übrigens auch nicht."

„Woher wissen Sie eigentlich, dass ich bei der Kripo arbeite?"

„Na ja, im Auto lag das Aufsteckblaulicht griffbereit auf dem Beifahrersitz."

„Sie sind aber ein scharfer Beobachter."

„Ich möchte Ihre Zeit nicht unangemessen in Anspruch nehmen und Sie direkt auf einen Kaffee einladen. Vielleicht in Springe oder Bad Münder oder ..."

Plötzlich hat Kalenberger eine Idee. Ein Mann mit seiner Beobachtungsgabe könnte ihr da von Nutzen sein, wo Obanczek gerade fehlt. „Ich bin heute Morgen in Springe, für einen Kaffee hätte ich Zeit. Ab morgen sieht es wieder schlecht aus."

„Das passt vorzüglich. Ich bin schon ab heute Nachmittag wieder voll eingespannt, aber heute Morgen habe ich ein paar Stunden Zeit. Wo wollen wir uns treffen?"

Kalenberger schlägt mit einer Hand in ihrem Notizbuch nach: „In einer Stunde in Springe, am oberen Ende der Jägerallee, am Waldrand. Sie haben doch ein Navi?"

„Ein was? - Oh, ja, natürlich, also in einer Stunde."

Kalenberger ruft Carben von der Kriminaltechnik an. Wie er auf Schnappfalle gekommen sei.

„Wobei?"

„Herzinfarkt auf Hochstand."

„Ach so. So ein Ding liegt hier noch im Regal von einem anderen Fall. Sonst wäre ich bestimmt nicht darauf gekommen. War dann aber irrelevant, hab nur noch keine Zeit gehabt, sie zu den Asservaten zu geben."

„Kann ich mir das Ding für ein paar Stunden ausleihen?"

„Deine Fahndungsmethoden werden auch immer rabiater."

„Je langsamer die Beine werden, um so gröber muss man zuschlagen."

Sie kennen sich, sitzen bei jeder Betriebsfeier am gleichen Tisch.

Marcy Schmiedebach fährt hinaus zu ihrem Ex-Schwiegervater. Karsten Frederici wohnt in einem Bungalow am Tiergarten. Früher war hier auch der Sitz seiner angesehenen Anwaltskanzlei. Vor fast zwölf Jahren hat dann ein dramatischer Skiunfall sein angenehmes Leben gekippt. Seither sitzt Karsten Frederici im Rollstuhl und kämpft gegen seine zunehmenden Depressionen. Sein Sohn hatte noch ein halbes Jahr mit Anstand durchgehalten. Dann hat er sich scheiden lassen, ist nach Australien ausgewandert und schickt ab und zu DVDs mit kleinen Filmen von Landschaft, neuer Frau und Kindern. Die Schwiegertochter hatte nicht den Schneid, sich einfach zu verdrücken und kümmert sich um ihren Ex-Schwiegervater.

In der Woche wird Frederici von einer Thailänderin hingebungsvoll versorgt, die dann auch im Haus wohnt. Aber am Wochenende hat Mot, die Ameise, frei und verschwindet, keiner weiß wohin. Mot heißt eigentlich Phannipha, doch in Thailand benutzt man gerne Spitznamen, um die Geister zu verwirren.

Marcy schließt die Haustür des Bungalows auf. Die Versorgung des Ex-Schwiegervaters wird immer schwieriger. Die Räume sind keineswegs behindertengerecht. Vor einem Umbau müsste der Bungalow auch erst erworben werden. Damals wurde das Haus aus steuerlichen Gründen gemietet und nicht gekauft. Kauf und Umbau würden drei bis vier Millionen verschlingen. Wovon? Fredericis Rente ist nicht üppig und die Versicherung zahlte nach seinem mitverschuldeten Unfall auch nur eine kleine Entschädigung. Der Hauseigentümer ist schon mehrmals mit seinen Vorstellungen einer satten Mieterhöhung vorstellig geworden. Noch konnte ihn Frederici mit Marcys Hilfe vertrösten. Aber Interessenten mit dickerer Brieftasche scharren mit den Hufen. Eine bevorzugte Wohnlage. Für den Ex-Schwiegervater letzter Halt und Orientierung.

Es riecht nach Waschpulver, Sagrotan und Kaffee. „Hallo, ich bin's!" Frederici ist im Rollstuhl eingenickt. Mot hat einen Zettel auf den Tisch gelegt. *Alle in Oknug, bis Monta, Grüse Mot.*

„Sie hätte wenigstens warten können, bis ich sie ablöse." Aber Marcy kann ihr keinen Vorwurf machen, schließlich hat sie sich selbst verspätet. Neben Mots Zettel liegt mal wieder ein Schreiben des Hausvermieters. Marcy wirft es ungeöffnet in den Papierkorb.

Fredericis Rollstuhl steht vor einer Staffelei. In der Reha hat er die Malerei als letztes Ausdrucksmittel für sich entdeckt. Links an die Leinwand ist eine Postkarte mit einem Motiv von van Gogh geheftet: Weizenfeld mit Zypressen. Das Bild auf der Leinwand ist halb fertig. Marcy angelt sich einen Stuhl und setzt sich neben ihren dösenden Ex-Schwiegervater. Ganz genau betrachtet sie die Malerei auf der Leinwand. Die Pinselstriche sind kraftvoll und sicher geführt, kaum zu glauben, dass Frederici noch so viel Energie hat.

Marcy fährt sich durchs lange blonde Haar. Sie steht auf und stellt sich ans Fenster. Der großzügige Garten ist ungepflegt, der Rasen müsste gemäht und die verwelkten Blumen abgeschnitten werden. Wer soll das machen? Eine Amsel fliegt auf, ein weißer Schmetterling setzt sich für einen Augenblick auf die Fensterscheibe. Morgen hat sie Geburtstag. Es gab schönere. Harry ist tot. Sein Kind wächst in ihrem Bauch heran. Sein Stammhalter würde es werden, da war Harry ganz sicher. Er wollte zum Notar, um ein Testament aufsetzen lassen, damit Marcy und der gemeinsame Sohn abgesichert wären.

Vielleicht muss sie demnächst noch ihren Ex-Schwiegervater in ihrem Appartement aufnehmen. Sie kann ihn nicht abschieben, sie fühlt in ihm einen Seelenverwandten. Allerdings ist es dann vorbei mit dem spontanen Leben. Dann gibt es nur noch Planung, Verantwortung und Pflichten. Und mittendrin das Kind. So hat sie sich ihr Leben mit zweiunddreißig, bald dreiunddreißig, nicht gedacht.

Wenn sie nur wüsste, ob Harry das Testament noch aufgesetzt und unterschrieben hat. Sie weiß nicht mal, zu welchem Notar er wollte.

Marcy kippt das Fenster, die stickige Luft im Zimmer ist kaum auszuhalten. Sie wird in die Küche gehen, frischen Kaffee brühen, den mitgebrachten Bienenstich auf einer Platte anrichten und sich dann zu ihrem Ex-Schwiegervater setzen.

„Bist du wach?" Marcy hat ein kleines Rolltischchen zwischen sich und ihren Ex-Schwiegervater geschoben.

Frederici öffnet die Augen, sein Bewusstsein scheint aus weiter Ferne zu kommen. Er sieht Marcy an, mit der Zunge leckt er sich über die trockenen Lippen.

Marcy gibt ihm einen Schluck Kaffee, bricht mit der Gabel ein Stück vom Bienenstich ab, hebt die Gabel, und Frederici spitzt wie ein Kind den Mund.

„Wie geht es dir?" Frederici lächelt, nickt und stößt mit dem Kinn den Kuchen von der Gabel.

Mary spießt den Brocken wieder auf. „Schmeckt dir der Kuchen?" Frederici lächelt.

Marcy setzt die Kaffeetasse wieder an Fredericis Mund. Er trinkt zwei kleine Schlucke, etwas Kaffee fließt sein Kinn hinunter, Marcy wischt die braune Flüssigkeit mit einem Küchentuch ab. Sie trinkt von ihrem Kaffee. „Willst du ..." Sie hält ihm die Gabel mit dem Kuchen vor den Mund. Frederici schüttelt den Kopf. Marcy lehnt sich auf ihrem Stuhl zurück.

„Ich würde dich gern mal als Anwalt etwas fragen."

Frederici bittet um ein Kissen im Rücken, um aufrechter sitzen zu können. „Wieder geblitzt worden?"

Marcy schüttelt den Kopf. „Es geht nicht um mich, sondern um eine Arbeitskollegin."

„Aha!", Frederici lächelt amüsiert.

„Ihr Mann hat sich getrennt. Als er eine neue Beziehung eingegangen ist, wollte er sie und das gemeinsame Kind testamentarisch absichern. Letzte Woche ist er bei einem Verkehrsunfall tödlich verun..."

„Lass die Spielerei", meint Frederici, „ich hab von dem Toten im Deister gelesen und mir schon gedacht, dass es dein Chef sein könnte."

„Vor dir kann man nichts verheimlichen."

„Du bist also von ihm schwanger und weißt nicht, ob er das versprochene Testament wirklich aufgesetzt hat."

„So könnte man es sagen."

„Erst einmal musst du die Vaterschaft einwandfrei belegen können, DNA-Test und so. Du wirst sicher etwas haben, woran seine DNA klebt."

„Zahnbürste?"

„Sicherstellen."

„Fotos von euch beiden?"

„Er hat sich nicht gern fotografieren lassen. Doch ein paar gemeinsame habe ich vom Schützenfest, da hatte er viel getrunken und war besonders gut drauf."

„Sicherstellen. – Gehst du davon aus, dass seine angestammte Lebensgefährtin mit dir teilen wird?"

„Wachsen Palmen am Nordpol?"

„Dann bleibt dir nichts andres übrig, als skrupellos zu werden."

„Kann ich nicht."

„Die Organisation werde ich übernehmen. Du brauchst bloß kurz in Erscheinung zu treten."

„Willst du mit dieser Schnepfe reden?"

„Und was sollte das bringen?"

„Was denn ..."

„Wir mieten einen Möbelwagen und fahren im Morgengrauen vor. Wenn seine Frau so dumm ist, die Tür zu öffnen, gehst du mit ein paar Möbelpackern in die Wohnung und wählst aus, was sie mitnehmen sollen. Am besten auch Schreibtische, Sekretäre oder so was. Und natürlich alles Wertvolle, was sich zu Geld machen lässt."

„Sie wird die Polizei holen."

„Da bist du dann schon nicht mehr da und die Möbelpacker haben meine Anweisungen."

„Wenn das klappt, ist noch immer nichts gewonnen. Sie wird mich verklagen."

„Soll sie doch." Frederici lächelt. „Du hast einen guten Anwalt - nehme ich an? - Perkuhn hat dir die eingesammelten Sachen versprochen. Dann soll sie einmal das Gegenteil beweisen. Hoffentlich hat sie noch nicht alle Schubladen und Geheimfächer leergeräumt. Übrigens: In seinem Büro muss auch gewissenhaft nachsehen werden, nimm dir am besten jemanden mit guten Augen mit."

Marcy schaut ihren Ex-Schwiegervater zweifelnd an. „Das schaffe ich schon noch. Lass uns so schnell wie möglich ..."

„Dann sofort. Meine Kollegin hat heute Nachmittag frei und ich habe dann im Büro sturmfreie Bude. Brauchst du noch etwas, bevor wir losschieben?"

„Jacke, Mütze und aufs Klo muss ich auch noch."

Kalenberger wird erwartet, vom Jägersmann Prof. Dr. Enzo zu Tannenberg. Zumindest ist er stilgerecht angezogen. Der aufgeweckte Jack Russel an seiner Seite streckt alle viere von sich, schaut unverwandt zum kleinen Backsteinhaus neben dem Holunderbusch hinüber.

Sein Herrchen lächelt diskret. Dunkelgrüner Janker, schwarze Hose und einen Jägerhut mit Quaste auf dem Kopf. Wahrscheinlich Gamsbart von einem Zwölfender. Oder so. Kalenberger kennt sich da nicht so gut aus. Mit Obanczek wäre es sicher lustiger geworden.

Wieder leichte Verbeugung und angedeuteter Handkuss. Kalenberger spürt eine leichte Hitze auf den Wangen. Kann keiner sehen, einsame Gegend.

„Kennen Sie hier ein Café?", fragt der Herr Professor. „Obwohl mir die Gegend nicht unbekannt ist, ist mir eine solche Lokalität nicht geläufig."

„Ach so, ja, Café. Ich muss vorher noch etwas erledigen. Beruflich."

„Kriminalistische Arbeit? Wie spannend. Darf ich Sie begleiten?"

„Gern."

Kalenberger nimmt eine Plastiktüte aus dem Wagen, schließt ab. „Dauert nicht lange."

„In Ihrer Gegenwart wird mir die Zeit bestimmt nicht lang - wenn ich das mal so sagen darf."

Ein Eichelhäher lacht, Kalenberger geht die Jägerallee in Richtung Annaturm hinauf. Der Herr Professor spricht mit seinem Hund, der Hund spricht mit einer Schnecke, Binsengräsern und Mäuselöchern. Merkwürdiges Duo.

Obwohl sich Kalenberger mit ihrem unterentwickelten Orientierungssinn selbst im Tierpark verlaufen hat, findet sie den Zugang zum Hochstand auf Anhieb. „Wenn Sie hier warten wollen", sagt sie zum Professor, „ich bin gleich zurück."

„Auf keinen Fall. Meine Schuhe sind aus widerstandsfähigem Pferdeleder und vertragen Feuchtigkeit, ohne welche anzunehmen."

Augenblicklich erfährt Kalenbergers Sympathie für den Herrn Professor einen Dämpfer. Sie ist bis zu ihrem vierzigsten Lebensjahr geritten. Außerdem fällt ihr absolut nicht mehr ein, warum sie seine Einladung angenommen hat.

Sie stapft zum Hochstand hinüber, der Professor mit den Pferdelederschuhen hinter ihr her.

Am Hochstand sucht sie nach den Spuren, die von der Kriminaltechnik dokumentiert wurden. Es könnten Abdrücke und Krallenrisse sein. Kalenberger nimmt die Schnappfalle aus der Plastiktüte, wickelt sie aus dem Zeitungspapier. Zeitungsartikel: *Kripo gelinkt – Beamten mit Falschgeld bestochen.* Hat ihr die Kriminaltechnik mit Sicherheit so auffällig eingepackt. Scherzkekse.

„Kann ich behilflich sein?", fragt der Herr Professor.

„Aber gern. Lassen Sie mich einfach meine Arbeit machen. Aber wenn Sie unbedingt mehr tun wollen, gehen Sie bitte zurück zum Hauptweg und vergewissern Sie sich, dass wir nicht beobachtet werden."

Der Herr Professor schaut ein wenig gefrustet, bleibt einfach stehen.

Kalenberger besieht sich ganz genau die Spuren, hält die Schnappfalle daneben, drischt eine gezackte Backe der Falle in das Holz oberhalb eines Abdrucks.

„Da liegen Sie wohl falsch, gnä' Frau. Die Abdrücke stammen von keiner Falle ..."

„Wieso sind sie nicht?"

„... sie stammen von einem Tier."

„Sind Sie Fachmann?"

„Nun ja, ich habe meine Erfahrungen. Es könnten Biss- und Kratzspuren von einem Hund sein. Aber ... glaube ich nicht ..." Er beugt sich vor und schaut ganz genau hin, misst irgendwelche Abstände an seinem Zeigefinger ab, richtet sich auf, beugt sich erneut vor. „Wenn das mal nicht ... ich will es nicht beschreien ... aber in der Presse wurde sein Kommen schon mehrmals angekündigt."

„Weihnachtsmann?"

„Der Wolf ist im Kommen und vielleicht werden wir gerade die ersten Zeugen seiner Rückkehr."

„Ein Wolf?"

„Ein Wolf!"

„Dann muss die Kriminaltechnik noch einmal anrücken." Kalenberger ruft Carben an. Carben hat Feierabend. Am Apparat als seine Vertretung Elke Schmitt. Noch besser! Schmitt will Karriere machen.

Kalenberger schildert ihr die Spurenlage und bittet um nochmalige Sicherung unter der Prämisse, dass es sich um Wolfsspuren handeln könnte.

Schmitt will sofort rauskommen. In einer halben bis Dreiviertelstunde ist sie vor Ort.

Passt doch prima. „Jetzt können wir einen Kaffee trinken", sagt Kalenberger zum Professor, sein Hund bellt sie an. Wenn sie keine Lust mehr auf Kaffee und Professor hat, wird sie sich verabschieden und den Termin mit der Kriminaltechnik vorschieben. Obwohl sie Elke Schmitt erst morgen in der Polizeidirektion treffen wird.

1949

Frau Roberta Friese, Mannheim

Liebe Roberta,
wie geht es euch? Hoffentlich gut? Ich mache mir große Sorgen, Roland hat sich vor Wochen beim Futtermachen die Forke in den Fuß gestoßen und die Wunde will und will nicht heilen. Erst hat er versucht, sich selber zu helfen und als er endlich zum Arzt gegangen ist, hat Dr. Krollmann ein sehr bedenkliches Gesicht gemacht. Obwohl sich Roland nichts anmerken lassen will, seh ich doch, dass er große Schmerzen hat. Die Wunde eitert und will sich nicht schließen. Ich mache ihm Abend für Abend ein Fußbad aus einem Sud von Eichenrinde und verbinde dann die Wunde mit der verschriebenen Salbe vom Doktor.

Roland wird immer ungeduldiger und griesgrämiger, er kann oft nicht arbeiten, liegt auf dem Sofa und starrt an die Decke. Was soll nur aus uns werden? Während wir nicht wissen, wie wir über die Runden kommen sollen, werden unsere Polacken immer unverschämter. Sie haben sich einfach ein weiteres Zimmer genommen, weil es angeblich leer stand. Aber das ist noch lange kein Grund, einfach einzuziehen und ein neues Schloss einzubauen. Jetzt hat die Matka ein eigenes Zimmer und kann residieren. Da geht es manchmal zu wie in einem Taubenschlag, Polacke rein, Polacke raus, rein, raus. Aber nicht einmal ein freundliches Wort, höchstens mal mürrisch die Tageszeit gewünscht.

Sie sehen doch, wie schwer wir es haben, wo Roland nicht so kann. Abends kommt der junge Kerl und hilft gelegent-

lich, aber es bleibt einfach zu viel liegen. Da habe ich ihm energisch gesagt, dass er mit anpacken muss, wenn sie schon keine Miete bezahlen. Er ist sofort unverschämt geworden. Ich sollte Lohn bezahlen, dann würde er schon helfen und auch Miete bezahlen, aber so müsste er sehen, wie er seine Familie aus dem Drecksloch herausbekomme. Er arbeite für Geld und nicht für gute Worte. So ist das undankbare Pack, dabei wird ihnen vom Staat noch Zucker in den Arsch geblasen. Uns wird genommen, was ihnen gegeben wird. Die Zeitung schreibt, dass durch die harten Lastenausgleichs-Opfer die Verschuldung der Landwirte bei ihren Einkaufsgenossenschaften um 1,5 Milliarden gestiegen ist. Wir zahlen 88 Mark pro Hektar an Lastenausgleich – das ist mehr, als wir aufbringen können.

Aber unsere Rucksackdeutschen waren schon auf dem Amt, um ihre Ansprüche auf Soforthilfe anzumelden. Was es da nicht alles gibt: Hauptentschädigung, Unterhaltshilfe, Entschädigungsrente, Hausratsentschädigung, aber das sind sicher noch nicht alle Ansprüche, und wir werden die Dummen sein. Uns hilft keiner, wir müssen zahlen und kuschen.

Tut mir leid, wenn meine Zeilen so mutlos klingen, aber die Zeiten sind nun mal nicht anders. Schreib doch bitte, wie es Dir und Deiner Familie geht. Ich hoffe, besser als uns.

Ganz liebe Grüße an alle,
Deine Freundin
Svea

An Fräulein Meta Gayk, Mohmense

Liebe, beste Meta,
ich bin sehr traurig, dass du dich nicht mehr gemeldet hast. Ich weiß, dass es kein böser Wille ist, du wirst unter der

alten Adresse wohl nicht mehr zu erreichen sein. Ich werde nicht aufgeben und mich an den Suchdienst des Roten Kreuzes in Hamburg mit einer Suchanfrage wenden. Ich bin ganz sicher, wir werden uns wiederfinden, auch wenn es einige Zeit dauert. Wir sind doch noch jung.

Liebe Grüße

Elfriede

2015

Obanczek ist sehr früh aufgestanden und ins Büro gegangen. Trotzdem musste er auf seinem Weg in die vierte Etage einigen Kollegen vom Motorradunfall als Erklärung für seine Blessuren berichten. Hoffentlich fragt Kalenberger nicht so genau nach.

Die Tür geht auf, Kalenberger kommt herein, sagt „Da bist du ja wieder“, hängt ihre Jacke über den Bügel und baut sich direkt neben seinem Schreibtisch auf. „Tut's noch sehr weh?“

Das will sie gar nicht wissen. Sie will nur die Gelegenheit nutzen, ihn genau zu beobachten, wenn er spricht.

„Es geht schon wieder, aber Prellungen und Hautabschürfungen, du weißt ...“

„Welche Hautabschürfungen?“, fragt Kalenberger.

„Soll ich mich etwa ausziehen?“, braust Obanczek auf.

„Nee, lass mal. Melde dich einfach, wenn du reden möchtest.“

„Was gibt es Neues?“

„Weiß ich erst nach dem ersten Kaffee. – Soll ich dir einen mitbringen?“

„Das wäre sehr nett.“

„Bin ich doch immer."

Sie hat ihn betrachtet, als wäre er ein Opfer. Neutral, abschätzend, genau. Darum mag er seine Kollegin wie niemanden sonst bei der Kripo. Und das bereits seit acht Jahren. Sie hat Menschenkenntnis, die durch keine Technik ersetzt werden kann. Ob er ihr von seiner Auseinandersetzung ...

Kalenberger bringt den Kaffee, einer der Becher tropft, Kalenberger musste die Bürotür wohl mit dem Ellbogen öffnen. Obanczek hätte aufspringen und ihr die Tür aufmachen können, wenn er denn könnte.

Kalenberger stellt ihm den Kaffeebecher mit Rand auf seinen Tischkalender. Mittwoch, der 13. „Da hab ich aber Glück gehabt, dass es nicht Freitag ist", sagt Obanczek.

Kalenberger setzt sich, schlürft aus ihrem Kaffeebecher. „Und jetzt?"

„Der Libanese kann sich noch immer nicht erinnern, wie es zu den Messerstichen in der Eilenriede gekommen ist."

„Also schicke ich Perkuhn als erledigten Vorgang zur Staatsanwaltschaft."

„Die Eilenriede gibt auch nicht viel mehr her. Die Erinnerungslücken des Libanesen könnten durchaus echt sein, er kann sich nicht mal mehr an die Frau erinnern, um die es ging."

„Warum bekommen immer die anderen diese schicken Fälle?", überlegt Kalenberger.

„Neunundvierzigjährige Geschäftsführerin Andrea K. einer Zeitarbeitsvermittlung einem Gewaltverbrechen zum Opfer gefallen", liest Obanczek vom Bildschirm ab. „Die Getötete war bei mehreren Partnerbörsen im Internet angemeldet und hatte eine Vorliebe für Sadomaso. Ob der Täter, den sie offenbar über das

Internet kennenlernte, sie aus Versehen beim Geschlechtsverkehr tötete ..."

„Da könntest du vielleicht noch was lernen!"

„Wenn du wüsstest ...", Obanczek stöhnt bei jeder Gewichtsverlagerung.

Es klopft, gleichzeitig wird die Tür mit einem solchen Schwung aufgestoßen, dass sie nur einem Vorgesetzten aus der Hand gerutscht sein kann. Alfons Kornett - Oberstaatsanwalt. Dunkles Sakko, hellere Hose, braune Schuhe, eine Schildpattbrille auf der Nase, natürlich Imitation. Oder Provokation?

„Leider muss ich Sie in aller Frühe in Ihrer behaglichen Ruhe stören. Der Kriminal-Dauerdienst meldet einen unappetitlichen Fund."

Kalenberger trinkt einen Schluck von ihrem Kaffee.

„Ich habe unter Leitung von Hauptkommissar Kloppstock - Friedrich Kloppstock mit zwei P und ohne Gottlieb - eine SoKo *Kanal* zusammengestellt. Einzelheiten in diesem kleinen Dossier."

Kornett wirft Kalenberger und Obanczek je einen braunen Aktendeckel mit wenigen Einlagen auf den Schreibtisch, bei Kalenberger trifft er die PC-Tastatur. Kalenberger nimmt den Deckel mit spitzen Fingern auf und legt ihn demonstrativ auf den Aktenstapel am äußersten rechten Rand des Schreibtischs.

„Beweisen Sie Ihre Teamfähigkeit, auch wenn es Ihnen schwerfallen sollte." Er dreht sich um und verlässt grußlos das Büro.

„Was sollte das denn mit der Teamfähigkeit", grinst Obanczek, „wir sind doch ein hervorragendes Team?"

„Sind wir", sagt Kalenberger. „Wer liest?"

„Na, wer schon?" Obanczek zieht den Aktendeckel zu sich heran.

„Prima, dann kann ich mir die Fingernägel lackieren. Das gibt ein Bounty extra."

Obanczek beugt sich über seinen Schreibtisch, streckt seine Hand aus, das Licht der Deckenlampe spiegelt sich auf seiner Glatze.

„Ich muss erst zum Kiosk", sagt Kalenberger.

„Aber nicht vergessen!" Obanczek öffnet den Aktendeckel. „Also. Gestern Mittag sind aus der Leine in Höhe des Westschnellwegs (Linden - Limmer) Leichenteile eines Mannes und Bekleidung - verpackt in Tüten - geborgen worden. Eine Fortsetzung der Suche am heutigen Tag brachte keine neuen Erkenntnisse. Die Identität des Mannes ist weiterhin unklar. Seit den Morgenstunden wurde die Leine erneut mit Leichenspürhunden sowie Tauchern abgesucht. Die Hunde schlugen an einigen Stellen - unter anderem im Bereich des Rangierbahnhofs Seelze - an. Diese Bereiche nahmen die Taucher der Zentralen Polizeidirektion besonders in Augenschein. Die Beamten fanden verschiedene Gegenstände, die jedoch offensichtlich nicht mit der aktuellen Tat in Zusammenhang stehen. Gegen 16 Uhr war die Suchaktion beendet. Die Leine ist wieder für den Schiffsverkehr freigegeben.

Aufgrund der medialen Berichterstattung sind bislang rund 30 Hinweise eingegangen - eine heiße Spur befindet sich nach ersten Einschätzungen nicht darunter.

Die Obduktion am heutigen Vormittag brachte folgende Ergebnisse: Die Körperteile gehören zu einem Mann, der älter als 70 Jahre, von kräftiger Statur und europäischer Herkunft gewesen ist. Hinweise auf Tätowierungen oder sonstige körperliche Auffälligkeiten konnten nicht erlangt werden. Bei der Obduktion wurden beidseitig Rippenbrüche sowie Abwehrverletzungen festgestellt. Die ungefähre Liegezeit im Wasser wird auf mehrere Tage taxiert. Eine DNA-Analyse steht derzeit noch aus. Die Polizei rechnet zum Ende der Woche mit einem Ergebnis der Untersuchung. Die Polizei bittet weiterhin Zeugen, die hierzu Hinweise geben können und so weiter ..."

„Wasserleichen sind gruselig", sagt Kalenberger und betrachtet die frisch lackierten Fingernägel der linken Hand. „Dann schon lieber Biogasanlage."

„Wir können sie doch nicht einfach ignorieren."

„Ruf Kloppstock an, er wird doch wissen, was zu tun ist." Kalenberger widmet sich dem Aufhübschen der rechten Hand.

Obanczek greift zum Telefon, spricht eine Weile mit dem Kollegen, grinst gelegentlich und beendet sehr entspannt das Telefongespräch. „Kloppstock meint, unserem Staatsanwalt wären wohl die Karrierepferde durchgegangen. Er hat der Presse von einer sechzehnköpfigen Sonderkommission berichtet ..."

„Kloppstock bekommt auch ein Bounty!"

„... er hält uns auf dem Laufenden und wenn es was zu tun gibt, meldet er sich." Obanczek hüstelt, weist mit dem Kinn auf die Tür hinter Kalenberger, sie lässt den Nagellack in der Schublade verschwinden.

In der halb geöffneten Tür steht Elke Schmitt. Sie sieht kleiner aus als sie ist.

„Stör ich?" Sie klingt kleinlaut. An ihrer Hand hängt ein Blatt Papier als wäre es ein Stein.

„Komm rein", sagt Kalenberger. Obanczek versucht, ein entspanntes Gesicht zu machen.

„Wie siehst du denn aus?" Elke Schmitt scheint Obanczeks Anblick zu erschrecken, dabei ist sie einiges aus der Kriminaltechnik gewohnt.

„Unfall", sagt Kalenberger, „wird wieder."

„Na schön", meint Elke Schmitt, noch immer von Obanczeks Anblick fasziniert. Glatze, blau und grün im Gesicht, rote Ohren, aber Sonnenbrille. „Ich hab zwei Sachen ..."

„Jaaaa ...", meint Kalenberger, bevor Elke Schmitt losrennen kann, um essigsaure Tonerde zu holen.

„... die Spuren am Hochstand könnten durchaus von einem Wolf stammen. Bei Stadthagen will ihn jemand gesehen haben. Obwohl ich eher auf einen großen Hund tippen würde." Jetzt sieht Elke Schmitt wieder Kalenberger an.

„Warum hat er ihn nicht einfach erschossen, wenn er sich bedroht fühlte?", fragt Obanczek, „die Knarre hatte er doch noch in der Hand."

„Manch ein Jägersmann segnet lieber das Zeitliche, als sich mit einem Wolfsschützer anzulegen."

„Meinst du?", fragt Elke Schmitt.

„Wir werden es wohl nie erfahren", meint Kalenberger, „wir schließen den Fall gerade ab. Hast du Lust, mit Obanczek in der Sadomaso-Szene zu ermitteln?"

„Das ist langweiliger als du denkst." Elke Schmitt scheint sich im gleichen Augenblick an den Betonklotz in ihrer Hand zu erinnern. Sie legt ihn vor Kalenberger auf die Schreibunterlage. Ein eingescanntes Blatt.

Kalenberger liest: *„Wir kriegen dich!"*

„Ist mir sehr peinlich."

„Mit Andeutungen kann ich nichts anfangen", sagt Kalenberger, „meine schlimmste Fehlinterpretation war das Ja meines Ex bei der Trauung."

„Das Original lag im Audi R8 des Jägers an der L401."

„Ach nee."

„Hat Carben von der Kriminaltechnik unter dem Beifahrersitz gefunden und kommentarlos in meine

Arbeitsmappe gelegt. Ich hab gedacht, es wäre persönlich gemeint, weil ich bei unserer Bowlingrunde vierundsechzig Punkte Vorsprung habe."

„Was seid ihr bloß für ein Laden."

Da bricht der ganze Ärger aus Elke Schmitt heraus: „Weil ich das nicht gleich als Spur erkannt habe? Weil ich es als Privat eingestuft habe?

Weißt du, wie das im Augenblick bei uns ist? Fünf Mitarbeiter fehlen. Nichts ist abgelegt. Kein Bericht, kein Befund, keine Untersuchungsergebnisse, gar nichts. Nein, normal ist das nicht, dass ich den Schrieb falsch interpretiert habe. Aber ein Großteil meiner Zeit geht für Systemwartung drauf. Unmengen an Daten müssen digitalisiert werden, und manch älterer Mitarbeiter stellt sich dabei bewusst an, als hätte er noch nie einen Computer bedient. Oder verwechselt natürlich rein zufällig den Scanner mit dem Reißwolf. So macht die Arbeit unheimlichen Spaß, 4-Millimeter-Streifen wieder aneinanderzukleben. Das kann natürlich nur ein voll ausgebildeter Kriminaltechniker. Und wenn ich glaube, ich hätte endlich auch den letzten Blödsinn gehört, kommt einer von der Mordkommission daher und hat bestimmt noch einen besseren Spruch auf Lager. Klugscheißer!" Sie dreht sich wieder zur Tür. „Nun rennt schon los, um mich anzuschwärzen, darauf kommt es nun auch nicht mehr an."

Raus, Knall, Tür zu.

„Frust", sagt Obanczek, „überall nur Frust. Wenn sie sich wenigstens trösten ließe."

„Von deiner Herzenswärme?"

„Das macht Ronnenberg doch wieder spannend", sagt Kalenberger.

„Also Akte wieder raus aus dem Postkorb, Herr Staatsanwalt muss noch warten."

„Wollen wir mal wieder literarisch lösen?" Obanczek ruckelt sich unter Ächzen und Stöhnen auf seinem Stuhl zurecht.

„Frei nach Heinrich von Kleist: Die allmähliche Verfertigung der Gedanken beim Reden?" Kalenberger zieht die Schreibtischschublade auf, entnimmt zwei Müsliriegel.

„Kein Bounty?", fragt Obanczek enttäuscht.

„Bountys erst Freitag wieder."

„Vorgestern waren noch fünf in deiner Schublade."

„Spionierst du mir etwa nach?"

„Natürlich nicht. Also Müsliriegel. Womit fangen wir an?" Obanczek beißt fast ein Drittel des Müsliriegels ab.

„Mit dem Wichtigsten, dem Tathergang. Perkuhn geht also auf die Pirsch. Stellt sein Auto ab, will aussteigen, findet die Drohung *Wir kriegen dich!*"

„Er sieht niemanden, steigt aus und nimmt sein Jagdgewehr aus dem Kofferraum."

„In diesem Augenblick wird er angesprochen."

„Er weiß sofort, was los ist und hetzt davon, ohne den Kofferraumdeckel und die Autotür zu schließen."

„Das kann aber schlecht ein Wolf gewesen sein, Wölfe können nur selten sprechen, geschweige denn schreiben."

„Außerdem hätte er sich dann höchstwahrscheinlich ins Auto gerettet."

„So beginnt eine wilde Hatz über Stock und Stein."

„Perkuhn ist übergewichtig, hat Diabetes, Bluthochdruck und trainiert ist er auch nicht."

„Sein Verfolger will ihn leiden sehen, treibt ihn vor sich her, ohne sofort anzugreifen."

„Perkuhn will zu seinem Hochstand. Von oben hat er die beste Möglichkeit, sich zu verteidigen."

„Er schafft es bis zum oberen Drittel der Leiter. Hast du noch einen Müsliriegel? Sobald ich wieder einkaufen kann, bringe ich eine Doppelpackung mit."

Kalenberger schlenzt Obanczek einen Müsliriegel über den Schreibtisch.

„Danke! – Oben bricht er tot zusammen. Mord, Totschlag?"

„Bei Perkuhns Körperzustand wurde sein Tod zumindest billigend in Kauf genommen."

„Was sagt uns das?"

„Die Staatsanwaltschaft wird über unsere dünne Hypothese nicht besonders erfreut sein."

„Bleiben zwei Fragen: Wer hat die Drohung geschrieben und warum?"

„Das ist eine Frage."

„Das sind zwei Fragen, sonst könnte man sie mit einer Antwort beantworten."

„Wie passen die Biss- und Kratzspuren an der Leiter in unser Konstrukt?"

„Gar nicht."

„Also ab in die Ablage unter I wie irrelevant."

„Der Mann ist also vorsätzlich in den Tod getrieben worden."

„Und wer hat etwas davon?"

„Ich kann nicht laufen."

„Wir fahren!"

Vor dem Haus in der noblen Erwinstraße blockiert ein Möbelwagen mit geöffneter Hecktür und heruntergelassener Treppe drei Viertel der Straße.

„Da kommen wir wohl gerade noch rechtzeitig, bevor Frau Sonnenberg von der Bildfläche verschwindet.“ Kalenberger parkt das Auto in geringer Entfernung.

Zwei Möbelpacker steigen aus dem Auto, gehen ins Haus. Es dauert eine Weile, bis sie wieder herauskommen, der eine trägt eine große chinesische Vase, der andere einen zierlichen Schreibtisch. Kaum hat der erste die untere Stufe der Haustreppe erreicht, stürmt ein stämmiger Mann in Latzhose aus dem Haus und stellt sich den beiden in den Weg. Hinter ihm zwei kreischende, schimpfende Frauen.

Die Möbelpacker sind stehen geblieben, warten ab, die beiden Frauen schreien sich an. Es fehlt nicht mehr viel bis zu einer handgreiflichen Auseinandersetzung. Jetzt mischt sich noch ein älterer Rollstuhlfahrer ein, der bisher verdeckt vom Möbelwagen auf dem Gehweg gestanden hat.

Kalenberger und Obanczek steigen aus und betrachten die Szene aus einiger Entfernung. „Das geht schon seit sechs Uhr so“, sagt eine Passantin mit Hund, „und das in unserer Gegend. Man sollte die Polizei holen, aber an solchem Pack will sich keiner die Hände dreckig machen.“

„Nur die Polizei ...“, sagt Obanczek.

„... und die sind wir“, ergänzt Kalenberger.

„Wird auch Zeit“, sagt die aufgebrachte Passantin. Ihr Hund pupst und pinkelt an den Jägerzaun des Nachbarn.

Kalenberger und Obanczek überqueren die Straße und nähern sich der aufgebrachten Gruppe. Im Augenblick wird um eine alte Uhr gerungen, ein Zeiger ist schon abgebrochen.

Plötzlich ruft der Mann der jüngeren Frau etwas zu, sie schaut die beiden Kripobeamten an, lässt die Uhr los, tritt der älteren gegens Schienbein und hat es plötzlich sehr eilig. Sie läuft los, springt in einen vor dem Möbelwagen abgestellten Golf und rauscht davon. Gleichzeitig wird der Rollstuhlfahrer in den Möbelwagen gehievt, sein Rollstuhl landet auf der Ladefläche und schon setzt sich auch der Möbelwagen in Bewegung.

Obanczek notiert sich die Kennzeichen, Kalenberger ist schon bei Bianca Sonnenberg angekommen, die sich auf einen Hocker gesetzt hat und ihr Bein massiert.

„Was war das denn?", fragt Kalenberger.

„Das war Marcy Schmiedebach, eine von Harrys Fitness-Übungen."

„Fitness-Übungen?"

„Eher passiver Art."

„Und was wollte sie?" Obanczek ist hinzugetreten, Kalenberger stellt ihn als ihren Kollegen vor.

„Sie wollte sich lächerlich machen."

„So sah es aber nicht aus."

„Um kurz nach sechs hat es geklingelt, sie müsste mir dringend etwas über Harry berichten. Dann war sie auch schon im Haus und mit ihr zwei Möbelpacker. Gott sei Dank war ich nicht allein."

„Der Mann in Latzhose?"

„Genau. Er hat gerade die Heizung repariert."

„Morgens um sechs?"

„Für die Kripo wohl eine Zumutung", meint Bianca Sonnenberg schnippisch.

Obanczek kann nur vermuten, ob sie die Uhrzeit oder seine handwerklichen Fähigkeiten meint.

„Wie dem auch sei", fährt Bianca Sonnenberg fort, „sie hat versucht, mir das Haus auszuräumen. Dieses unverschämte Ding. Behauptet, von Harry schwanger zu sein. Sie wolle sich nur absichern, wo Harry doch jetzt tot sei und ihr nichts hinterlassen habe außer seinen Versprechungen."

Obanczek notiert sich Stichpunkte. Er wird sie für Bianca Sonnenbergs Anzeige brauchen, die sie sicher gleich ankündigen wird.

„Ich zeige sie an, das dumme Luder. Was denkt sie sich eigentlich? Sie ist nicht die Einzige, der Harry einen Braten in den ... Harry hat für drei Kinder von drei Frauen Unterhalt gezahlt, da wäre es ihm auf einen vierten Dauerauftrag auch nicht mehr angekommen."

„Sie kennen Frau Schmiedebach?"

„Sie ist Tippse in seinem Büro, aber Harry hat sie sicher nicht wegen ihrer organisatorischen Fähigkeiten eingestellt."

Obanczek stutzt. „Sein Büro ist doch wohl geschlossen?"

„Ich bin noch nicht dazu gekommen!"

Obanczek sieht Kalenberger kurz an. „Dann hätten wie gern die Büroadresse ..."

„Und der klapprige Typ im Rollstuhl hat ständig seinen Senf dazugegeben. Er muss mit in die Anzeige."

„Wir müssen los!" Obanczek scheint es auf einmal eilig zu haben. „Wir melden uns dann wieder bei Ihnen, um ein Protokoll und die Anzeigen aufzunehmen, aber jetzt ..." Kalenberger und Obanczek eilen über die Straße, Obanczek fährt los, bevor sich Kalenberger angeschnallt hat.

„Gefahr im Verzug?", fragt Obanczek.

„Gefahr im Verzug!", sagt Kalenberger. Obanczek knallt das Blaulicht aufs Autodach.

Mit einer ziemlich heftigen Bremsung hält Obanczek vor der angegebenen Büroadresse. Tiergartenstraße.

Erste Etage. *HA-PE Unternehmensberatung GmbH.* Die Tür geschlossen, niemand öffnet aufs Klingeln.

Noble Etage, nobles Haus, Obanczek sucht nach dem Hausmeister, findet eine Hinweistafel neben dem Aufzug.

Der Hausmeister kommt. Ein jüngerer Mann mit schwarzem Haar und kratzigen Bartstoppeln. Die Kripobeamten weisen sich aus. Der Hausmeister kann sich nicht erklären, warum das Büro geschlossen ist. Er hat doch eben noch eine der beiden Mitarbeiterinnen von Herrn Perkuhn gesehen, Frau Schmiedebach, sie hatte es sehr eilig. Hat eben viel zu tun, ihre Kollegin ist noch zwei Wochen, der Hausmeister überlegt. „... nein, zehn Tage in Kur. Burnout - nehmen sie jetzt alle." Der junge Mann lacht.

Kalenberger wird ungeduldig, fordert den Hausmeister mit Gesten auf, sich mit dem Aufschließen der Bürotür zu beeilen.

Als die Tür schließlich offen steht, wird der Hausmeister abgedrängt, bevor Obanczek die Tür hinter sich und Kalenberger schließt.

Sie sehen sich um. Nichts Auffälliges. Im Vorraum zwei Arbeitsplätze mit Tastatur und Bildschirmen. Aufgeräumt. Fast schon abgeräumt. Die Tür zu Harald Perkuhns Büro steht leicht offen. An der Tür ein launiger Anhänger: *Bitte nicht stören, Chef schläft.*

Obanczek stößt die Tür mit dem Ellbogen auf. Alles ordentlich und korrekt, doch eine der Mahagoni-Schranktüren steht einen Spalt breit auf. Kalenberger nimmt ein Taschentuch aus ihrer Tasche, öffnet die Tür ganz, tritt sofort einen Schritt zurück. Ein Schrank vollgestopft mit Ordnern, auf Augenhöhe ein Tresor, die Tür geöffnet, der Tresor geleert, zwei dünne Ordner wurden zurückgelassen.

Kalenberger nimmt die Ordner mit ihrem Taschentuch um den Finger heraus, beide Ordner enthalten Adressen, wohl von Kunden und Geschäftspartnern. „Hier hat jemand aufgeräumt, ruf die Spurensicherung", sagt Kalenberger, „und finde die Adresse dieser Marcy Schmiedebach heraus."

„Mein Gott, wie uncool", sagt Pierre Webér.

„Wer hat mir denn geraten, diese windigen Zertifikate von Lehman Brothers zu kaufen?" Carlo van Arpke wirft seinem Beifahrer einen verachtenden Blick zu.

„Ein sehr, sehr guter Freund bei der Bank."

„Und was ist daraus geworden?"

„Jetzt ist er nicht mehr mein Freund. Ich verachte ihn zutiefst."

Ihr silberner BMW-Roadster parkt mit halb geschlossenem Verdeck unter einer Brücke.

„Ist das peinlich! Hoffentlich fährt keiner von unseren Freunden vorbei. Wir könnten uns nirgendwo mehr sehen lassen." Pierre Webér hält einen leeren Schuhkarton auf seinen Knien.

„Es regnet schon fast nicht mehr, es tröpfelt nur noch."

„Dann lass uns endlich, endlich weiterfahren."

„... und die Lederpolster vom Regen ruinieren lassen?"

„Du hättest jemanden fragen sollen, der was von Autoreparaturen versteht."

„Die Reparatur des Verdecks würde drei Riesen kosten."

„Zwei davon hätten wir schon mal."

„Dank deines außerordentlichen Verhandlungsgeschicks, einen Buddha der frühen Tang-Dynastie für ein Zehntel seines Wertes zu versetzen."

„Du hättest auch selber gehen können." Pierre Webér zerreißt den Schuhkarton, öffnet die Autotür und schiebt die Kartonfetzen unter den Wagen.

Carlo van Arpke trommelt mit den Fingerspitzen aufs Lenkrad.

„Es war so unangenehm. Ich musste mit dem Karton unterm Arm um den ganzen Häuserblock herumlaufen, bis ich endlich den Eingang zu dieser Pfandleihe gefunden hatte."

„Hätte ich direkt davor parken sollen?"

„Nichts kann man dir recht machen."

Die beiden Männer schweigen. Ein schwarzer Golf fährt dicht am Randstein entlang, Gischt spritzt auf, eine Fontäne weht in den BMW. Die Männer im Golf hupen, lachen, ein Mädchen auf der Rückbank zeigt ihnen den Stinkefinger.

„Mein lieber Pierre Webér, wir sind ganz unten, noch tiefer geht es kaum."

„Nimm's nicht so schwer." Pierre Webér legt Carlo van Arpke seine Hand auf den Unterarm. „Soll ich den Buddha wieder abholen und es noch mal woanders mit dem Verkauf versuchen?"

„Von Geschäften verstehst du wirklich nichts. Vielleicht könntest du es zur Abwechslung mal mit Arbeit versuchen."

Pierre Webér schaut beleidigt auf den grauen Brückenpfeiler. Es dauert eine ganze Weile, bis sich der Roadster endlich wieder in Bewegung setzt und sich seinen Weg durch die Innenstadt zur B217 sucht.

Der Wagen schleicht von Ampel zu Ampel. Seine Insassen werden mit Kopfschütteln oder ärgerlichem Hupen bedacht.

„Kannst du nicht wenigstens ein bisschen schneller fahren?"

„Wenn ich schneller fahre, verbrauchen wir mehr Sprit. Ich weiß nicht einmal, ob wir es überhaupt noch zurückschaffen."

„Das ist so peinlich."

Carlo van Arpke biegt in den Ricklinger Kreisel ein. Pierre Webér schaut seinen Freund von der Seite an, legt ihm seine Hand auf den Oberschenkel. „Für dich würde ich alles tun. Vielleicht könnte ich in einer Bar ... nur für kurze Zeit ... bis wir über den Berg sind ..."

Er verpasst die Ausfahrt, muss noch einmal den ganzen Kreisel umrunden.

Irgendwie schaffen sie es nach Ronnenberg. Aber dann ... Carlo van Arpke war erst zweimal in der Biogasanlage. Einmal, um Harry Perkuhn zu treffen, zum anderen, um einen Deal mit seinen Arbeitern auszuhandeln. Wie er auf sie gekommen ist? Sie erschienen ihm so herrlich brutal und Geld konnten sie doch bestimmt auch gebrauchen.

Carlo van Arpke muss eine Frau mit Kinderwagen nach der Biogasanlage fragen.

„Umwege über Umwege", mault Pierre Webér, „aber keinen Sprit für die Rückfahrt!"

„Sei doch ein netter Mensch und leg's aus."

„Ha, ha", lässt sich Pierre Webér vernehmen und es klingt nicht besonders lustig. „Wir sind da."

Carlo van Arpke lacht auf. „Das ist erst die Kläranlage, aber die Biogasanlage ist noch ein bisschen weiter."

Sie parken auf dem Verbindungsstreifen zwischen den beiden Kreisstraßen, das Eisentor ist geschlossen. An einem der Stäbe hängt eine Mitteilung in einer Plastikhülle witterungsbeständig verpackt. Eine Telefonnummer: *0511-4600...*

„Rufst du an?", fragt Pierre Webér, „du bist nicht so emotional."

„Ich rufe niemanden an", sagt Carlo van Arpke, „4600 und so weiter, das ist eine amtliche Leitung, wahrscheinlich die Stadtverwaltung." Auch er steigt auf die untere Sprosse des Eisentors, um besser auf das Gelände schauen zu können. Und reckt sich sogar noch höher.

„Wo sind denn deine Albaner?"

„Weiß ich nicht?"

„Und die Halle für seine Oldtimer-Traktoren?"

„Kann man von hier aus nicht sehen."

„Dann mal los!"

Ein Trampelpfad führt um das mit hohen Büschen abgeschirmte Gelände. Sie müssen nicht weit laufen, schon vor der ersten Ecke bleibt Carlo van Arpke stehen, bückt sich und späht durch ein Loch zwischen den Büschen. „Glück gehabt", murmelt Carlo van Arpke, „die Halle für seine alten Traktoren wird gerade erst gebaut. Aber das Geld ist weg und die Typen sind es wohl auch. Darauf trinken wir heute Abend ein Gläschen Sekt, ich bin meine Sorgen los."

„Wieso bist du deine Sorgen los?", fragt Pierre Webér auf dem Rückweg zum Auto.

„Weil ich für nichts Geld ausgegeben habe und das kann mir keiner verbieten."

Pierre Webér ist nachdenklich, als er sich ins Auto setzt. „Und wenn deine Komplizen etwas falsch verstanden und sich an Harry vergriffen haben? Oder er hat sie gestört, als sie die Halle abfackeln wollten."

„Wie kommst du denn darauf? Der Fettsack ist ganz normal zu Tode gekommen. Oder hast du andere Informationen?"

„Woher sollte ich andere Informationen haben?"

„Bitte, bitte, mach uns nicht zu Verbrechern, nur wegen diesem blöden Geld!" Pierre Webér streicht

Carlo van Arpke mit dem Handrücken über die Wange, Carlo van Arpke drückt ihn für einen Moment an sich. „Komm, lass uns fahren."

„Einfach so? Das Geld ist weg, die Halle steht, bestimmt taucht die Kripo wieder auf und das Autoverdeck können wir auch nicht reparieren lassen."

„Es sind wirklich schlimme Zeiten. Komm!"

„Hier hängen die Euro-Scheine aber nicht auf der Wäscheleine", meint Kalenberger.

„Schau nach oben", sagt Obanczek, „auf die schönen Jugendstilfassaden und nicht auf die aufgeplatzten Müllsäcke und die abgestellten Einkaufswagen mit leeren Flaschen."

„Historismus!", sagt Kalenberger. Sie setzt den Wagen rückwärts in eine Parklücke. Muss man können, wenn man oft mit männlichen Kollegen unterwegs ist. Sie steigen aus. „Trotzdem mag ich Vahrenwald, die Menschen sind eben wie Menschen sind und nicht Schauspieler auf der Puppenbühne."

„Das hat was. Hier ...", Obanczek zeigt auf ein Klingelschild. M. Schmiedebach/J. Heinrich. „Zweite Etage."

Kalenberger drückt auf die beiden unteren Klingeln. Der Türöffner summt. „Hallo? - Hallo?"

„Telekom", ruft Kalenberger in den Flur.

Sie steigen in die zweite Etage hinauf, stellen sich nebeneinander vor die Tür, Obanczek drückt auf den Klingelknopf. Beide lauschen.

Erneutes Klingeln. - Nichts. Dann mehr erahnt als gehört, Geräusche auf der anderen Seite, doch die Tür bleibt zu. Obanczek klopft. „Wollen Sie wirklich, dass jeder im Haus erfährt, wem Sie nicht aufmachen? Wir haben eine Dienstmarke."

Die Tür öffnet sich mit vorgelegter Kette. Ein halbes Gesicht ist zu sehen. Schwarz. Braunes Auge, blond gefärbtes Haar, weiblich, kaum anderthalb Meter groß.

Obanczek zeigt seine Dienstmarke. „Wir möchten Marcy Schmiedebach sprechen."

„Die ist nicht da."

„Und wer sind Sie?"

„Janine Walter."

„Wer?" Kalenberger vergewissert sich mit einem Blick auf das Namensschild über der Klingel.

„Janine Walter. – Ich bin nur zu Besuch."

„Okay, Sie lassen uns jetzt rein, holen Marcy Schmiedebach, wir stellen ein paar Fragen und dann sind wir auch schon wieder ..."

Die Tür geht zu, dann halb auf, hinter der schwarzen Blonden steht die Frau mit dem Möbelwagen. „Ich bin ..."

„Wir haben uns schon gesehen, Frau Schmiedebach." Die Kripobeamten treten ein, bleiben beide überrascht stehen. Vom schmuddeligen, vernachlässigten Flur sind sie in eine helle, hohe Wohnung gekommen. Stuckdecke, alte Fliesen auf dem Boden, ein goldener Spiegel neben einer hypermodernen Stahlgarderobe.

Janine Walter schließt die Tür, Kalenberger dreht sich zu ihr um. „Was denn nun, Walter oder Heinrich."

„Heinrich ist mein offizieller Name, unter dem Namen Walter trete ich auf. Oder Madeleine de Santiago."

Mit einem Blick schätzt Obanczek die Frau ab. Es geht ihn aber nichts an, als was sie arbeitet.

Marcy Schmiedebach ist in einen Wohnraum vorausgegangen. Hoch, groß, hell, harmonisch eingerichtet mit alten Möbeln und modernen Akzenten.

Marcy Schmiedebach bietet einen Kaffee an, die Kripobeamten lehnen ab, man setzt sich auf eigenwillige Sessel mit üppiger Polsterung in Rot und Weiß.

„Das war eine peinliche Aktion heute Morgen", beginnt Marcy Schmiedebach.

„Hatte einen gewissen Unterhaltungswert." Kalenberger schmunzelt.

„Hat aber nicht viel gebracht. Seine Altglasschnecke hat nichts rausgerückt, obwohl mir alles gehört."

„Sagen Sie, sie nicht!"

„Da werde ich wohl einen Rechtsanwalt einschalten müssen."

„Im Dienst sind wir mehr den Fakten als der Unterhaltung zugetan. Waren Sie heute schon an Ihrem Arbeitsplatz?"

„Muss ich darauf antworten?"

„Wäre für beide Seiten angenehmer."

„Ja, ich war in der Tiergartenstraße. Warum sollte ich nicht? Ist schließlich mein Arbeitsplatz. Hab nur nachgesehen, ob alles in Ordnung ist."

„Und? Ist?"

„Nichts Ungewöhnliches."

„Kann doch auch nicht. Ihre Kollegin hat sicher alles im Griff."

„Nicht immer. Sie ist krank – nehme ich an, zumindest war sie nicht anwesend."

„Sie haben sich also nur umgesehen und sind wieder gegangen?" Obanczek schaut Kalenberger kurz an.

„Es gibt ja nichts mehr zu tun."

„Sie waren doch sicher auch im Arbeitszimmer von Harald Perkuhn?"

„Kann sein."

„Und da ist Ihnen nichts aufgefallen?"

„Ach, was soll's." Marcy Schmiedebach springt auf und nimmt eine Klarsichthülle von der Anrichte. „Ich habe mir geholt, was mir zusteht." Sie legt die Klarsichthülle vor Kalenberger auf den Tisch. Kalenberger schiebt die Hülle so, dass Obanczek mitlesen kann.

„Sie bekommen ein Kind von Harald Perkuhn?"

„... und in dem handschriftlichen und datierten Schreiben hat Harald aufgeführt, was er mir und unserem gemeinsamen Kind im Fall eines Unfalls oder so hinterlässt."

„Knapp einen Monat alt", murmelt Kalenberger.

„Ein ordnungsgemäßes Testament ist es aber nicht."

„Ein letzter Wille ist ein letzter Wille, und der wird wohl reichen ..."

„... um Bianca Sonnenberg das Haus leerzuräumen."

„Wer weiß, was sie vorhat. Vielleicht verkauft sie alles unter der Hand und verschwindet ins Ausland. Dann steh ich ganz schön blöd da."

„In die rechtliche Auseinandersetzung können und wollen wir uns nicht einmischen. Können wir die Aufstellung mitnehmen?"

„Ich habe eine Fotokopie." Marcy Schmiedebach steht auf, die Kripobeamten erheben sich ebenfalls. Marcy Schmiedebach händigt ihnen die kopierten Seiten aus.

Man verabschiedet sich, hinter einer der halb geöffneten Türen lauert Janine-Madeleine Heinrich-Walter-Santiago, wie Kalenberger bei einem kurzen Seitenblick bemerkt.

Kantapper, Kantapper, murmelt Kalenberger. Ständig Fortschritte und keinen Schritt voran.

1952

Frau Roberta Friese, Mannheim

Liebe Roberta,
lange habe ich mich nicht gemeldet, aber ich hatte einfach nicht die Kraft, irgendetwas zu unternehmen. Otto ist an einer Blutvergiftung gestorben. Du hast mir auf meinen Trauerbrief so mitfühlende Zeilen geschrieben, für die ich mich von ganzem Herzen bedanke. Ein Lichtblick in dunkler Zeit, ich habe die Zeilen immer wieder gelesen. Es tut noch sehr weh, aber nun heißt es nach vorne schauen, soll nicht alles den Bach runtergehen. Die Polacken machen sich immer breiter auf unserem Hof. Wenn wir nicht aufpassen, nehmen sie uns noch all unser Hab und Gut. Sie haben jetzt sechs Zimmer und zahlen sogar eine lächerliche Miete. Aber was soll man machen, ich bin auf jeden Pfennig angewiesen und das wissen sie. Von den Lastenausgleichszahlungen haben sie sich neu eingekleidet und eingerichtet, und er hat sich sogar einen dreirädrigen Tempo-Lieferwagen gekauft. Damit fährt er über Land und kauft Wehrmachtsmaterial und alte Motoren auf, um sie wieder herzurichten und teuer zu verkaufen. Es geht angeblich aufwärts mit Deutschland und Maschinen werden überall gebraucht.

Auch für mich hat es einen kleinen Lichtblick gegeben. Ich bin nicht mehr ganz so wehrlos den Bedrängnissen ausgeliefert. Als ich schon alles hinschmeißen wollte und mich wegen einer Unterkunft an meine Schwester in Kaiserslautern gewandt habe, hat das Schicksal mir einen kleinen Sonnenstrahl geschickt. Meine Schwester hat mir von einem

Großneffen, einem Kriegswaisen, berichtet, der Beschäftigung in der Landwirtschaft sucht, um sich eine Zukunft aufzubauen. Walter Beck ist nun schon einige Zeit hier, hat die größten Schäden an Haus und Scheune ausgebessert, sich den hinteren Anbau wohnlich eingerichtet und letzten Sonntag hat er mich zum Kaffee und Apfelkuchen eingeladen und seine Freundin Margot vorgestellt. Sie wollen bald heiraten. Es geht heutzutage alles so schnell. Bloß dem Schrotthändler mit seinem stinkenden Dreirad geht es nicht schnell genug. Am liebsten würde er alles übernehmen und uns vor die Tür setzen, aber da wird er sich an Walter und seiner zukünftigen Frau die Zähne ausbeißen.

Ich würde ihnen gern bei der Arbeit mehr helfen, doch mein kaputter Rücken und die Gicht in meinen Fingern machen mir immer mehr zu schaffen, so versuche ich mich wenigstens mit Hausarbeiten nützlich zu machen. Wer weiß, wie lange ich es noch kann.
Liebe Grüße von Deiner Freundin
Svea

PS: Die Matka hat jetzt übrigens eine eigene Pflegerin und ich muss sehen, wie ich allein zurechtkomme. Die jungen Leute im Anbau haben genug Arbeit mit sich selbst.

An Fräulein Meta Gayk, Mohmense

Liebe Meta Gayk,
ich versuche es noch einmal an dieser Adresse. Leider hat mir das Rote Kreuz mitgeteilt, dass unter Deinem Namen keine Daten in der Suchkartei geführt werden. Bitte, bitte, melde Dich oder wer immer diese Zeilen auch lesen mag.

Gott segne unsere Heimat!
Elfriede Perkuhn

Zaghaftes Licht dringt durch die dunklen Baumkronen. „Guten Tag, Frau Sonnenberg, wir kennen uns bereits."

Kalenberger hat auf die Klingel gedrückt. Jetzt hält sie der Gegensprechanlage ihren Ausweis vor das Videoauge. Nach einem kurzen Zögern summt der Türöffner. Obanczek drückt die Tür auf. Bianca Sonnenberg kommt ihnen entgegen, schaut genervt. „Was gibt es denn noch?"

„Wir waren bei Marcy Schmiedebach ..."

„Hat sie sich beruhigt?"

„... sie konnte ein handschriftliches Schreiben vorlegen, mit dem sie von Harald Perkuhn im Falle seines Todes bestens abgesichert wird."

„Konnte sie?"

„Wir sind nicht interessiert, wem wie viel testamentarisch zusteht ...", sagt Kalenberger.

„Verstehe", sagt Bianca Sonnenberg, „Sie suchen das Tatmotiv. Ich schau jeden Sonntag Tatort."

„Tatmotiv? Wie kommen Sie denn darauf? Wissen Sie mehr als wir?"

„Kommen Sie bitte mit." Bianca Sonnenberg geht voraus in den lichtdurchfluteten Raum. Sie nimmt einen bedruckten Bogen Papier vom Stapel neben dem Drucker, gibt ihn Obanczek.

Jetzt hat er endlich sein Fett.

„Interessant", sagt Obanczek und reicht das Blatt an Kalenberger weiter, „woher haben Sie die Nachricht?"

„Sie werden lachen: aus meinem Drucker. Vorher war sie eine Persönliche Nachricht auf Facebook. Von wem? Von Harry P., setzen Sie sich doch."

„Aber Harry Perkuhn lebt doch gar nicht mehr", meint Obanczek konsterniert.

„Sie sind aber ein ausgebuffter Ermittler." Bianca Sonnenberg lacht. „Der Absender war auch nicht Harry mit zwei R, sondern mit drei. Harrry." Bianca Sonnenberg rollt überdeutlich das R in Harrys Namen.

„Mist", sagt Obanczek.

„Wieso?" Kalenberger schaut verständnislos.

„Der Account von Harry P. mit zwei R wurde gehackt und dann hat der Hacker seine Botschaft unter dem Namen Harrry P. an die gesamte Freundesliste von Harry Perkuhn geschickt."

„Aha", sagt Kalenberger.

„Der Absender fällt nicht gleich auf - wer schaut schon so genau hin, er kann seine Nachricht verbreiten und wieder unerkannt verschwinden."

„Also kein natürlicher Tod?"

„Das können wir noch nicht bestätigen", sagt Kalenberger, „die Untersuchungen laufen noch."

„Und damit das auch gleich geklärt ist ..." Bianca Sonnenberg steht auf und holt noch ein Blatt Papier, diesmal aus der Suppenterrine in der roten Stahlanrichte. „... Harry wird wohl so einige Zettel mit seinem letzten Willen hinterlassen haben. Hat er gern gemacht, wenn er betrunken war und den großen Weltenlenker heraushängen lassen wollte. Nur, der Letzte Wille, den er mir hinterlassen hat, ist besiegelt. Diese Schnepfe soll sich mit Harrys Engerling bloß nicht noch einmal bei mir sehen lassen. Ich bin nicht mehr so unvorbereitet wie beim ersten Mal."

Kurz überlegt Kalenberger, ob sie Bianca Sonnenbergs Erregung nutzen kann, auf die Beschimpfung eingehen soll, nimmt dann ihr Notizbuch aus der

Handtasche und macht sich ein paar Stichworte. „Wird eine Menge Arbeit, die Freundesliste abzuarbeiten", seufzt Kalenberger und erhebt sich. „Kennen Sie Harrys Kennwort?"

„Harry hat mit seinem schlechten Gedächtnis kokettiert. Privat. Sein Merkzettel klebt unterm Mousepad."

„Und wo ist sein Mousepad?"

„Im Büro."

„Ein ewiges Hin und Her." Jetzt erhebt sich auch Obanczek.

„Ich kann es Ihnen aufschreiben."

Bianca Sonnenberg nimmt Marcy Schmiedebachs Fotokopie, sieht sich nach einem Kugelschreiber um, Kalenberger reicht ihr den Kugelschreiber aus ihrem Notizbuch.

geiletitten24 notiert Bianca Sonnenberg auf Harrys Hinterlassenschaft.

„Wie originell", sagt Kalenberger.

Bianca Sonnenberg bringt sie zur Haustür.

„Wenn ich Ihnen vielleicht einen Tipp geben darf?" Bianca Sonnenberg ist stehen geblieben, die Türklinke schon in der Hand. „Natürlich hat sich Harry mit seiner Finanz- und Unternehmensberatung nicht nur Freunde gemacht. Aber mit dem Bau der Biogasanlage hat er sich persönliche Feindschaften eingehandelt, die gingen an die Substanz."

„Wir kommen darauf zurück", sagt Obanczek.

„Genaueres kann ich Ihnen darüber nicht sagen, weil ich mich für die Details nicht interessiert habe. Harry hat über die Drohungen nur gelacht, aber sie haben ihm doch richtig zugesetzt."

Bianca Sonnenberg öffnet die Tür, Kalenberger und Obanczek verabschieden sich. „Warum hast du bei den persönlichen Feindschaften nicht nachgefragt?“, fragt Kalenberger.

„Wir haben auch mal Mittagspause!“

„Einmal Bratcurry mit Pommes“, sagt Obanczek.

„Zweimal!“, verbessert Kalenberger.

„Dazu einmal Cola light ...“

„... und ein Mineralwasser.“

Sie sind nicht so häufig im Curry Calum in der Rückertstraße, aber ab und zu muss es sein. Gourmetbistro. Unter anderem wird die ausgezeichnete VW-Wurst angeboten.

„Du wirkst so bedrückt“, meint Kalenberger, „nimmt dich der Tod des Jägersmanns so mit?“

„Nein“, sagt Obanczek. „Über kurz oder lang lösen wir den Fall und dann ist gut.“

„Was ist es denn?“

„Privat.“

„Heirate endlich, dann hat man auch schlechte Laune, weiß aber warum.“

„Nicht so wichtig.“

„Oder möchtest du doch lieber eine Currywurst bei Curry Paul essen?“

„Da gibt es keinen Parkplatz.“

Kalenbergers Handy meldet sich. Oberstaatsanwalt Kornett, der Stimmungstöter. Kalenberger spricht eine Weile mit ihm. „Und?“, fragt Obanczek besorgt.

„Pressekonferenz um sechzehn Uhr. Die Presse fragt nach dem Toten im Deister. Da seien Gerüchte im Umlauf ...“

„Das kriegt er nicht alleine hin?“

„Wir sollen eine Erklärung abgeben.“

„Moment.“ Obanczek legt sein Notizbuch auf den Tisch, entwirft die Presseerklärung, liest sie vor. „Die

Gerichtsmedizin hat zweifelsfrei Tod durch Herzversagen festgestellt. Gegenteilige Erkenntnisse liegen nicht vor."

Kalenberger schmunzelt. Bei *gegenteilige Erkenntnisse* wird er sich die Zunge brechen. Sie ruft den Oberstaatsanwalt an, legt auf. „Gut gemacht", sagt sie zu Obanczek, „den sind wir los. Welche privaten Probleme?"

„Du solltest zum Zoll gehen, an dir kann man kaum etwas vorbeischmuggeln."

„Versuch nicht abzulenken, wer macht dir das Leben schwer?"

„Ich habe ... ich will dich nicht mit hineinziehen."

„Hast du schon. Dein Unfall war kein Unfall?"

„Beim Zoll wärst du jetzt schon Regierungsdirektor."

– -

„Ich hab mein Motorrad an die falschen Leute verkauft."

„Nimm's zurück."

„Geht nicht."

– -

„Angeblich wurde der Kilometerstand des Tachos vor dem Verkauf manipuliert."

„Wieviel?"

„Zehntausend."

„Eine Menge Geld."

„Nein, Kilometer."

„Jetzt fordern sie zum Ausgleich sechstausend."

„Kilometer?"

„Euro."

„Wer sind sie?"

„Torf-Rocker."

Kalenberger überlegt. „Eine Menge Moneten. Verkauft hast du für viertausend?"

„Dreineun, aber zehntausend ... woher nehmen und nicht stehlen?"

„Was willst du jetzt machen?"

„Aufpassen, dass sie mich nicht erwischen."

„Schwierig, fast schon unmöglich."

„Soll ich mir vielleicht freiwillig die Fresse polieren lassen", braust Obanczek auf.

„Was ist das denn für eine Ausdrucksweise? Kein Wunder, dass du bei jeder Beförderung übergangen wirst. Wie viel kannst du denn zusammenkratzen?"

„Zweieinhalb."

„Der Rest leih' ich dir zu null Komma fünf Prozent über dem Leitzins."

„Das kann ich nicht annehmen."

„Das Geld bekommst du nicht in die Finger. Zu gegebener Zeit bringst du deinen Anteil mit ins Büro, den Rest übernehmen wir gemeinsam."

„Mensch, das ist gefährlich. Die Jungs lassen nicht mit sich spaßen."

„Zum Lachen gehe ich ins GOP."

„Wie willst du ...?"

„Mehr brauchst du nicht zu wissen, mach einfach deinen Dienst und bring gelegentlich mal eine Großpackung Haribo mit."

„Hätte ich bloß nichts gesagt."

„Wäre schlecht für dich, aber gut für mich gewesen." Kalenberger putzt sich den Mund ab. „Noch einen Espresso und einen Grappa?"

„Nicht im Dienst."

„Dann also nur einen Grappa."

„Du vereinbarst den Termin."

„Ich kann dir gar nicht sagen, wie ..."

„Wusstest du, dass die VW-Wurst bis nach China exportiert wird?"

„Wenn das dem Konzern fürs Überleben reicht."
Der Grappa kommt, sie stoßen an.

Am nächsten Morgen die Schlagzeile auf dem Fünfzig-Cent-Blatt: *Mysteriöser Tod im Deister. Herzversagen? Staatsanwaltschaft tappt im Dunkeln.* Darunter ein Bild von einer Inge in voller Pracht am FKK-Strand des Ricklinger Sieben-Meter-Teichs.

„Wir wären doch besser zur Pressekonferenz erschienen", meint Obanczek.

„Ist jetzt zu spät."

„Wollen wir heute Früh zur Biogasanlage fahren und mal ein bisschen in der Umgebung rumfragen?"

„Packen wir's gleich, bevor sich OS Kornett blicken lässt."

Kalenberger fährt, Obanczek überlegt.

„So schweigsam?"

„Sie haben wegen der Geldübergabe angerufen."

„Und wann?", fragt Kalenberger.

„Morgen um neunzehn Uhr auf dem Parkplatz der Marienburg."

„Gut, bring morgen früh das Geld mit. Ich erledige die Sache gleich nach Feierabend."

„Ich kann dich doch nicht allein ..."

„Das hatten wir bereits. Kneif einfach die Arschbacken zusammen oder leiste dir eine Pampers Extra Large. Sind vielleicht bei Rossmann sogar im Angebot."

Sie fahren eine Weile schweigend über Land. „Und wen willst du hier befragen?"

„Die Nachbarn der Biogasanlage natürlich", sagt Kalenberger.

„Aha."

„Was heißt hier aha?"

„Wenn ich mich recht erinnere, gibt es da nur ein Klärwerk und in dem Klärwerk arbeiten keine Nachbarn, sondern städtische Angestellte im Schichtdienst und ob die sich für Harry Perkuhn interessiert haben ..."

Kalenberger steuert die nächste Parkbucht an. „Stimmt."

„Ich werde mal in Springe anrufen und nach Nachbarn fragen." Kalenberger greift zum Handy, stellt sich vor. „Polizeiobermeister Matthes?"

„Dass ihr den sichersten Pfad gewählt, wer möchte das leugnen?"

„Schiller – Kabale und Liebe?"

„Fast richtig!" Polizeiobermeister Matthes lacht. „Musen-Almanach für das Jahr siebzehnsiebenundneunzig."

„War ich nah genug dran, um eine Auskunft zu erhalten?"

„Selbstverständlich. Wo viel Freiheit, ist viel Irrtum, doch sicher ist der schmale Weg der Pflicht."

„Wer kann uns Auskunft geben über eventuelle Differenzen von Harald Perkuhn mit seinen Nachbarn?"

„Dem toten Jägersmann am Annaturm?"

„Genau."

„Es kann der Frömmste nicht in Frieden leben, wenn es dem bösen Nachbarn ..."

„Danke – Informationen wären mir lieber", sagt Kalenberger und beendet das Gespräch ohne kollegialen Gruß.

„Noch eine Currywurst?" Obanczek grinst.

„Ich hab da noch eine Idee." Kalenberger greift nach ihrem Notizbuch, überblättert ein paar Seiten, scheint etwas gefunden zu haben und nimmt erneut ihr

Handy. Es dauert eine Weile, bis sich ein Gesprächspartner findet. Kalenberger spricht, Obanczek findet es überfreundlich, sie legt auf und hat so ein feines Lächeln auf dem Gesicht. „Wir sind verabredet."

„Wir?"

„In Alvesrode", Kalenberger geht gar nicht erst auf Obanczeks Zwischenbemerkung ein. „Benimm dich aber anständig, dort wartet im Café Wisent ein sehr netter Herr auf uns."

„Und wo ist das?"

„In der Nähe vom Wisentgehege in Springe. Starte mal das Navi."

„Brauchen wir nicht, B217 und irgendwann kommt eine Abzweigung."

Stimmt. K212 mit einer imponierenden Abfahrtsschlaufe. Obanczek muss sich am Handschuhfach abstützen. „Neue Rodenbeeke, dann rechts ab in die Straße Zum Saupark."

„Zum Wisentgehege!"

„Riech doch mal."

„Das riecht wie ..."

„... eben, unsere Biogasanlage. Soll uns nicht weiter kümmern, die stinken doch an jeder zweiten Ecke rum."

„Und die Sauen wird's nicht stören."

Noch ein paar Meter, dann das Café Wisent.

„Ist wohl nicht so sehr frequentiert um diese Uhrzeit."

Zwei gelbe Holzhäuser mit Schrägdach, rote Sonnenschirme, Kinderspielplatz, alles irgendwie im fröhlichen Schwedenstil. Etwas abseits ein kleines Backsteinhaus neben einem großen Holunderstrauch.

Als sich Kalenberger und Obanczek den Häusern nähern, erhebt sich ein Herr im grauen Tuchmantel aus einem quadratisch praktischen Rattansessel. Er kommt ihnen mit feinem Lächeln entgegen. Obanczek schaut Kalenberger an, Kalenbergers Ohren haben sich leicht gerötet. So kalt ist es doch noch gar nicht.

„Es ist ein bisschen frisch", sagt Kalenberger, nachdem sie den Tuchmantel begrüßt und Obanczek vorgestellt hat. „Wollen wir uns nicht lieber hineinsetzen?"

Der Tuchmantel zu Tannenberg hebt bedauernd die Schultern. „Ich möchte Claudius nur ungern alleine lassen, er ist sehr sensibel."

„Claudius?" Kalenberger lässt ihren Blick schweifen, entdeckt ein schwarzes Bündel neben dem verlassenen Rattansessel.

„Sie haben einen schönen Hund", sagt Kalenberger, „es ist doch ein Jack Russell? Wenn ich mir einen Hund zulegen sollte, müsste es so ein Jack Russell sein."

„Diese Rasse kann ich nur empfehlen, intelligent, lebhaft und mutig. Das wäre was für Sie!"

„Na ja", sagt Obanczek, er findet das Tier nur nervig, aber damit wäre es vielleicht wirklich etwas für seine Chefin.

„Sie müssen ihn gleich kompromisslos erziehen", Herr Tannenberg lächelt, „Claudius hört aufs Wort, so wie ein Gentleman auf die Wünsche einer Dame."

Obanczek hat den Namen des Herrchens nicht richtig verstanden, außerdem lässt er aus Rationalisierungsgründen die adeligen Namenszusätze meist weg.

Herr Tannenberg schnipst mit zwei Fingern, sofort setzt sich Claudius auf, Herr Tannenberg klopft mit der flachen Hand an seinen Mantel, Claudius setzt sich in Bewegung, Herr Tannenberg sagt „Sitz!" und Claudius hockt sich neben sein Herrchen.

„Danke, dass Sie gekommen sind. Sie kennen sich doch um den Deister und Ronnenberg aus ..."

„Auskennen ist ein großes Wort."

Kalenberger lässt sich nicht ablenken. „... wissen Sie etwas über Querelen um die Biogasanlage in Ronnenberg? Nachbarschaftsstreit, Proteste von Umweltschützern, Differenzen mit Anliegern, Auseinandersetzungen mit der Stadt?"

„Ich würde Ihnen gerne helfen", sagt Herr Tannenberg, „aber darüber weiß ich rein gar nichts. In dieses Thema bin ich nicht involviert."

„Wir wären für den kleinsten Hinweis ..."

Tannenbergs Handy klingelt, er greift in die Manteltasche, schaut aufs Display. „Es tut mir sehr leid, aber ich muss los. Ein Notfall in der Klinik." Er reicht Obanczek die Hand, dann Kalenberger und schaut ihr tief in die Augen. „Hoffentlich sehen wir uns unter besseren Bedingungen bald wieder. Ich wünsche es mir sehr." Er schnipst wieder mit den Fingern, geht los und Claudius folgt ihm auf dem Fuße.

„Was war das denn für ein komischer Heiliger?", fragt Obanczek, nachdem Mann und Hund um die nächste Wegbiegung verschwunden sind.

„Es können sich nicht alle in deinen Lederjackenkreisen bewegen." Kalenberger scheint richtig empört. „Ich schätze durchaus als Ablenkung von unserer pöbelnden Kundschaft gelegentlich eine gepflegte Unterhaltung mit zuvorkommenden, aufmerksamen Gesprächspartnern."

„Geht mich auch nichts an." Noch bevor sich eine Bedienung blicken lässt, machen sie sich auf den Rückweg zum Auto. „Ich kann dich nur warnen: Der Mann ist nicht echt."

„Du und deine Menschenkenntnis!"

Damit ist die Unterhaltung beendet, bis sie wieder im Auto sitzen. „Und jetzt?" Kalenberger sieht

Obanczek an, ihr Privatleben geht ihn nichts an, aber die Ermittlungen müssen weitergehen.

„Fahr zurück nach Ronnenberg, ich recherchiere mal im Internet, wo man sich umhören könnte."

Kalenberger startet den Wagen. „Ein bisschen komisch ist er schon ..."

„... vielleicht hat er innere Werte." Obanczek lässt sein Smartphone arbeiten.

Sie sind auf der B217 schon hinter Weetzen, da meldet Obanczek einen Treffer: Buchhandlung Der Buchfink, Lange Reihe 6.

Die Adresse ist schnell gefunden, ein Parkplatz leider nicht. Doch Kalenberger findet immer eine Lücke, soll doch jemand die Polizei holen, wenn's ihm nicht passt.

Ein hübscher kleiner Buchladen mit Zeitungen, Zeitschriften und Geschenken. Eine freundliche Bedienung. Wenn man etwas Historisches über Ronnenberg suchen würde, da hätte sie eine ordentliche Auswahl, aber die letzten sechzig, siebzig Jahre und dann noch zum Gebiet zwischen Ronnenberg und Gehrden? Da gibt es Schriften des Heimatbundes, auch Videos mit Berichten von Zeitzeugen ... Die nette Bedienung eilt davon und kommt gleich darauf mit einem blau gebundenen Bändchen *Alt-Ronnenberg – Tradition-Würde-Identität* zurück. „Verfasst von Karl-Friedrich Seemann – aber wenn Sie spezielle Fragen haben ..."

„Haben wir."

„... wenden Sie sich doch an Herrn Korte, er arbeitet für die Calenberger Nachrichten und hat ein gut sortiertes Archiv. Die Zeitung besteht immerhin schon seit Anfang des vorigen Jahrhunderts."

„Also heim aufs Gehöft und dann wird telefoniert." Obanczek hat sich die Autoschlüssel genommen.

„Wir machen noch einen kleinen Umweg zur Biogasanlage, bin gespannt, was sich da tut."

Nichts. Nichts tut sich. Das Eisentor ist mit einer zusätzlichen Kette gesichert und die Tür des Wohncontainers quietscht im Wind.

„Wenn wir schon mal da sind, noch ein kleiner Abstecher zum Klärwerk."

„Ich hab die Nase voll und will zurück ins Büro."

„Zwei Bountys extra, wenn du aufhörst zu maulen."

„Dann fahr vorbei und halte nicht an."

„Wenn niemand zu sehen ist, brauche ich auch nicht anzuhalten."

Es ist jemand zu sehen, ein Dicker in Latzhose und rotweißer Sicherheitsweste.

„Welch ein Glück", knurrt Obanczek.

„Das ist kein Glück", Kalenberger steigt aus, „das ist Intuition - aber davon verstehen Männer bekanntlich nichts."

Sie ruft „Hallo", und geht zu dem Dicken hinüber, Obanczek unwillig hinterher.

„Wie gehen die Geschäfte?", fragt Kalenberger.

„Zu viele Hygienetücher in den Abflüssen, die verstopfen alles."

„Hab noch nie einen Mann gesehen, der Hygienetücher benutzt", murmelt Obanczek.

Ein strafender Blick Kalenbergers trifft ihn. „Ich auch nicht."

„Wenn Sie Wertgegenstände durchs Klo gespült haben", sagt der Dicke, „hier wurde nichts angeschwemmt. Ich versteh gar nicht die ganze Aufregung um die verschwundenen Eheringe. Bei jedem Juwelier lässt sich so ein Teil doch nachbestellen."

„Schon", sagt Kalenberger, „aber die meisten Ehemänner können ihren Ring nicht beschreiben. So aus Gold und rund ... vielleicht."

„Hast du plötzlich was gegen Männer?"

„Nur gegen Ehemänner, die in fremden Revieren auf die Pirsch gehen."

„Ich geh dann mal wieder an meine Arbeit", meint der Dicke.

„'nen Augenblick noch", hält ihn Kalenberger zurück.

„Sie wissen vom Tod des Betreibers der Biogasanlage?" Obanczek zückt seinen Ausweis, er will die ganze Aktion beschleunigen.

„Warum auch nicht?"

„Wer hat denn die Anlage übernommen?"

„Niemand. Sie wurde einfach nicht mehr gefüttert und ist verhungert."

„Und die Arbeiter?", mischt sich Kalenberger ein.

„Tja, die Arbeiter ..."

„Was ist mit den Arbeitern?" So langsam ist das kein Geplänkel mehr für Obanczek. Er bekommt richtig schlechte Laune.

„Die sind weg."

„Wohin?"

„Weiß ich nicht. Eines Mittags haben sie sich in ihre neuen BMWs gesetzt und sind hupend und winkend abgerauscht. Sah aus wie bei einer Balkanhochzeit. Jetzt muss ich aber los. So ein Klärwerk ist sehr arbeitsintensiv."

„Klar", sagt Kalenberger, „versteh ich. Eine verantwortungsvolle Aufgabe. Aber Sie sagten etwas von neuen BMWs?"

„Die müssen im Lotto gewonnen haben. Für jeden ist ein 5er dabei rausgesprungen und dann *Hasta la vista, baby,* ab über die Anden."

„Sonst noch irgendwelche Beobachtungen?"

„Nö, danach hat sich niemand mehr auf der Anlage blicken lassen. – Allerdings", besinnt sich der Dicke, „sie haben zu dritt auf der Anlage gearbeitet, aber nur zwei sind abgehauen. Der dritte ist vielleicht schon vorgefahren."

„Er meint bestimmt die Alpen", sagt Obanczek, als sie wieder in ihrem Dienstwagen sitzen.

„Sie können das Geld natürlich gewonnen haben ...", meint Obanczek.

„... oder irgendjemand hat es ihnen zugesteckt", vervollständigt Kalenberger den Gedankengang.

„Zur Fahndung ausschreiben?"

„Dafür haben wir noch zu wenig in der Hand."

„Also zurück ins Büro zum heißen Kaffee."

„Hast du nicht gehört, einer fehlt. Lass mal die Personalien überprüfen, die sie uns gegeben haben."

„Dann kann ich auch gleich den Mann mit Hund durchlaufen lassen, wie hieß der noch?"

„Hab ich vergessen", sagt Kalenberger.

„Ach, so. Aber eins zur Warnung ..."

„Ich weiß, der Mann ist nicht echt."

„Zumal er einen weißen Ring an seiner linken Hand trägt."

„Einen weißen Ring?"

„Der weiße Ring ist da, wo vorher ein goldener geklemmt hat. Hast du das übersehen?"

„Ich habe nicht darauf geachtet."

„Also keine Datenüberprüfung?"

„Tu, was du nicht lassen kannst, ich weiß von nichts."

Marcy Schmiedebach fährt zu ihrem Ex-Schwiegervater. Die letzte Aktion hätte nicht schiefgehen müssen.

Vielleicht hat Frederici noch ein Ass im Ärmel, als Anwalt hat er selbst aussichtslose Prozesse gewonnen.

Marcy Schmiedebach hat einen Schlüssel, will aber nicht unvorbereitet ins Haus platzen. Sie drückt auf die Klingel. Nichts rührt sich. Sie drückt noch einmal. Nichts. Es wird doch nichts passiert sein? Mit zitternden Fingern schiebt sie ihren Schlüssel ins Schloss, schließt möglichst leise auf.

Der Flur liegt verlassen vor ihr. Aus dem Hintergrund ist Mots Stimme zu hören, leise, einschmeichelnd.

Marcy Schmiedebach atmet auf. Sie streift ihre Schuhe ab und schleicht durch den Flur. Ein wohliges Grunzen antwortet Mot. Die Tür zum Wohnzimmer ist nur leicht angelehnt. Marcy Schmiedebach späht ins Zimmer, kann nichts erkennen, schiebt die Tür um wenige Zentimeter weiter auf.

Ihr Ex-Schwiegervater liegt auf dem Ledersofa, seine Beine baumeln zur Seite herunter. Er hat die Augen geschlossen. Lächelt.

Marcy Schmiedebach drückt die Tür noch eine Winzigkeit weiter auf. Der Ex-Schwiegervater ist nur mit seinem Oberhemd bekleidet, zwischen seinen Beinen kniet Mot. Nackt. Der Ex-Schwiegervater stützt sich mit einer Hand an Mots runder Schulter ab. Ganz liebevoll massiert und beschmust Mot das, was von Fredericis Männlichkeit noch übrig geblieben ist. Mot spricht leise, thailändisch, fröhlich, ab und zu von einem kleinen Lachen unterbrochen. Frederici wirkt völlig entspannt. Ob er mit seiner Frau jemals so glücklich war?

Marcy Schmiedebach zieht sich unauffällig zurück, nimmt ihre Schuhe in die Hand, verlässt das Haus und zieht das Schloss fast geräuschfrei mit ihrem Schlüssel zu. Sie lächelt. Ohne Mot wäre Frederici sicher längst ein verdrossener alter Mann.

Bianca Sonnenberg hat einen kleineren Zeitungshinweis gelesen: Carlo van Arpke hält in der Volkshochschule einen Vortrag über die Kunst des zwanzigsten Jahrhunderts. Der kann auch über alles reden, sogar über Kunsthonig, wenn's Publicity macht. Ihre Gedanken wandern. Sie starrt auf ihre Kaffeetasse, überlegt. Sie hätte da noch eine Biogasanlage im Angebot. Mit einem kleinen Fehler. Offiziell geht da gar nichts, wie ihre Recherchen der letzten Tage ergeben haben, aber bevor sich diese werdende Mutter die Anlage unter den Nagel reißt ...

Carlo van Arpke schaut erstaunt, als Bianca Sonnenberg etwas verspätet im Saal der Volkshochschule eintrifft und sich auf den freien Stuhl neben Pierre Webér setzt. Carlo van Arpke lässt seinen Blick über seine aufmerksamen Zuhörer schweifen, etwas Gequältes liegt in seinem Gesichtsausdruck, doch er braucht das Geld und hat sich gut vorbereitet: „... dann setzt das nicht nur einen äußersten Grad von Sensibilität im kreativen Umgang mit der Moderne, sondern gleichermaßen die künstlerische Maxime mit subjektivem Blick und individueller Positionierung voraus. Gerade die Kunst des zwanzigsten Jahrhunderts hat die lange und fruchtbare Tradition entwickelt, mit avantgardistischen Momenten nicht nur die neuen Inhalte der Moderne, sondern auch den künstlerischen Umgang mit der Tradition zu erkennen. Formale und gedankliche Durchdringungen bilden eine eindeutige Differenz zur stilistischen Adaption. Die ästhetischen und kompositorischen Elemente provozieren eine fundamentale Obduktion von Spiegelungen, Ähnlichkeiten und Dopplungen. Neben der Sichtbarmachung des Unsichtbaren ist ihr Hauptanliegen eine produktive Strategie der historischen Korrektur ...

So weit, so gut. Ich schlage vor, eine Pause von zwanzig Minuten einzuschieben. Kann bitte jemand die Fenster öffnen, um ein frisches Lüftchen hereinzulassen? Danke!"

Carlo van Arpke schließt sein Manuskript, wartet einen Augenblick und kommt dann zu Bianca Sonnenberg und Pierre Webér. Er erkundigt sich nach Biancas Citroen und Pierre bietet Bianca Sonnenberg ein Hustenbonbon an. Carlo van Arpke freut sich, dass Bianca Sonnenberg zu seinem Vortrag gekommen ist. Die Situation ist völlig entspannt, das spürt Bianca Sonnenberg, allerdings mag sie keine Hustenbonbons.

Eine ältere Dame mit Halbbrille möchte von Herrn Webér erfahren, wie er die produktive Strategie der historischen Korrektur in der modernen Kunst sieht.

Bianca Sonnenberg flüstert Carlo van Arpke etwas ins Ohr, Pierre Webér schaut beleidigt, steht auf und geht wortlos.

So war es gedacht, ein kleines Lächeln fliegt über Bianca Sonnenbergs Gesicht. „Ich würde mich gern mit Ihnen unter vier Augen unterhalten."

„Heute noch?"

„Wenn's geht!"

Man trifft sich im Café Konrad in der Knochenhauerstraße, einen Steinwurf von der Marktkirche entfernt. Das Café ist gut besucht. Die Einrichtung vermittelt den Charme der frühen Siebzigerjahre. An den Wänden ringsum Bänke mit schmalen dunklen Polstern, Tische mit glänzenden hellen Platten auf schwarzen Tellerfüßen. Dazu schmale Sprossenstühle.

Sie setzen sich an einen Ecktisch vor der breiten Fensterfront. Bianca Sonnenberg bestellt sich einen Flammkuchen, Carlo van Arpke entscheidet sich für ein überbackenes Baguette.

„Ist das nicht ...", fragt Bianca Sonnenberg leise und deutet mit dem Kopf auf die Eckbank. Dort sitzt eine aufgekratzte Gruppe, alle sprechen durcheinander, eine große Schwarzhaarige mit sonorer Stimme übertönt alle.

„Na, klar. Die Sensations-Carmen aus der Staatsopernaufführung."

„Für meinen Geschmack ist sie ein bisschen zu sehr von sich überzeugt", sagt Bianca Sonnenberg, „auf der Bühne und im Leben."

„So sind sie eben, die Amerikaner."

Carmen lacht, als hätte sie es gehört.

„Musikalisch durchaus vertretbar, aber Inszenierung und Bühnenbild ... na ja", sagt Bianca Sonnenberg.

Die Bedienung bringt Bianca Sonnenberg einen Kaffee und Carlo von Arpke einen Milchkaffee.

„Was will man machen", sagt Carlo van Arpke, „wenn du eine Oper modern deutest, bleibt das Publikum weg, machst du es im alten Stil, bist du raus aus den Feuilletons."

„Auch nicht gerade förderlich für eine Karriere."

„Karriere im Kunstbetrieb ist doch sowieso meist Glückssache."

Ein junger Mann mit strohblonden Haaren und leuchtend grünen Turnschuhen betritt das Lokal. Er sieht sich suchend um und setzt sich an einen freien Zweiertisch.

Bianca Sonnenberg hat die Szene nur flüchtig aus dem Augenwinkel beobachtet. „Das Geschäft mit den Oldtimern läuft wohl nicht so, wie es sollte?" Bianca Sonnenberg teilt mit der Gabel ein Stück vom Flammkuchen und steckt es in den Mund. „Ich hab mal auf eure Homepage geschaut - ziemlich lange Standzeiten."

„Was soll man machen ..."

„Kann man mit Oldtimern überhaupt noch Geschäfte machen?"

„Schon, Araber, Russen und Chinesen kaufen, was der Markt hergibt. Aber wir müssen im Augenblick stillhalten, der Zoll ist hinter uns her und ermittelt wegen angeblicher Wäsche von Schwarzgeld. Wir wären schön blöde, wenn sie etwas finden sollten, aber die Ermittlungen blockieren alle Aktivitäten."

Bianca Sonnenbergs Blick fällt auf den Mann, der gerade zur Tür hereinkommt. Pierre Webér! Sie macht sich so groß und auffällig, dass er sie nicht übersehen kann. Pierre Webér stutzt, winkt ihr mit kleiner Geste zu und begibt sich hinter Carlo van Arpkes Rücken an den Zweiertisch mit dem strohblonden jungen Mann mit den leuchtend grünen Turnschuhen. Er küsst ihn zur Begrüßung auf den Mund, setzt sich und käme nicht mehr in Carlo van Arpkes Blickfeld, selbst wenn der sich umdrehen sollte.

„Aber“, sagt Bianca Sonnenberg, „wir wollen den ganzen Abend nicht mit so Nebensächlichkeiten wie Kultur vergeuden ...“

Carlo van Arpke kann nicht genau einordnen, ob es ein Scherz ist oder ernst gemeint war.

„... du kennst doch die Biogasanlage in Ronnenberg.“

„Jaaa“, sagt Carlo van Arpke gedehnt. Er legt Messer und Gabel zum Baguetterest auf seinen Teller. Er beugt sich, so weit es geht, über den Tisch.

„Und wie wir schon herausgefunden haben, kanntest du meinen Lebensgefährten Harry Perkuhn.“

„Nur geschäftlich.“

„Aus seinen hinterlassenen Aufzeichnungen lässt sich aber eine recht intensive geschäftliche Beziehung ableiten. Es sind zwar nur Andeutungen, aber Harry scheint dich in der Hand gehabt zu haben und nun ...“

„Sprich bitte nicht so laut.“

„Hast du etwas zu verbergen.“

„Ich? Wie kommst du denn darauf? Nach deiner Aussage hatte er einen Herzinfarkt und der ist bestimmt nicht auf meinem Mist gewachsen.“

Bianca Sonnenberg stutzt, dann überzieht ein überlegenes Lächeln ihr Gesicht. „Wie Harry zu Tode gekommen ist und warum, versucht die Polizei zu klären. Mich interessieren mehr die Vorgänge auf der Biogasanlage.“

„Ist nicht so mein Ding.“

„Könnte es aber ganz schnell werden.“

Erbost springt Carlo van Arpke auf. „Willst du mir drohen?“

„Setz dich wieder.“ Bianca Sonnenberg greift nach seinem Arm. „Erhöhte Aufmerksamkeit können wir nun beide nicht gebrauchen.“

Carlo van Arpke sieht sich um, er ist nicht besonders aufgefallen. Er setzt sich wieder.

„Soweit ich das in Erfahrung bringen konnte, sind alle drei Arbeiter verschwunden."

„Da weißt du mehr als ich."

„Zwei haben sich abgesetzt, der dritte kann nicht mehr fliehen."

„Was hat das mit mir zu tun?"

„Ein anonymer Tipp, und die Polizei wird Tarek Hoxha finden."

Natürlich, es ist keine besonders schmeichelnde Beleuchtung im Café Konrad, aber Carlo van Arpkes plötzliche Blässe wäre jedem aufgefallen, der ihn aufmerksam angesehen hätte. Hat aber niemand. Nur Bianca Sonnenberg, und sie weiß, dass sie auf dem richtigen Weg ist.

„Du bist doch der Sponsor ihrer fast neuen BMWs, clever, den Kauf über Tageszulassungen zu anonymisieren."

„Ich kann dir ..."

„... ein Ehrenwort geben?" Bianca Sonnenberg lacht. Hinter Carlo van Arpke taucht Pierre Webér auf, schneidet eine Grimasse in Richtung Carlo van Arpke und steuert auf die Toiletten zu. „Spar dir deine Ausreden. Tarek Hoxhas BMW wird die Polizei nicht finden. Und seinen Aufenthaltsort wohl auch nicht. Wer vermutet schon, dass von dreien zwei geflohen sind und sich der dritte die eingelagerte Silage von unten betrachtet. Das nennt man aufopferungsvollen Arbeitseinsatz."

Im weiteren Sinne könnte man Herrn Korte in Ronnenberg auch zu den Nachbarn der Kläranlage rechnen. Arbeitstechnisch. Zwar arbeitet Herr Korte nicht mehr bei den Calenberger Nachrichten, man schafft die dünnen Berichte jetzt mit Praktikanten oder Quereinsteigern. Natürlich billiger. Herr Korte wird nur noch bei so uncoolen Themen wie klassischen Gesangsdarbietungen, Aufführung der örtlichen Theatergruppe oder Kranzniederlegung am Kriegerdenkmal eingesetzt, berichtet er den beiden Kommissaren.

„Ja, ja, ich weiß, dass das Kriegerdenkmal nicht mehr Kriegerdenkmal genannt werden soll, aber bevor sich die Mitglieder der Stadtverordnetenversammlung auf eine neue Bezeichnung geeinigt haben, bleib ich für mich bei der alten. Mit einer Umbenennung des Denkmals kann man die Schrecken des Krieges ... aber wozu rede ich."

„Sie haben doch durchaus recht", pflichtet ihm Kalenberger bei.

„Habe ich?" Herr Korte schmunzelt. „Was führt Sie zu mir?"

Herr Korte ist ein kleiner, drahtiger Mann in Jeans, blauem Oberhemd, darüber eine naturfarbene Lederweste. Seine wenigen silbergrauen Haare stehen ihm wirr vom Kopf und geben ihm ein verwegenes Aussehen.

„Da gibt es in dem Zusammenhang mit dem Tod des Inhabers der Biogasanlage einige Ungereimtheiten ..."

„... und man sagte uns", ergänzt Kalenberger, „Sie seien der richtige Mann für Ronnenberger Internas."

„Da gibt es sicher weit kompetentere Auguren", Herr Korte lacht, „doch was wollen Sie wissen?"

„Welchen Ruf hatte Harald Perkuhn so im inneren Zirkel Ronnenbergs?"

„Ruf? Eigentlich gar keinen. Er ließ sich hier nur ganz selten blicken. Allerdings hat es wohl irgendwie ein Geschmäckle, wie er bzw. seine Eltern und Großeltern an das Grundstück gekommen sind."

„Ach?"

„Sie brauchen mich nicht anzuspornen, ich erzähle Ihnen auch so, was ich weiß - will doch sonst keiner was wissen: Harald Perkuhn war kein angenehmer Zeitgenosse. Als ich mich mal erdreistet habe, einen kritischen Bericht über die Umweltbelastungen durch die Biogasanlage zu veröffentlichen, hatte ich mit einem Schlag eine Unterlassungsklage am Hals, mein Chefredakteur drohte mir mit Kündigung und dann starb unerwartet meine Katze an Rattengift, ich musste mein Archiv wegen Eigenbedarfs aufgeben und dann hat er sich auch noch an meine Frau herangemacht und sie lächerlich gemacht. Ich bin also kein großer Fan."

„Mich würde interessieren, wie er angefangen hat", sagt Kalenberger.

„Angefangen hat alles vor Harald Perkuhn - haben Sie Zeit mitgebracht?"

Kalenberger denkt an die Wasserleiche. „Ausreichend!"

Herr Korte erhebt sich. „Kaffee oder Tee?"

Kalenberger und Obanczek schauen sich an. „Wie es Ihnen recht ist."

„Dann Tee." Herr Korte verschwindet in einen kleinen Nebenraum seines Archivs.

„Ganz schön bequem", sagt Obanczek und patscht mit den flachen Händen auf die Armlehnen der braunen Ledersessel.

„Wenn ich nicht bis morgen hier sitzen muss", meint Kalenberger.

Herr Korte kommt zurück. „Der Tee muss noch ziehen." Er stellt das Tablett mit den drei dünnen Tassen, dem Kandis und der Sahne im Tetrapack auf den kleinen Tisch vor der Sitzgruppe. „Die Geschichte geht weit in die Vergangenheit zurück. Die Großeltern sind aus, ich glaube, Ostpreußen gekommen, aber dazu habe ich einen ganzen Ordner angelegt und der Tee ist auch fertig."

Es dauert nur wenige Augenblicke, bis Herr Korte mit einer geblümten Teekanne und einem dickeren Aktenordner zurück ist. Er schenkt den Tee ein, Zucker und Sahne sollen seine Gäste selber nehmen, dann schlägt er den Ordner auf. „Richtig. Aus Ostpreußen. Elfriede und Otto Perkuhn." Er schaut auf. „Aber an der Stelle der jetzigen Biogasanlage war kein Niemandsland, da stand ein traditionsreiches Hofgut der Eheleute ...", er schaut wieder in seinen Ordner, „... Roland und Svea Rieken. Die Perkuhns wurden 1945 einquartiert. Sie mauserten sich im Laufe der Jahre durch Sparsamkeit und Arbeitseinsatz. Die Riekens hat es verbittert. Die Perkuhns sind in wenigen Jahren von mittellosen Flüchtlingen zu gut situierten Hofbesitzern aufgestiegen. Offizielle Papiere gab's da nicht, doch wo kein Kläger, da kein Richter. Und wer etwas anderes behauptete, wurde beschimpft, bespuckt und fertiggemacht."

„Der Tee schmeckt sehr gut", sagt Obanczek, „obwohl ich eigentlich Kaffeetrinker bin."

„Daran wird's wohl nicht liegen."

Obanczek schaut verdutzt, grinst dann seine Kollegin an.

„Wenn's Ihnen reicht ..." Herr Korte schaut seine Besucher an.

„Er ist noch jung", sagt Kalenberger, „und kann sich schlecht über längere Zeit konzentrieren. Ich höre Ihnen aufmerksam zu."

„Nun, ja. Als Klaus und Imke Perkuhn – Harald Perkuhns Eltern – das Hofgut übernahmen, erbten sie neben Haus, Grund und Boden eine kleinere Handlung für Futtermittel. Sie investierten in den elterlichen Betrieb und verarbeiteten und vertrieben tierische und pflanzliche Fette für Schweine, Rinder und Geflügel. Der expandierende Betrieb stellte auch technische Fettsäuren für die Industrie her, aber sauber war das nicht."

Herr Korte beugt sich über seinen Ordner, liest vor:

„Der Ronnenberger Futterfett-Hersteller Perkuhn & Co. ist am Ende. Das Unternehmen, Ausgangspunkt eines landesweiten Dioxinskandals, hat Insolvenz angemeldet. Nach Ansicht des niedersächsischen Landwirtschaftsministeriums brachte Perkuhn & Co. mit einem hohen Maß krimineller Energie dioxinbelastete Futtermittelfette auf den Markt.

Alle Anzeichen verdichten sich, dass die Giftpanscherei mit Vorsatz und System erfolgte. Die Staatsanwälte ermitteln gegen das Unternehmen unter dem Anfangsverdacht des Betrugs, der Steuerhinterziehung und des Verstoßes gegen das Lebens- und Futtermittelgesetz.

Das Unternehmen soll Futtermittel, die die menschliche Gesundheit beeinträchtigen können, wissentlich in Verkehr gebracht haben, so Oberstaatsanwalt Roland Halberstatt. Den Verantwortlichen drohten hohe Geldbußen oder Haftstrafen von bis zu fünf Jahren.

Mit kostengünstiger Rohwarenbeschaffung aus allen Teilen der Welt warb Perkuhn & Co durchaus zutreffend. Der eindeutig als technische Mischfettsäure deklarierte Rohstoff wurde nicht zu Industriefett weiterverarbeitet, sondern in der Futtermittelproduktion verwendet.

Ein einträgliches Geschäft: Für eine Tonne Industriefett kassierte das Unternehmen rund fünfhundert D-Mark, für eine Tonne Futterfett aber das Doppelte.

Um die Giftfunde zu verschleiern, soll die Firma die dioxinhaltigen Fette so lange verdünnt haben, bis die Grenzwerte eingehalten wurden. Damit das Kontrolllabor nicht Alarm schlagen konnte, sollen die belasteten Proben umdeklariert und als technische Fette eingeschickt worden sein.

Dreitausend Tonnen dioxinbelastetes Futterfett wurden von Perkuhn & Co in sechs Wochen an Futtermittelhersteller geliefert. Infolge dessen mussten allein in Niedersachsen viertausendvierhundert Höfe gesperrt werden.

Schadensersatzansprüche in Millionenhöhe drohen dem insolventen Unternehmen. Der Schaden für die betroffenen Bauern wird auf vierzig bis sechzig Millionen D-Mark pro Woche geschätzt."

„Nicht schlecht, Herr Specht", sagt Obanczek. „Wissen Sie, wie es für die Familie Perkuhn weiterging?" Obanczek wird ungeduldig.

„Klaus und Imke Perkuhn sind wohl mit ihrem Sohn Harald nach Hannover umgezogen, keineswegs nach Sahlkamp Mitte oder Vahrenheide. Ein bisschen Geld ist wohl irgendwie gerettet und in eine noble Adresse in Kirchrode investiert worden."

„Soweit wir wissen, hat Harald Perkuhn neunzehnhundertfünfundneunzig die HA-PE Unternehmensberatung GmbH in der Tiergartenstraße gegründet. Aber Hannover ist wohl nicht Ihr Interessengebiet?"

„Von Hannover interessieren mich das Historische Museum, die Holländische Kakaostube und Hannover 96."

Kalenberger steht auf. Sie braucht mehr Bewegung, das ständige Sitzen geht auf den Rücken. „Aber jetzt ist von dem Hofgut nichts mehr zu sehen."

„Obwohl es unter Denkmalschutz stand." Herr Korte erhebt sich ebenfalls. „Harald Perkuhn hat es verkommen lassen, eine Gefährdung der Allgemeinheit bestand nicht, und niemand konnte oder wollte eingreifen ..."

Man gibt sich die Hand.

„... das Gebäude fiel in sich zusammen, Harald Perkuhn ließ den Schutt abräumen und die Biogasanlage zum allgemeinen Wohl errichten."

„Sie haben uns sehr geholfen", sagt Kalenberger.

„Wenn Sie den Aktenordner mitnehmen möchten ..."

„Danke", sagt Obanczek und klemmt ihn sich unter den Arm.

Im Büro erwartet sie eine E-Mail von Friedrich Kloppstock - mit Dateianhang. „Er lebt also noch", sagt Obanczek.

„Und was hat unser Ermittlungsleiter zu sagen?"

„Lies doch selber."

„Kann nicht. Ich habe Kreislauf!"

„Zwei Bountys extra!"

„Hast du das Geld mitgebracht?"

„Natürlich. Du auch?"

„Aber klar, also lies schon. Wir haben nicht ewig Zeit!"

„In der Leine sind am Montag mehrere Säcke mit Leichenteilen gefunden worden. Arbeiter und ein Schiffsführer machten den grausigen Fund in Höhe des Westschnellwegs. Allerdings fehlen noch einige Teile, sodass die Suche am Dienstagvormittag fortgesetzt wurde.

Drei Plastiksäcke mit Kleidungsstücken und Teilen einer männlichen Leiche sind bisher gefunden worden. Mitarbeiter des Wasser- und Schifffahrtsamts Braunschweig haben zwei der Beutel gegen 12.30 Uhr beim Reinigen des Leineufers im Wasser treibend entdeckt. In einem der Säcke befand sich ein weiteres Leichenteil, das Schifffahrtsamt Braunschweig alarmierte die Polizei.

Während der laufenden Ermittlungen meldete am Nachmittag ein Schiffsführer den Fund eines weiteren Plastikbeutels in Höhe des Rangierbahnhofs Seelze. In dieser Tüte befanden sich weitere Leichenteile verpackt. Bislang ist unklar, von wem die Kleidungsstücke und die abgetrennten Körperteile stammen. Die Leichenteile werden in der Rechtsmedizin erkennungsdienstlich behandelt.

Zeitgleich werden die Vermisstenmeldungen der vergangenen Tage geprüft. Bislang ohne Ergebnis. Es gilt als wahrscheinlich, dass die Leichenteile in unmittelbarer Umgebung der Fundorte ins Wasser geworfen wurden. Unklar ist, ob die Säcke ursprünglich in irgendeiner Art beschwert waren und erst jetzt an die Wasseroberfläche gekommen sind. Die Polizei sucht dennoch Zeugen, die verdächtige Personen in diesem Bereich de Leine beobachtet haben oder die Hinweise auf einen Vermissten ... und so weiter."

„Und so weiter dann morgen", sagt Kalenberger, „wir müssen langsam los."

„Soll ich mitkommen?"

„Natürlich! Du fährst den Wagen."

„Und du?"

„Ich sitze neben dir."

„Wir zwei gegen den Rocker-Clan?"

„Ich habe mich erkundigt. Es ist nur ein Clan-chen. Eher eine private Bande."

„Zugeschlagen haben sie aber wie Profis."

Kalenberger schließt ihren Schreibtisch ab, wirft noch einen Blick in den Spiegel im Spind und zieht ihre Jacke an. „Nun komm schon."

Sie laufen die Treppe hinunter, Obanczek immer zwei Stufen hinter Kalenberger, doch kurz vor dem Ausgang überholt er seine Vorgesetzte und hält ihr die Tür auf. „Wo steht dein Wagen?"

„Mein Wagen? Wir nehmen den Sprinter."

„Aber ... aber das ist doch ein Dienstwagen."

„Wir vollziehen eine Sicherstellung", Kalenberger wirft Obanczek die Autoschlüssel zu, „Prävention, sagt unser aller Chef, ist die beste Polizeiarbeit."

„Weiß er ..."

„Frag nicht so viel!" Kalenberger setzt sich auf den Beifahrersitz, Obanczek startet den Wagen. An der Ausfahrt vom Parkplatz setzt er den Blinker links, Kalenberger will nach rechts. „Zum Steintor!"

„Willst du eine Grundausstattung an Baseballschlägern und Schlagringen besorgen?"

„Quatsch nicht so viel. Wo ist deine Kohle?"

Obanczek wirft ihr einen erstaunten Blick zu. Kalenberger hat sich in wenigen Augenblicken verwandelt, von einer abwägenden Hauptkommissarin in einen zupackenden Kumpel. „Du überraschst mich immer wieder!"

„Dann wird's dir auch nicht langweilig."

„Danke nochmals für deine Hilfe." Obanczek übergibt Kalenberger einen Briefumschlag. „Wo soll ich parken?"

„Gar nicht. Fahr am Steintor rein, dann über die Steintorstraße, am Marstall rum und dann über die Scholvinstraße irgendwie zurück zur Goethestraße und dann in westlicher Richtung. Aber mach langsam."

„Drive-in?“

„Redest du immer so viel, wenn du die Hose voll hast?“

„Ich kann auch gar nichts sagen.“

„Eben.“

Es ist nicht weit bis zum Steintor. Obanczek muss auf den Autoverkehr und die umherwieselnden Fußgänger achten. Er fährt langsam, wüsste gern, was Kalenberger plant, dann von der Steintorstraße abbiegen in die Straße am Marstall. Kalenberger greift über seinen rechten Arm, betätigt zweimal kurz die Hupe. „Ordnungswidrigkeit“, sagt Obanczek.

„Du wolltest die Klappe halten. Zur Marienburg findest du es doch sicher auch ohne Hilfe?“

Obanczek verzieht das Gesicht, sagt aber nichts. Hinter dem Goetheplatz stellt er nach einem routinemäßigen Blick in den Rückspiegel fest, dass ihm ein Motorradfahrer folgt, nicht einer, drei oder fünf oder ...

„Da sind sie schon“, sagt Obanczek. „Vielleicht sollten wir bei der nächsten Parkmöglichkeit anhalten und ihnen das Geld übergeben, dann haben wir die Sache hinter uns.“

„Konzentrier dich auf den Verkehr!“

Obanczek konzentriert sich, schaut aber immer wieder in den Rückspiegel. Die Motorradbrigade lässt sich nicht abschütteln, macht aber auch keine Anstalten zu überholen, als Obanczek das Tempo verringert.

B3, hinter Pattensen geht es links ab auf die K209, dann den Berg zur Marienburg hinauf. Zögerlich biegt Obanczek auf den Parkplatz ein und stellt überrascht fest, dass sie bereits von einer sechsköpfigen Motorradgruppe erwartet werden. Von den Verfolgern ist nichts mehr zu sehen. Sie könnten vorher abgebogen sein und einen anderen Weg ...

„Viertausend?", fragt Kalenberger noch mal zur Sicherheit.

Obanczek nickt.

„Du bleibst im Auto", sagt Kalenberger. „Was auch passiert, halte dich raus und lerne!" Sie öffnet die Beifahrertür, in die Gruppe der Motoradfahrer kommt Bewegung. Man baut sich auf.

Kalenberger steigt aus und im gleichen Augenblick biegt die begleitende Motorradbrigade auf den Parkplatz ein.

Gemessenen Schritts geht Kalenberger auf das Grüppchen der sechs Motorradfahrer zu. Einer der Männer löst sich aus der Gruppe, Obanczek glaubt, in ihm den Mann mit der harten Rechten zu erkennen. Kalenberger verhandelt und dann geht alles ziemlich schnell. Die begleitende Motorradbrigade, Rocker will Obanczek gar nicht denken, sonst könnte er in Gewissenskonflikte geraten, wirft ihre Maschinen an, umrundet die verhandelnde Gruppe, kesselt sie ein, der Verhandlungsführer nimmt von Kalenberger die Briefumschläge entgegen, will sich entfernen, Kalenberger sagt etwas zu ihm und aus der Gruppe wird ein Motorrad zum Sprinter geschoben. Obanczek kann es nicht fassen: sein altes Motorrad.

Die seitliche Schiebetür wird aufgeschoben, das Motorrad hineingehievt, die Tür geschlossen und in Windeseile entfernt sich die Gruppe vom Parkplatz.

Kalenberger steigt wieder in den Sprinter. „Das war's."

Obanczek sieht sich vergewissernd um, die Bedrohung ist verschwunden, alles ruhig, in einem Polo am Ende des Parkplatzes wird geknutscht, ein älteres Paar schaut seinem Hund beim Kacken zu.

Obanczek fährt los, verlässt vorsichtig den Parkplatz, von Motorradfahrern keine Spur.

Bald sind sie wieder auf der B3 und plötzlich fängt Kalenberger an zu lachen, erst nur in kleinen Schüben, dann anhaltend und überschäumend.

„Was findest du daran komisch?" Obanczek scheint sich noch immer nicht in Sicherheit zu fühlen.

„Deine Geschäftspartner waren stocksauer."

„Na ja, viertausend statt zehntausend ist schon eine Ansage."

„Es kommt noch schöner: Sie haben dein Motorrad bereits aufgearbeitet und aufgemotzt. Es wäre jetzt glatt das Doppelte wert."

ZEHN

Es klingelt an der Haustür von Karsten Fredericis Bungalow am Tiergarten.

„Es ist offen", ruft Marcy Schmiedebach, die ihrem Ex-Schwiegervater einen Obstsalat zubereitet. Sie erwarten Mot, die hingebungsvolle thailändische Haushaltshilfe.

Nichts geschieht, dann ein erneutes Klingeln.

Marcy Schmiedebach trocknet ihre Hände an einem Küchenhandtuch am Backofen. Sie geht zur Tür, will etwas sagen und bleibt erstaunt stehen.

„Nicht erschrecken", sagt Bianca Sonnenberg.

„Sieee?"

„Wir kaufen nichts!", ruft Karsten Frederici aus dem Wohnzimmer.

„Wir sollten uns unterhalten", sagt Bianca Sonnenberg.

„Worüber?", fragt Marcy Schmiedebach.

„Darf ich reinkommen?"

Marcy Schmiedebach überlegt, gibt dann zögernd den Flur frei und weist mit der Hand in Richtung Wohnzimmer.

„Ach Sie!", sagt Karsten Frederici. Mit dem Handrücken wischt er sich Speichelfäden vom Mund.

„Ja, ich." Bianca Sonnenberg sieht sich um. Da sie keinen Platz angeboten bekommt, wählt sie einen Stuhl am Esstisch und dreht ihn so, dass sie Karsten Frederici ansehen kann. Marcy Schmiedebach setzt sich hinter ihren Ex-Schwiegervater auf die Couch.

„Haben Sie sich endlich entschieden, die Sachen meiner Schwiegertochter herauszurücken?"

„Können wir die leidige Erbschaftsangelegenheit erst einmal zurückstellen?"

„Worauf wollen Sie hinaus?"

„Harry war nun mal, ob gewünscht oder nicht, ein gemeinsamer Bestandteil unseres Lebens, und jetzt sollten wir uns auch gemeinsam um seine Hinterlassenschaft kümmern."

„Diesmal bezahlen Sie aber den Möbelwagen", bestimmt Karsten Frederici.

„Kinkerlitzchen!"

„Was erlauben Sie sich, Sie ..."

„Hören Sie mir bitte einen Augenblick zu, ich habe nicht allzu viel Zeit."

„Wir auch nicht!", setzt Karsten Frederici nach.

„Frau Schmiedebach, Sie waren Angestellte in Harrys Büro. Kennen Sie sich mit allen Geschäftsabläufen rund um die Biogasanlage aus?"

„Das war mein Hauptaufgabenbereich."

„Na, dann sind wir doch schon einen Schritt weiter. Ich möchte das Büro mit Ihnen aufrechterhalten und die Biogasanlage weiterführen. Einen neuen Geschäftsführer habe ich auch schon. Keine Bange ...", sie schaut kurz auf Marcy Schmiedebachs leichte Bauchwölbung, „... von der Seite werden Sie sicher nicht bedrängt, der Herr steht nicht auf Frauen."

„Das muss aber alles vertraglich neu geregelt werden und meine Schwiegertochter bekommt ein Mitspracherecht bei ..."

„Selbstverständlich übernehmen Sie die Vertretung der rechtlichen Interessen für die Biogasanlage, aber Einzelheiten können wir sicher später ausmachen. Mir ist nur wichtig, dass das Ding wieder ans Netz kommt – so sagt man doch wohl."

„Wir werden es uns überlegen“, sagt Karsten Frederici.

„Ich brauche hier und jetzt Ihre Zusage oder ich muss mich um ein alternatives Geschäftsmodell kümmern.“

Ex-Schwiegervater und Schwiegertochter sehen sich an, Karsten Frederici schüttelt ganz leicht den Kopf.

„Ich halte das für eine gute Idee“, überstimmt Marcy Schmiedebach ihren Ex-Schwiegervater, „ich bin dabei.“

„Dann übernehmen Sie ab morgen wieder die Büroarbeit, ich werde mich um den Geschäftsführer und die Einstellung der Arbeiter kümmern.“ Bianca Sonnenberg steht auf, legt Marcy Schmiedebach ihre Visitenkarte auf den Couchtisch. „Über die private Handynummer erreichen Sie mich zu jeder Tages- und Nachtzeit. – Na, fast.“ Sie verabschiedet sich mit Handschlag und stößt im Flur fast mit Mot zusammen, die gerade eintrifft und Bianca Sonnenberg herausfordernd mustert. Bianca Sonnenberg schiebt sie zur Seite und verlässt das Haus.

Friedrich Kloppstock meldet sich mit neuen Zwischenergebnissen zu seiner Wasserleiche bei Kalenberger und Obanczek. Der zerstückelte Tote aus dem Mittellandkanal wurde anhand der DNA identifiziert. Es handelt sich um den 70 Jahre alten Bernd M. aus Herrenhausen. Er war zuletzt am 29. Juli zwischen 16 und 17 Uhr von seinem Nachbarn in der Haltenhoffstraße gesehen worden. Am Freitag durchsuchten Beamte der Spurensicherung die Hochparterrewohnung des 70-jährigen. Zeitgleich wurden Fotos des Toten zusammen mit Bildern von Gegenständen veröffentlicht, die in den Müllsäcken mit den Leichenteilen im Mittellandkanal gefunden worden waren. Dabei handelt es sich um einen tragbaren CD-Spieler der Marke DIK und eine selbst gebrannte und handbeschriftete CD mit Musik der Schlagersängerin Andrea Berg. Zudem stellte die Polizei ein Bild eines silbernen Peugeot 206 cc ins Internet. Einen solchen Wagen, Baujahr 2002, hat Bernd M. gefahren. Das Fahrzeug konnte bislang nicht aufgefunden werden. Hinweise werden unter ...

„Hast du eine Ahnung, warum uns Kloppstock in seiner Ermittlungsgruppe haben wollte?“, fragt Obanczek.

„Damit die Gruppe nach mehr aussieht, und je größer die Gruppe, umso wichtiger ihr Chef.“

„Hoffentlich laden sie uns zum Umtrunk ein, wenn der Fall geklärt ist.“

„Darauf kannst du wetten, aber nur zum Gläserspülen.“ Kalenberger nimmt sich ein Bounty aus der Schreibtischschublade. Sie müsste auch dringend zum Frisör, damit könnte sie drei bis vier Überstunden abfeiern.

Das Telefon klingelt. Herr Korte meldet sich. Ihm ist noch etwas eingefallen, Obanczek schaltet den Lautsprecher des Telefons ein.

„Es hat mir keine Ruhe gelassen. Da war noch etwas, was mir aus dem Gedächtnis entschwunden ist. Bevor das Hofgut auf die Perkuhns überging, wurde es noch kurze Zeit von einem Neffen der Riekens, Walter Beck und seiner Frau Margot bewirtschaftet. Doch irgendwie war da kein Auskommen mehr. Sie haben sich wohl irgendwo anders nach Arbeit umgesehen und sind aus meinem Blick verschwunden, nur ... und jetzt wird es spannend ...“

Obanczek kaut und dreht den Lautsprecher lauter.

„... Margot Beck heiratete nach dem Tod von Walter Beck in zweiter Ehe Florian Heineken und der Sohn von Florian und Margot Heineken ist vor ein paar Jahren wieder aufgetaucht. Nils hat sich ganz in der Nähe des früheren Hofguts niedergelassen. Wenn ich das richtig nachvollziehen konnte, hatten Perkuhns keinen Anspruch auf das abseits gelegene Gesindehaus erhoben und somit war es im Besitz der Becks verblieben. Nils Heineken und seine Frau Henni haben einen Bioladen aufgemacht, der sich recht gut entwickelt hat. Allerdings munkelt man in letzter Zeit von Schwierigkeiten. Aber das geht mich nichts mehr an, ich bin nur noch freier Mitarbeiter der Calenberger Nachrichten."

„Trotzdem vielen Dank!" Obanczek dreht den Lautsprecher wieder leiser.

„Wenn Sie sich informieren möchten ...", meldet sich Herr Korte noch einmal, „sollten Sie ins Internet schauen. Da finden Sie *Henni's Gemüsekiste,* und wer Henni ist, wissen Sie jetzt."

„Wissen wir", sagt Kalenberger, „und vielen Dank!" Sie zieht sich ihre Jacke an. „Du kannst in Ruhe überlegen", sagt sie zu Obanczek, „ich geh zum Frisör."

„Ich hab viel mehr Überstunden als du ...", mosert Obanczek.

„... allerdings hast du keine Haare und damit erübrigt sich dein Frisörbesuch!"

Kalenberger will nach Ronnenberg. Aus einem Bauchgefühl heraus, aber das will sie Obanczek nicht erklären müssen. Unter Bauchgefühl versteht er etwas völlig anderes und das gibt es zum Beispiel bei Curry Paul im Hauptbahnhof für einsachtzig.

Sie nimmt ihr privates Auto, schaltet NDR 2 ein und macht sich auf den Weg. Über sich ein leicht bewölkter Himmel, zu beiden Seiten der Straße Ackerflächen, immer wieder große Maisfelder und vor ihr ein uneingestandenes Unbehagen.

Sie rechnet mit einer verwaisten Biogasanlage, doch eines der Tore steht sperrangelweit offen. Kalenberger hat sich grob in die Funktion einer Biogasanlage eingelesen. Als Basismaterial für landwirtschaftliche Biogasanlagen dienen Pflanzen wie Raps, Hirse, Grassilage und - überwiegend - Mais. Diese Pflanzen werden durch spezielle Bakterien unter Ausschluss von Sauerstoff abgebaut, dabei produzieren die Bakterien zu rund zwei Drittel Methan, daneben Kohlendioxid, Sauerstoff, Stickstoff und eine geringe Menge weitere Gase. Das Biogas wird aus dem Fermenter abgesaugt und über einen Speicher zu einem Blockheizkraftwerk geleitet. Im Blockheizkraftwerk wird durch Kraft-Wärme-Kopplung, was immer das auch heißen mag, Strom und Wärme erzeugt. Die elektrische Energie kann ins öffentliche Elektrizitätsnetz eingespeist, die Wärme direkt im erzeugenden Betrieb oder in der näheren Umgebung eingesetzt werden.

Rechts also die markanten Kuppeln des Fermenters und der Gärrestlager, links der Pumpcontainer und im Hintergrund die offene Betonwanne mit dem silierten Mais. Kein Mensch ist auf dem Gelände zu sehen. Ein gelber Radlader steht vor der Silagewanne, als wäre er Hals über Kopf verlassen worden.

Kalenberger geht zurück zu ihrem Privatwagen, hupt, hupt anhaltend, hat den Gestank in der Nase und verflucht ihr Bauchgefühl. Sie will sich schon ins Auto setzen, aber irgendwie fesselt der abgestellte Radlader mit der hoch aufgereckten Ladeschaufel ihre Aufmerksamkeit. Sieht aus, als hätte jemand mitten in der Arbeit plötzlich unbändige Lust auf Sonderurlaub gehabt.

Sie will sich die Sache aus der Nähe ansehen, atmet bewusst durch den Mund und geht zu dem Radlader hinüber. Aus einiger Entfernung sieht sie zwei Stempel aus der Maissilage ragen, doch je näher sie kommt, umso schneller werden ihre Schritte. Das sind keine Stempel, das sind Pfähle mit Griffen, keine Pfähle, eher armdicke Äste, nicht armdick, beindick, denn am oberen Ende sind keine Griffe, sondern Schuhe. Jemand steckt kopfüber im Silagesumpf. Und da sich nichts bewegt, schon seit längerer Zeit.

Bevor Kalenberger Hand anlegt, stellt sie sich kurz vor, wie sie den Toten aus dem Schlamassel zieht, ihr Magengefühl rebelliert, sie wendet sich ab und eilt zum Auto. Sie ruft Obanczek an, informiert ihn kurz, er soll die nötigen Dienste informieren.

Kalenberger starrt durch die Windschutzscheibe auf die Silagewanne. Aus der Entfernung sehen die heraussstehenden Beine aus, als würden sie wie in einem Streichholzspiel dem Gegner entgegengehalten. Lang gewinnt, kurz verliert. Der mit dem Kopf in der Silage hat schon verloren. Wenn es nur nicht so stinken würde. Für einen Moment liebäugelt Kalenberger mit dem Gedanken, sich auf dem Heimweg bei Rossmann ein Duftbäumchen zu kaufen: Tanne, Meeresbrise oder Kokosnuss? Weihrauch hatte mal jemand an den Innenspiegel in einen Dienstwagen gehängt. Der freundliche Spender wurde nie ermittelt. Nach allgemeiner Meinung gut für ihn. Da ist er wieder, Kalenbergers Freund Kantapper, und er ist keineswegs willkommen. Ein Gedanke in diese Richtung und der andere ...

Kalenberger will die Gedankenkette durchbrechen, sucht im Handschuhfach nach einem Opernglas und ermittelt aus der Entfernung.

Die Vergrößerung des Opernglases hält sich in Grenzen. Darauf haben wohl die Wagnersängerinnen bestanden, aber dann scheinen sich die Beine in dem Schlamassel zu bewegen. Nicht richtig, nur eine Winzigkeit nach links und dann wieder nach rechts. Wie eine Eule bewegt Kalenberger ihren Kopf mit vorgehaltenem Opernglas von links nach rechts und wieder zurück. Das können auch Schlieren im Glas sein und in die Waschanlage muss der Wagen sowieso.

Kalenberger schrickt fürchterlich zusammen, als jemand gegen das Seitenfenster klopft. Obanczek! Sie lässt das Fenster herunter, Obanczek grinst. „Ich bin die Vorhut, der Rest der Truppe ist auch gleich hier."

Kalenberger legt das Opernglas möglichst unauffällig auf den Beifahrersitz und steigt aus.

„Schicke Frisur", sagt Obanczek. „Wer war der kreative Meister?"

„Blödmusiker!", sagt Kalenberger und bevor Obanczek antworten kann, biegt die Kriminaltechnik in die Zufahrt ein. Wagen auf Wagen werden hintereinander geparkt. Sebastian Carben, der Sebastian Schweinebart hieß, bevor er heiratete und den Namen seiner Frau annahm, steigt aus und steckt sich erst einmal eine Zigarette an. Seine Assistentin Elke Schmitt nimmt zwei Alukoffer aus dem Auto, stellt sie vor den Wagen, dann kommen beide herüber.

„Müsst ihr immer so dämliche Tatorte aussuchen?", fragt Carben. „Eure Kollegen sind da erheblich umgänglicher."

„Umgänglicher?", fragt Obanczek.

„Ich sage nur Weinkontor, Markthalle oder bei den netten Mädels im Casanova. Und ihr kommt da erst mit einem abgewrackten Hochsitz und jetzt mit einer erbärmlichen Stinkanlage." Carben wirft seine Kippe auf den Schotter, wendet sich in Richtung Biogasanlage und Elke Schmitt tritt die Kippe aus. „Dann wollen wir mal!", sagt Carben und setzt sich in Bewegung, dicht gefolgt von Obanczek, Elke Schmitt und Kalenberger.

„Ihr könnt euch die ersten Buddelarbeiten ruhig sparen", sagt Carben zu Kalenberger und Obanczek, „alles reine Routine. Geht doch einen Kaffee trinken, wenn es spannend wird, rufen wir an."

„Klasse", sagt Obanczek, „du weißt nicht zufällig, wo es hier ein Café gibt?"

„Ich kenne nur die Lütt Jever Scheune mit tollen Veranstaltungen und kulinarischen Leckerbissen."

„Prima", sagt Obanczek, „ich könnte etwas Herzhaftes vertragen." Er nimmt sein Smartphone zur Hand, schaut sich die Homepage an. „Leider heute geschlossen – wäre aber eine tolle Location für unser goldenes Dienstjubiläum."

„Halte ich es so lange mit dir aus?"

„Ich hab noch ein Café Backstube entdeckt. Melde dich", an Carben gewandt, „wenn es etwas zu sehen gibt." Er fasst Kalenberger am Arm und zieht sie mit sich, zurück zum Auto.

ELF

Obanczek beißt in den Bienenstich, die Puddingfüllung verteilt sich bis in die Mundwinkel. Kalenberger hat sich eine Nussecke zu ihrem Milchkaffee genommen. „Ich wollte mich noch ganz herzlich für die Motorradaktion bedanken", Obanczek zieht mit der Zungenspitze die Puddingreste in den Mund.

„Nicht dafür", sagt Kalenberger. Ihre Nussecke bröselt auf die Jeans.

„Was mich nur wundert, ist die Steintor-Aktion."

„Mich nicht."

„Das waren doch die ganz harten Jungs aus Hannover und in solchen Kreisen verkehrst du?"

„Wer sagt das denn?"

„Zumindest waren sie dir zu Diensten. Du warst in deinem früheren Leben wohl mal Rocker."

„Wenn schon, dann Rockerin."

„Also Rockerin?"

„Nee, ich war schon immer eher der Hosentyp."

„Red dich nicht raus."

„Hab ich nicht nötig." Kalenberger stippt letzte Krümel der Nussecke mit einem Finger vom Kuchenteller.

„Wenn unser aller Chef davon Wind bekommt, wird er nicht sehr erfreut sein."

„Willst du mir damit etwas sagen und traust dich nicht, es auszusprechen?"

„Ich find es recht problematisch, auf der grauen Seite zu stehen."

„Das musst du gerade sagen, bescheißt die eigenen Motorradkumpels und brauchst dann ein schwaches Weib, um dich da wieder rauszuboxen."

„Du und schwaches Weib!“

„Außerdem: Das Gute ist nicht nur gut und das Böse nicht nur böse, wie ich in meinem Beruf gelernt habe. Wenn man das Große und Ganze im Auge behält, kann man über kleine Unebenheiten durchaus mal hinwegsehen. Würdest du deinen Sohn nicht mehr grüßen, wenn er bei den Rockern wäre?“

„Dein Sohn ist bei den Rockern?“ Um ein Haar wäre Obanczek sein Cappuccino-Glas aus der Hand gefallen. Kalenbergers Handy meldet sich und Kollege Carben mit ihm. „Schade“, sagt Kalenberger, „ich habe meinen Milchkaffee noch gar nicht ausgetrunken.“

„Du brauchst dich nicht zu beeilen, unser gemeinsamer Kunde läuft nicht mehr weg.“

„In zehn Minuten sind wir vor Ort, der Milchkaffee ist eh kalt.“

„Ich hätte mir irgendwo eine Wäscheklammer von der Leine mopsen sollen“, meint Kalenberger, nachdem sie ausgestiegen ist und die volle Duftdröhnung der Biogasanlage einatmen muss.

„Stell dich nicht so an“, sagt Obanczek, „manche Mineralquelle in unseren Staatsbädern riecht auch nicht viel besser.“

Carben kommt herüber. „Wollt ihr euch den Toten aus der Nähe ansehen?“

„Müssen wir wohl, aber zuerst vielleicht ein Überblick, damit wir nichts übersehen.“

„Männliche Leiche, keine Papiere, Ende vierzig, Anfang fünfzig, sehr gepflegt, teure Klamotten, allein das Paar Schuhe hat vier- bis sechshundert Euro gekostet, nur mal so als Hausnummer. Allerdings waren die Sachen nicht allerneuesten Datums, schon ein bisschen schiefgelaufene Absätze, wenn ich mal ...“

„Wie ist er zu Tode gekommen und wann?“

„Zu der Todesursache können wir noch nichts sagen, auf alle Fälle keine größeren äußeren Verletzungen, wenn man mal vom Spatenstich meiner Assistentin absieht.“ Carben lacht und kann sich gar nicht beruhigen.

„Nun krieg dich wieder ein, Witzbold“, sagt Kalenberger. Sie will den Aufenthalt nicht unnötig ausdehnen.

„War auch nur ein Scherz“, Carben wischt sich mit dem Handrücken die Tränen aus dem Auge, „wir arbeiten hochprofessionell. Seht euch den Unglücklichen einfach mal an. Dann habe ich auch noch eine Überraschung für euch.“

Die Gruppe setzt sich in Bewegung, Kalenberger versucht, das Tempo anzuziehen, doch die beiden Männer haben es nicht so eilig. Kalenberger erreicht als Erste die Silagewanne, die Leiche wurde herausgezogen und vor dem Maismatsch abgelegt. Elke Schmitt beschäftigt sich mit dem Inhalt der Taschen, im Eingangsbereich der Biogasanlage erscheinen plötzlich die Blaumänner des Klärwerks, Elke Schmitt muss ihre Arbeit unterbrechen und mit einem rotweißen Band den Eingang zur Biogasanlage absperren. Die Blaumänner maulen und fotografieren mit ihren Handys. Die örtliche Presse wird dankbar sein.

Kalenberger hat genug gesehen, will zurück ins Büro und auf den Bericht der Kriminaltechnik warten. Die Leiche gibt nicht viel mehr her als einen ungesunden Gesichtsausdruck und verdreckte Klamotten. „Ein ziemlich mieser Ort, um zu sterben“, sagt sie zu Obanczek, „und nicht sehr aufschlussreich.“

Obanczek geht halb um den Toten herum, beugt sich vor, schaut ihm genauer ins Gesicht, richtet sich wieder auf. „Kommt dir der Typ nicht bekannt vor?“, fragt er Kalenberger.

„Wie genau soll ich ihn mir ansehen?“

„Das ist einer von Hannovers C-Prominenz. Handelt mit Oldtimern. Ich kann mich an einen Zeitungsartikel über seine alten Traktoren erinnern. Van Appel, van Alpe oder so, Moment, das haben wir gleich.“ Obanczek befragt sein Smartphone.

„In der Zwischenzeit können wir uns der angekündigten Überraschung widmen“, sagt Carben. „Der Tote lag nicht alleine in seinem Silagebett, unter ihm sind wir im wahrsten Sinne des Wortes auf eine weitere Leiche gestoßen. Die können wir aber nicht so leicht ans Tageslicht befördern. Technisches Gerät wurde angefordert. Allerdings wird sich die Bergung wohl bis in die Abendstunden erstrecken.“

„Wenn es etwas Spektakuläres gibt, ruft uns an!“

„Ich hab's. Der Mann ist Carlo van Arpke. Sein Partner Pierre Webér, ohne offiziellen Firmeneintrag. Die feinen Herrschaften verhandeln wohl alles privat und ohne es beim Finanzamt an die große Glocke zu hängen. Sag mal, war unser Harald Perkuhn nicht ebenfalls ein Liebhaber alter Traktoren und seine Lebenspartnerin fährt einen alten Citroen DS 21 Cabrio, wenn ich mich recht erinnere. Da könnte es doch durchaus eine Verbindung geben ...“

„Sehr gut kombiniert“, sagt Kalenberger, „Herr fast schon Hauptkommissar!“ Elke Schmitt kichert.

„Wir machen dann mal die Feinarbeit und warten auf deine informativen Berichte.“

Kalenberger und Obanczek gehen zurück zu den Autos. Kalenberger setzt sich in ihren Wagen, steckt den Schlüssel ins Zündschloss, Obanczek klopft an die Scheibe des Seitenfensters. Kalenberger senkt die Seitenscheibe. „Schau mal“, sagt Obanczek und weist mit dem Kopf voraus. „Der feine Herr besichtigt seine Ländereien.“

„Wie kommst du denn darauf?“

Obanczek öffnet die Tür und setzt sich auf den Beifahrersitz. „Du hast mir bei meinen Verirrungen geholfen, jetzt helfe ich dir bei deinen.“

„Misch dich nicht in meine privaten Angelegenheiten.“

„Doch!“, sagt Obanczek.

„Raus!“ sagt Kalenberger übertrieben dramatisch.

„Hör mir zwei Minuten zu, dann geh ich freiwillig, gnä' Frau. Dein Professor Doktor Enzo zu Tannenberg ist keineswegs Betreuer in der Psychiatrie, ich habe alle Institutionen der Region abtelefoniert. Er wechselt wohl häufiger seinen Namen, wo er hingehört, habe ich nicht herausbekommen. Er soll aber ungefährlich sein, hört Stimmen und kann unglaubliche Geschichten erzählen, als wäre er dabei gewesen.“

„Ach, ja ... aber schöne Hunde hat er!“

„Er gilt als echter Hundeversteher und da man ihn für ungefährlich hält, darf er gelegentlich den Hund des Anstaltleiters ausführen.“

„Spielverderber! – Wir treffen uns im Büro.“

Herr von und zu Tannenberg grüßt Kalenberger im abfahrenden Auto mit einer jovialen Handbewegung. Kalenberger tippt kurz auf die Hupe. Sie denkt für einen kurzen Moment an seine gepflegten Hände.

Marcy Schmiedebach öffnet die Tür zum Bungalow ihres Ex-Schwiegervaters, leise, wie sie es gewöhnt ist, um ihren schlummernden Ex-Schwiegervater nicht zu stören. Sie findet ihn im Wohnzimmer, den Kopf zwischen Mots nackten Brüsten gebettet, Mot trägt nur Seidenshorts und bürstet ihm liebevoll das Haar.

Marcy macht sich mit einem Hüsteln bemerkbar.

„Come in", sagt Mot, „wir gleich fertig!"

Mot hat in letzter Zeit immer mehr das Kommando im Haus übernommen, stellt Marcy fest.

„Ich habe Phat Thai gemacht mit Huhn. Lecker." Sie drückt Frederici einen Kuss auf den Kopf und schiebt ihn in seinem Rollstuhl an den Tisch. „Du mitessen?", fragt sie Mary.

„Natürlich isst sie mit", entscheidet Frederici.

„Wenn's nicht so scharf ist", beschließt Marcy. Sie wundert sich nur noch beiläufig über Mots pittoresken Aufritt. Frederici grinst. Mot verschwindet in der Küche, um das vorbereitete Essen zusammenzustellen und aufzutragen.

„Bianca Sonnenberg hat angerufen. Ich soll das Büro schließen, es wäre etwas mit dem neuen Chef passiert. Mehr wollte sie nicht sagen, würde sich aber bei nächster Gelegenheit übers Handy melden."

Mot hat sich ein T-Shirt übergezogen und schiebt einen altehrwürdigen Servierwagen an den Esstisch, vollgestellt mit den verschiedensten Schüsseln und Schälchen.

„Möchte wissen, was da vorgefallen ist oder ob es nur ein neuer Winkelzug von Bianca Sonnenberg ist."

„Neuer Chef tot, steht im Internet", sagt Mot.

Sofort zückt Marcy ihr Smartphone. Es dauert eine Weile, bis sie wieder aufschaut. „Ein Carlo van Arpke wurde in der Ronnenberger Biogasanlage tot aufgefunden. Näheres ist noch nicht bekannt."

Frederici lässt sich das Telefon bringen. Als Anwalt ist er noch immer sehr gut mit den Ermittlungsbehörden vernetzt. Er wählt eine Nummer, wird mehrmals weitergeleitet und beendet schließlich ziemlich verstört die Gespräche. „Dein Chef wurde in der Maispampe der Biogasanlage gefunden, nur noch die Beine ragten heraus, ansonsten mausetot."

„Die Schlange!"

„Blöd ist sie nicht", sagt Frederici, „bin mal gespannt, wann die Kripo hier auftaucht. Zumal nach unserer missglückten Möbelwagenexkursion in der Erwinstraße - direkt unter ihren aufmerksamen Augen."

„Meinst du, sie hat ihn selber ..."

„Selber oder lassen. Allerdings kenne ich ihre privaten und geschäftlichen Verbindungen zu diesem Carlo van Arpke nicht. Kann auch sein, dass es ein ganz normales Beziehungsproblem war."

„Glaube ich nicht, wie der mich angesehen hat, scheint sein Interesse an Frauen doch sehr begrenzt zu sein."

„Es könnte auch etwas mit Harald Perkuhn zu tun haben und Carlo van Arpke wusste etwas, was er besser nicht gewusst hätte."

„Daher der lukrative Posten des Geschäftsführers in der Biogasanlage? Er könnte sich die Stelle erpresst haben und Bianca Sonnenberg hat sie ihm nur gezwungenermaßen übertragen."

„Ich gehen Abwasch." Mot knüllt ihre Serviette zusammen und steht auf. Es kümmert niemanden und Mot geht beleidigt in die Küche.

„Vielleicht war der Hunger von diesem Arpke mit der neuen Stellung noch nicht gestillt und er hat Bianca Sonnenberg weiter unter Druck gesetzt." Frederici greift sich einen Hühnerschenkel aus der Schüssel. Marcys missbilligender Blick wird nicht einmal zur Kenntnis genommen.

„Warten wir ab, was auf uns zukommt", fragt Marcy, „oder wappnen wir uns mit Informationen? Ich hätte jetzt Zeit, wo das Büro geschlossen ist."

„Bis wann wirst du eigentlich bezahlt?"

„Ich habe mir noch drei Monatsgehälter im Voraus überwiesen. Noch hab ich Zugang zu allen Konten – ganz im Gegensatz zu seiner Lebensgefährtin."

„Das sind doch erfreuliche Aussichten", sagt Federici.

„Und du hast bestimmt nichts mit seinem Tod zu tun?", fragt Marcy ihren Ex-Schwiegervater.

„Gibt's denn heute keinen Nachtisch?", ruft Federici in Richtung Küche.

Mot erscheint im Durchgang, sie hat sich noch eine Weste über das T-Shirt angezogen. „Teller nix leer, kein Nachtisch!"

Kalenberger kommt mit zwei Rosinenschnecken ins Büro. Obanczek schaut aus dem Fenster: „Es schneit!"

„Nicht schon wieder", sagt Kalenberger. „Ich beantrage, dass Reinecke in den Keller verbannt wird."

Reinecke sitzt eine Etage über dem Büro von Kalenberger und Obanczek. Früher war er beim Zoll, zuständig für exotische Tiere – G bis L. Hatte nach vierzehn Jahren einen Burnout. Irgendwie muss ihn der Psychologe für seinen Stressabbau falsch gepolt haben. Wenn ihn der Ärger überkommt, soll er sich wohl an glückliche Kindheitsmomente erinnern. Weihnachten, Plätzchenduft, Schnee vom Himmel. Dann schnappt sich Reinecke seinen übervollen Locher, öffnet das Fenster und lässt es schneien.

„Das ist ein Akt der Selbstheilung, den wir unterstützen müssen", sagt Kalenberger. „Wir schicken ihm einen Stapel Akten zum Abheften hoch. – Was gibt es Neues?"

„Zehn Minuten, und die Welt hat sich verändert."
„Deine Motorrad-Gang hat sich wieder gemeldet?"
„Fast genauso schlimm, unser aller Chef hat angerufen. Ob wir schon erste Ergebnisse zum Todesfall in der Biogasanlage vorzuweisen hätten."
„Carben will uns sprechen. Sie arbeiten noch immer in der Biogasanlage."
„Jedenfalls hat uns unser aller Chef von allen weiteren Aufgaben entbunden. Um den Messerstecher aus dem Libanon und die Wasserleiche aus dem Ihme-Kanal soll sich jemand anderes kümmern."
„Wie schön, bei Wasserleichen verschlägt es mir immer den Appetit für den ganzen Tag."
„Wenn du deine Rosinenschnecke nicht ..."
„Halt dich zurück."
„Sollten wir Hilfe brauchen, wird eine SoKo *Rongas* unter unserer Leitung zusammengestellt und Friedrich Kloppstock soll uns zuarbeiten."
„Na, der weiß, wie's läuft!", sagt Kalenberger.
„Also auf! Erst in der Drogerie Nasenklammern für die Biogasanlage holen und dann dem Feind direkt ins Dingsbums riechen."
„Da war noch etwas ..."
„Kann nicht, so lange war ich gar nicht weg!"
„... ich habe im Internet *Henni's Gemüsekiste* recherchiert. Von der Biogasanlage ein Stück in nördlicher Richtung. Wir könnten doch ein Bund Möhren und einen Schock Eier mitnehmen."
„Was willst du mit sechzig Eiern?"
„Vielleicht Eierlikör für unser Dienstjubiläum ansetzen. Jedenfalls liegt der Biohof an der Nenndorfer Landstraße. Das Gebiet nennt sich Sieben Trappen."
„Komischer Name für einen Ort."
„Hat aber einen interessanten Hintergrund."

„Kannst du im Auto erzählen. Ich fahre!"

„Woher die sieben Steine kommen, ist nicht genau bekannt. Südlich des Ortes bestand im Mittelalter ein Platz, an dem der Gograf Gericht mit Schöffen abhielt. Um den Gerichtsort sollen die Sieben-Trappen-Steine kreisförmig gestanden haben. Die Steine sind die bekanntesten Kreuzsteine in Niedersachsen. Auf jedem Stein befindet sich ein Kreuz auf der Vorder- und Rückseite."

„Mit dir möchte ich im Zug nicht bis Basel fahren!"

„Hör zu, jetzt wird es interessant. Denn um die Steine ranken sich verschiedene Sagen. So soll es Streit um eine Lohnzahlung gegeben haben. Vor Gericht bestritt der Bauer seine Schuld und behauptete, dass er nach sieben Trappen im Boden versinken wolle, wenn er falsch ausgesagt habe. So ist es dann auch geschehen. Daher habe man die Steine an jeden Fußtritt des Betrügers gesetzt zur Mahnung an alle Lügner."

„Du bist ein richtiger Entertainer, bis Kassel-Wilhelmshöhe würde ich es vielleicht mit dir aushalten."

„Was ist das denn?“ Obanczek hängt mit dem Kopf fast an der Windschutzscheibe, als sie auf das Gelände der Biogaseinlange eingebogen sind. Kalenberger wagt sich weiter vor, steuert die Silagewanne an, hält keine fünf Meter entfernt.

Der ganze Matsch wurde abgetragen, hinten an der Betonwand der Wanne steht ein ziemlich versiffter BMW neuerer Bauart. Quer.

Carben kommt auf sie zu. „Schade, der Tote ist schon in der Pathologie.“

„Und warum sollten wir uns dann so beeilen?“

„Weil er pünktlich Mittag machen will.“ Elke Schmitt hat sich zu ihrem Chef gesellt und ihn völlig unbekümmert bloßgestellt.

„Weil ich noch einige Protokolle diktieren muss, da ich sonst wieder für Verzögerungen im Ermittlungsbetrieb ...“

„Bitte“, sagt Kalenberger.

„Man muss sich das so vorstellen“, Carben weist mit dem Kopf auf den BMW, „oben aus der Maische schauen die Beine des ersten Toten heraus, unter seiner Leiche liegt quer der nächste Tote ausgestreckt auf der Motorhaube des BMW.“

„Makaber“, stellt Obanczek fest.

„Gibt es irgendwelche Hinweise auf die Identität der Toten?“, fragt Kalenberger.

„In der Gesäßtasche von einem der Toten haben wir einen Ausweis gefunden.“ Carben schlägt in seinem kleinen roten Notizbuch nach. „Tarek Hoxha, die anderen Daten stehen im Bericht.“

„Hoxha?“ Kalenberger stutzt. Sie sucht das Notizbuch in ihrer Jackentasche, schlägt nach. „Einer der verschwundenen Arbeiter der Anlage.“

„Ganz schön gefährlich, in so einer Biogasanlage zu arbeiten“, sagt Elke Schmitt.

„Vor allem für aufmüpfige Assistentinnen!“, sagt Carben. Für Kalenberger klingt es, als hätten sie mehr als nur beruflich miteinander zu tun.

Der Biohof an der Nenndorfer Straße. *Henni's Bioladen* steht über dem kleinen Laden, eigentlich eine umgewandelte Wohnung im Erdgeschoss des Backsteinhauses. Vor der Tür bewacht ein melancholischer Chow-Chow eine Werbetafel für *Henni's Gemüsekiste* mit Telefonnummer. Gerade kommt ein Mann mittleren Alters mit einer Schürze in Regenbogenfarben die Steinstufen aus dem Ladengeschäft herunter und füllt drei rote Paprika in die mitgebrachte Tüte. „Einen Moment bitte, ich bin gleich für Sie da!“

Obanczek weist mit dem Kopf in südwestliche Richtung. „Das sind höchstens zwei Kilometer bis zur Anlage.“

Kalenberger schaut über die Felder. Ihr ist, als käme Kantapper eiligst auf sie zugerollt. Er hat an Umfang weiter zugelegt. Neue Äste, neue Halme, ohne Wurzeln, ohne Woher und Wohin. „Ich habe keine Lust mehr“, sagt Kalenberger.

Obanczek schaut sie verwundert an, will etwas sagen, doch da kommt die Regenbogenschürze aus dem Laden. „Was soll's denn sein?“

„Sind Sie“, Obanczek schaut in sein Notizbuch, „Nils Heineken?“

„Wer will das wissen?“

Kalenberger und Obanczek zücken ihre Ausweise, eigentlich nur Obanczek, Kalenberger sucht vergebens.

„Man kann heutzutage nicht vorsichtig genug sein."

„Haben Sie im Allgemeinen Angst oder fürchten Sie sich vor irgendetwas im Besonderen?", fragt Kalenberger. Sie hat die Suche nach ihrem Ausweis aufgegeben.

„Es läuft so viel Gesindel in der Gegend herum, da kann man nie wissen. Wie wäre es mit ein paar Kohlrabi, sind im Sonderangebot?"

„Sie meinen die Flüchtlinge?"

„Von den heutigen Flüchtlingen hat mir noch niemand etwas getan."

„Sie sind wohl nicht gut auf die Perkuhns zu sprechen?"

„Daher weht also der Wind. Harald Perkuhn ist zu Tode gekommen und Sie suchen nach einem Schuldigen? Ich meine, es war ein Herzinfarkt?"

„Harald Perkuhn ist nicht der einzige Tote. Gerade wurden in der Biogasanlage zwei weitere Leichen entdeckt, der neue Geschäftsführer und einer der Arbeiter."

„Mich wundert nichts. Menschen, die über Leichen gehen, sind schnell selber eine."

Kalenberger verscheucht Kantapper. „Wir haben gehört, dass es Ihnen finanziell nicht allzu gut gehen soll?"

„Nee, alles bestens, wir überlegen gerade, ob wir den Hof mit Gold oder Platin pflastern sollen." Er schaut Kalenberger eindringlich an. „Kommen Sie mit, dann haben wir es ein für alle Mal hinter uns." Er bewegt sich in Richtung Laden, steigt die Treppe hinauf und die beiden Kripobeamten hinterher. „Ich habe einfach keine Lust, dass Sie jeden zweiten Tag vor unserem Geschäft herumlungern und unsere Kunden vergraulen."

„Hier sind wir richtig", flüstert Obanczek Kalenberger zu.

In dem vollgestellten Laden werden sie von einer Frau mit einem Kopfnicken begrüßt, die Nils Heineken als seine Frau vorstellt. Sie scheint an einem Kontakt nicht sonderlich interessiert und widmet sich mit Hingabe dem Sortieren der Austernpilze. Nils Heineken weist auf zwei Stühle an einem wackeligen schmalen Holztisch. „Kaffee haben wir nicht, wenn Sie ein Wasser wollen, die Flasche einszwanzig."

„Einsfünfzig", verbessert Henni, ohne von den Pilzen aufzublicken.

„Nein danke", sagt Kalenberger. Sie setzen sich an den kleinen Tisch. Nils Heineken lehnt sich an das Regal mit den Brotaufstrichen und Sauerkonserven. „Meiner Mutter, Margot Beck und ihrem ersten Mann Walter, ist drüben auf dem Hofgut von den Riekens übel mitgespielt worden. Ich will jetzt nicht in alle Einzelheiten gehen, sonst kommt der ganze Ärger wieder hoch. Nur so viel, sie wurden mit Lug und Trug vom Gut vertrieben, es blieb ihnen nur das Gesindehaus, das die Perkuhns in ihrer Euphorie über ihr gelungenes Schnäppchen übersehen hatten. Sie sind dann hier eingezogen, Walter Beck lebt längst nicht mehr und meine Mutter hat Florian Heineken geheiratet. Ihr zweiter Mann ist auch längst tot und meine Mutter kann ich jeden Sonntag besuchen, sie nennt mich Moritz und kann sich an keinen Nils erinnern."

„Dann müssen Sie Harald Perkuhn wohl sehr gehasst haben?", fragt Obanczek.

„Er war total rücksichtslos, jeden Vorteil hat er ausgenutzt, um uns auch vom letzten Fleckchen zu vertreiben, das uns geblieben war. Ich weine ihm keine Träne nach."

„Nils!", sagt seine Frau und schielt zu den Kommissaren hinüber.

„Bloß mit seinem Tod habe ich rein gar nichts zu tun, ich glaube, ich bin das letzte Mal vor vier Monaten an der Anlage drüben vorbeigefahren. Ich versuche es, so gut es geht, zu vermeiden."

„Und warum wollen Sie dann Ihr Geschäft aufgeben?"

„Wer hat das gesagt?", mischt sich Henni aggressiv ein.

„Ist uns von meist wohlunterrichteter Seite zugetragen worden. Wir können das aber auch noch mal genauer ermitteln ..."

„Lassen Sie es gut sein." Nils stößt sich leicht vom Regal ab und will zur Tür. Draußen hat sich eine Kundin bemerkbar gemacht. „Es ist einfach zu viel Aufwand für zu wenig Nachfrage. Es rentiert sich einfach nicht ..."

Nils Heineken ist draußen, und seine Frau sortiert die Eier aus weißen Kartonablagen in Sechserkartons.

Kalenberger und Obanczek schauen sich kurz an. „Auf Wiedersehen", sagt Kalenberger. Sie gehen hinaus, hören im Rücken noch ein gemurmeltes „Besser nicht!"

„Fangen wir mal mit dem Abhaken an", sagt Obanczek, „sonst haben wir irgendwann überhaupt keinen Überblick mehr. Und wie sollen wir das Kloppstock erklären?"

„Kantapper, Kantapper!", sagt Kalenberger.

„Du brauchst Urlaub!"

„Streichen wir also die Heinekens von unserer Liste."

„Gestrichen!", sagt Obanczek und starrt auf die Plakatwand mit dem Hinweis: *Kirsten, du schaffst das!* Davor eine hübsche Radfahrerin.

„Obwohl ..."

„Gestrichen!"

„Wir sollten herausbekommen, ob der Laden wirklich so schlecht läuft. Ansonsten ..."

„Ich rufe schon an."

„Wen?"

„Natürlich Herrn Korte."

Herr Korte druckst herum. Eigentlich hätte der Laden guten Zuspruch, daran könnte es wohl nicht liegen.

„Woran denn? Als Lokaljournalist sind Sie doch sicher bestens informiert."

„Ich will niemanden in Verdacht bringen."

„Wenn jemand verdächtigt, dann wir", sagt Obanczek.

— -

„Sind Sie noch da?"

„Bin ich. Ich schicke Ihnen mal eine allgemein zugängliche Meldung, was Sie damit anfangen, müssen Sie selbst entscheiden."

„Das wäre nett, Handynummer wird angezeigt." Obanczek beendet das Gespräch, schaut aus dem Wagenfenster, die hübsche Radfahrerin ist verschwunden, auch im Rückspiegel ist nichts mehr von ihr zu sehen.

Es dauert eine Weile, bis die Mail von Herrn Korte eintrifft. Mit Anhang!

„Was hat er geschickt?", fragt Kalenberger.

„Einen Zeitungsartikel."

„Lies schon vor, oder ich schiebe Helene Fischer in den Player."

„Erstens haben wir keinen Player im Dienstwagen und zweitens glaube ich kaum, dass du eine Helene Fischer-CD besitzt."

„Ausgeliehen. Von Friedrich Kloppstock."

Sie halten an einer roten Ampel, als die Ampel auf Grün springt, beginnt Obanczek mit dem Vorlesen. Kalenberger grinst.

„Der Wedemärker Landbote schreibt: *Die steigenden Kosten für Pachtflächen bringen Bio-Bauern wirtschaftlich in Bedrängnis.*

Die Nachfrage nach Bio-Lebensmitteln steigt. Und doch müssen jedes Jahr Hunderte Bio-Bauern aufgeben und wieder konventionell produzieren. Ein Grund dafür sind die stark gestiegenen Pachtpreise für Ackerland. Ein Hektar kostet in vielen Regionen pro Jahr rund 500 Euro, rund doppelt so viel wie vor zehn Jahren.

Vor allem Bio-Bauern trifft das hart, wenn der Hof nicht genügend eigene Ackerflächen besitzt. Das kostet im Einzelfall pro Hektar und Jahr einige Hundert Euro. Eigentlich müssten die gestiegenen Kosten an die Kunden weitergeben werden, doch dann bleiben die Kunden weg. Bei der Produktion sparen kann ein Bio-Bauer meist nicht. Er muss das Ackerland nach ökologischen Standards bewirtschaften und bei der Tierhaltung strenge Auflagen einhalten. Auf einem Hof produzieren zum Beispiel 9.000 Legehennen täglich rund 6.300 Bio-Eier. Das Bioland-Siegel schreibt nun vor, dass die Hälfte des Futters auf eigenen Flächen angebaut werden muss und höchstens 140 Legehennen pro Hektar gehalten werden dürfen. Ohne zugepachtetes Land müssten viele Betrieb schrumpfen."

„Und was trägt die Eierproduktion zur Aufklärung unserer Fälle bei?"

Um ein bisschen Geduld bittet Obanczek die Frau Hauptkommissarin, der Knüller käme noch.

„Warum steigen die Pachtpreise für Ackerflächen? Hauptschuld tragen die Biogasanlagen. Mais ist ein wichtiger Rohstoff für die Anlagen, die aus Gülle und Pflanzen elektrischen Strom herstellen. In den vergangenen zehn Jahren wuchsen die Maisanbauflächen allein in Niedersachsen um 275.000 Hektar, in Schleswig-Holstein um 94.000 Hektar und die Betreiber der Biogasanlagen haben in vielen Gegenden die Pachtpreise so in die Höhe getrieben, dass kein Bio-Bauer mithalten konnte. So ist in vielen Gegenden ...“

„Kloppstock fragt, wie er uns unterstützen soll.“ Kalenberger tippt auf ihre Tastatur, auf ihrem Bildschirm erscheint eine Landschaft mit Maisfeldern von der Taskleiste bis zum Horizont. „Wie bei der LPG.“

„Kloppstock war bei der LPG?“

„Warum nicht ...“

„Ich schreibe ihm, wir würden ihn auf dem Laufenden halten.“

„Wie weit sind wir?“, fragt Kalenberger rhetorisch.

„Da, wo wir immer sind, am Anfang.“

„Aber zwischenzeitlich waren wir schon ein gutes Stück weiter.“

„Und jetzt?“

„Auf alle Fälle sind diese Trappen-Möhrlis wieder auf unserer Liste der Verdächtigen.“

„Es regnet“, sagt Obanczek.

„Dann werden wir wohl arbeiten müssen.“

„Ich hab etwas für deine Fortbildung“, Obanczek schaut auf seinen Bildschirm. „Wusstest du schon, dass gestresste Pflanzen Gift produzieren können?“

„Deshalb schaut mich meine Zimmerpalme so aggressiv an, wenn ich mal wieder das Gießen vergessen habe."

„In Heidenheim ist ein neunundsiebzigjähriger Mann an einer schweren Vergiftung durch eine Gartenzucchini gestorben, die Staatsanwaltschaft ermittelt: ‚Es muss geprüft werden, ob jemandem ein Vorwurf am Tod des Mannes gemacht werden kann oder ob das Schicksal dafür verantwortlich ist', sagte ein Sprecher der Ermittlungsbehörde in Ellwangen in Baden-Württemberg. Denn tatsächlich könnten Pflanzen - auch unser heimisches Gartengemüse - Gifte produzieren. Durch nicht zertifizierte Pflanzensamen erhöhe sich beispielsweise bei Kürbisgewächsen die Wahrscheinlichkeit, dass die Früchte eine giftige Substanz enthalten, sagte Thomas Wagner vom Bundesverband Deutscher Gartenfreunde. Saatgut solle deshalb nur im Fachmarkt erworben und auch nicht mit selbst gezogenen Samen gemischt werden."

„Mein Saatgut für die Cocktailtomaten auf dem Balkon beziehe ich immer aus dem Lidl-Fachmarkt."

„Wolltest du mich nicht mal zu selbst gezogenen Spaghetti mit Cocktailtomaten und Parmesan einladen?"

„Und wie sieht es mit deiner Einladung zum Grillen am Baggersee aus?"

„Also weiter: Der Tod des 79-jährigen wurde durch die giftige Substanz Cucurbitacin ausgelöst. In der Natur produzieren Kürbis-, Zucchini-, Gurken- und Melonenpflanzen das Toxin zur Abwehr von Fressfeinden. Es kann in den Wurzeln, Blättern, Früchten und Samen der Gewächse enthalten sein. Damit Menschen das Fruchtfleisch essen können, wird die Substanz herausgezüchtet. Eine Vergiftung durch Cucurbitacin kann zu Erbrechen, Speichelfluss oder Durchfall führen - und in besonders schlimmen und sehr seltenen Fällen zum Tod.

Ein gesunder Mensch spuckt das entsprechende Gemüse wegen des bitteren Geschmacks in der Regel wieder aus. Nicht so das neunundsiebzigjährige Opfer. Der Mann hatte seiner Frau berichtet, der Zucchini-Auflauf habe einen unangenehmen bitteren Geschmack, gegessen habe er ihn trotzdem. Es wird davon abgeraten, im eigenen Garten gewonnene Zucchini- und Kürbissamen für den weiteren Anbau zu verwenden. Manche Pflanzen, die in Stress geraten, produzieren Gifte, bestätigten Experten. Das Hauptrisiko liegt im Kleingärtnerbereich, wenn die Gärtner mit eigenen Samen jedes Jahr wieder Zucchini hochziehen sagte der Ärztliche Leiter der zentralen Notaufnahme im Klinikum Heidenheim."

„Was ist mit der Partnerin von Harald Perkuhn?"

„Hat Angst, ihren sozialen Status zu verlieren, wenn Harry sich seiner schwangeren Geliebten zuwendet. Rauf auf die Liste!"

„Und Marcy Schmiedebach?"

„Hat es schriftlich, dass Harry sie und den Nachwuchs finanziell abgesichert hat, befürchtet Harrys Rückfall in die familiäre Grundversorgung - und seinen Widerruf der Versorgung über die gesetzlichen Vorgaben hinaus."

„Die ausgebeuteten Arbeiter seiner Biogasanlage wollten ihm einen Denkzettel verpassen, den sein schwaches Herz nicht überlebt hat."

„Aber warum dann auf dem Hochsitz am Annaturm, sie hätten ihn doch problemlos in der Biogasanlage entsorgen können."

„Die Arbeiter sind verschwunden oder tot."

„Da hab ich noch etwas ganz Aktuelles." Obanczek schaut wieder auf seinen Bildschirm. Ein Wecker klingelt, ein Hinweis seines PCs, dass Feierabend ist, jede weitere berufliche Tätigkeit geht aufs Überstundenkonto. „Das hat bestialisch gestunken", ein Bericht im NDR. „Umweltverschmutzung durch Biogasanlagen. Ein Naturliebhaber und Hobbyfilmer stieß bei seinem Hobby auf die Wasserverschmutzung. Mit seiner Unterwasserkamera wollte er die Wanderung von Stichlingen beobachten. Was er dabei entdeckte, macht ihn noch heute fassungslos: Der Dorfbach war nur noch eine übel riechende braune Brühe. Der Hobbyfilmer hat versucht, die Quelle der stinkenden Flüssigkeit zu finden. Seine Suche führte ihn zu einer nahe gelegenen Biogasanlage. Dort schoss eine säuerlich riechende Brühe aus einem Rohr und landete so direkt in einem Graben vor der Anlage. Der Graben mündet einige Hundert Meter weiter in den Dorfbach. Wasserproben wurden entnommen. Das Labor findet unter anderem Essigsäure und Ammonium. Das deutet darauf hin, dass die Biogasanlage für die Verschmutzung verantwortlich ist. Offenbar wurden Gärsäfte illegal in den Graben eingeleitet. Der nährstoffreiche Gärsaft entzieht beim Abbauprozess dem Wasser Sauerstoff, die natürlich vorkommenden Tiere in Gräben und Flüssen sterben.

In einer Stichprobe wird Wasser aus der Umgebung von fünf weiteren Biogasanlagen untersucht. Das Ergebnis: Alle Proben sind belastet. Und was tun die Wasserschutzbehörden? Es müssten erheblich mehr Kontrollen durchgeführt werden, dafür bräuchte man mehr Personal, das nicht zur Verfügung steht."

„Daraus schließen wir?" Kalenberger zieht sich ihre Jacke an.

Obanczek schaltet seinen Computer aus. „Es könnten sich auch militante Umweltschützer mit Harry angelegt haben."

„Ich denke, wir schauen morgen mal nach der Wohnung von diesem Autohändler."

„Er wird uns nichts mehr sagen können ..."

„... aber vielleicht gibt es jemanden, der etwas über ihn zu sagen hat."

Pierre Webér hat seit zwei Nächten nicht geschlafen, er fühlt sich außerhalb der Wirklichkeit. Dem Postboten wollte er den Restmüllsack in die Hand drücken, die Fernbedienung vom Fernsehgerät hat er in der Jugendstil-Vase entsorgt und die Kleenex sind auch aufgebraucht. Carlo ist am Dienstagmorgen ohne Kuss und Umarmung aus dem Haus gegangen und hat sich seither nicht mehr gemeldet. Wo Carlo war? Wo er ist? Natürlich hat er mitbekommen, dass er mit dieser Bianca Sonnenberg telefoniert hat und dann im Café Konrad in der Knochenhauerstraße ... gut, da war er auch ein wenig auf Abwege geraten. Aber dafür gleich so zurückschlagen ... eine Woche einfach verschwinden? Morgen sind es schon vier Tage ohne ein Lebenszeichen von ihm. Er müsste aus reinem Selbsterhaltungstrieb endlich etwas essen. Er hat keinen Hunger. Außerdem ist außer Gin nichts mehr im Kühlschrank. Carlo wollte einkaufen.

Es klingelt. Carlo? Endlich Carlo! Ihm fällt vor lauter Aufregung der Code fürs Türschloss nicht ein! Oder möchte er ihm einen Kuss durch die Sprechanlage hauchen, bevor er selbst eintrifft? Noch aufregender. Er will ihn mit einem Rosenbouquet überraschen und hat keine Hand frei fürs Eintippen des Tür-Codes. „Ja, bitte?"

Vor dem digitalen Auge stehen ein unattraktiver Kahlkopf, dahinter eine Frau in einem freundlichen Mausgrau. Er wird nicht aufmachen, geht zurück ins weiße Zimmer und lässt sich auf die Recamiere fallen. Wo könnte Carlo stecken? Es klingelt erneut. Pierre erhebt sich, geht zur Sprechanlage. „Wir spenden nichts, treten keiner Sekte bei und wollen auch keinen Vorwerk-Staub...“

„Kriminalpolizei Hannover ...“, der Glatzkopf hält einen Ausweis vor die Kamera, „wir müssen mit Ihnen sprechen.“

„Ist etwas mit Carlo, ein Unfall oder ...“

„Machen Sie bitte auf, es spricht sich schlecht über die Anlage.“

Pierre drückt auf den Öffner, geht zurück ins weiße Zimmer, fläzt sich auf die Recamiere, steht wieder auf und setzt sich stocksteif auf einen der Esszimmerstühle. Es klingelt erneut, er hat vergessen, die Wohnungstür zu öffnen.

Die beiden Kripobeamten stellen sich als Kalenberger und Obanczek vor.

„Nun sagen Sie schon, was passiert ist“, Pierres Nase zittert, „ich halte diese Ungewissheit nicht mehr aus.“

„Wollen wir uns nicht lieber setzen?“

„Ja, natürlich, ich geh voraus.“

Sie setzen sich an den Esstisch, obwohl Obanczek gern mal die Recamiere ausprobiert hätte.

Pierre atmet tief durch und noch einmal. „Warum sind Sie hier?“

„Wer sind Sie?“

„Pierre Webér.“

Kalenberger notiert sich den Namen. „Kennen Sie Carlo van Arpke?“

„Was ist mit ihm?“

„Kennen Sie ihn?“

„Natürlich! Carlo ist mein Geschäfts- und Lebenspartner. Mein Mann!“

„Wir müssen Ihnen eine traurige Mitteilung machen“, sagt Obanczek, „Carlo van Arpke ist tot.“

„Tot? Nein! Das kann nicht sein!“ Pierre schluchzt auf, schlägt die Hände vors Gesicht. „Das muss ein Irrtum sein!“

„Carlo van Arpke ist in der Biogasanlage in Ronnenberg gewaltsam zu Tode gekommen.“

„Ich habe es geahnt ...“, Pierre Webér nimmt die Hände vom Gesicht, er hat Tränen in den Augen, ein Schleimfaden zieht sich von der Nase bis zum Mundwinkel, er greift nach der Kleenex-Packung, leer, Kalenberger gibt ihm ein Päckchen Papiertaschentücher aus ihrer Handtasche. „... diese Frau ist unser Unglück. Ich habe Carlo vor ihr gewarnt. Einmal? Zehnmal? Hundertmal! Tausendmal! Aber er wollte nicht auf mich hören. Hat mich ausgelacht und über meine angebliche Eifersucht gespottet. Dieser Satan!“

„Können Sie uns sagen, ob Carlo van Arpke etwas mit der Biogasanlage zu tun hatte?“

„Dieses Biest hat ihn zum Geschäftsführer der Anlage gemacht, nachdem ihr Lebenspartner im Deister ...“

„Der Todesfall ist uns bekannt.“ Kalenberger und Obanczek schauen sich kurz an. „Sie kannten Harald Perkuhn?“

„Er war Liebhaber alter Traktoren. Wir konnten ihm einen Lanz Felddank vermitteln.“

„Wie kommt man von antiken Traktoren zu einer Biogasanlage?“

„Sie hat sich bei ihm eingeschleimt, hat eine Citroen DS 21 Cabrio erworben und Carlo hat einen auf bi gemimt. Carlo hat es nur fürs Geld getan, er wollte mich doch immer verwöhnen. Ach, Carlo ...“ Die halbe Packung Papiertaschentücher ist aufgebraucht. „... mein Carlo.“ Wieder die Hände vors Gesicht.

Kalenberger erhebt sich. „Unser aufrichtiges Beileid.“ Pierre Webér schluchzt auf, Kalenberger gibt ihm die Hand. „Es kann sein, dass wir Sie noch einmal belästigen müssen."

„Bitte informieren Sie mich über die Umstände seines Todes – aber erst muss ich wieder zu Kräften kommen. Wie soll ich nur weiterleben ..."

„Warum bist du so abrupt aufgestanden?", fragt Obanczek.

„Ich hatte keine Papiertaschentücher mehr. Was schreiben wir ins Protokoll? Pierre Webér – Herr oder Frau?"

„An dir sind die letzten dreißig Jahre auch fast spurlos vorbeigegangen?"

„'tschuldigung, war ein unangemessener Scherz, war nicht so gemeint."

„Aber gedacht."

„Ein bisschen ungewohnt ist es schon, wenn sich Männer als Frauen bezeichnen. Obwohl Frauen auch keine Fräuleins mehr sind."

„Damit sollte doch nur signalisiert werden, wer noch zu haben ist."

„War schon komisch, wenn eine Frau von vierzig, fünfzig Jahren offiziell als *Fräulein* geführt wurde."

„Nicht nur komisch, auch ziemlich herablassend. Sieht heute Gott sei Dank ein bisschen anders aus. Bei der Geschlechtsangabe möchten sich nicht alle Menschen als Mann oder Frau outen. Bei Facebook gibt es die Möglichkeit, die eigene Geschlechtszugehörigkeit differenziert auszudrücken."

„In manchen Situationen habe ich mich auch mehr als Mann gefühlt", sagt Kalenberger, „und in manchen eben als Frau."

„Dann bist du schon auf dem richtigen Weg." Obanczek schaut auf sein Handy. „Ich sag dir mal an, wofür du dich bei deiner Geschlechtsbestimmung entscheiden kannst:

1. androgyner Mensch
2. androgyn
3. bigender
4. weiblich
5. Frau zu Mann (FzM)

bis

56. Butch
57. Femme
58. Drag
59. Transvestit
60. Cross-Gender“

„Ich überleg es mir bis morgen. Jetzt fahren wir erst mal zu Bianca Sonnenberg! Sie kann uns sicher sagen, wie Carlo van Arpke zum Geschäftsführer der Biogasanlage wurde.“

Kann sie nicht. Bianca Sonnenberg ist nicht zu Hause, ein Nachbar berichtet, dass er sie schon seit Tagen nicht gesehen hätte. Aber das wäre nicht so ungewöhnlich, sie würde sich gelegentlich in ein Wellnesshotel an der holländischen Grenze zurückziehen.

„Dann eben zum Büro von Harald Perkuhn, da müsste man die Adresse haben.“

Tiergartenstraße. Erste Etage. *HA-PE Unternehmensberatung GmbH.* An der Bürotür ein handgeschriebener Zettel: Das Büro ist vorübergehend nicht besetzt. In Notfällen: 0171 ...

„Die Telefonnummer ist uns wohlbekannt“, sagt Obanczek, „auf zu Marcy Schmiedebach.“

„Danach machen wir Feierabend“, sagt Kalenberger, „ich habe für heute Abend eine Einladung.“

„Von einem kleinen temperamentvollen Pizzabäcker?“

Kalenberger lacht. „Der hat in Oslo ein veganes mexikanisches Restaurant aufgemacht."

„Der Theaterdirektor aus Döhren ..."

„... genau. Er lässt nicht locker und hat mich zu einem Konzert in den Sendesaal des NDR eingeladen."

„Buxtehude oder Beethoven?"

„Quadro Nuevo - Jazz und Weltmusik."

Vahrenwald. Historismus. Marcy Schmiedebach öffnet nicht. Die Nachbarin zeigt sich. Janine-Madeleine Heinrich-Walter-Santiago. Marcy Schmiedebach ist wohl bei ihrem Ex-Schwiegervater, für den sie sich aufopfert, ist so eine herzensgute Frau, was würde der behinderte Mann nur ohne sie machen ...

„Haben Sie die Adresse von Herrn Frederici?"

Janine-Madeleine Heinrich-Walter-Santiago hat.

„Zum Bungalow am Tiergarten?", fragt Obanczek auf dem Weg zum Auto, „oder morgen erst?"

„Lass es uns hinter uns bringen, fällt eben die Badewanne aus und die Dusche muss reichen."

Mot öffnet, schwarze glänzende Leggings, passend zum Haar, dazu eine bunte Paillettenbluse und eine Malve ins Haar gesteckt.

„Sie son wieda!"

„Wieso, waren wir schon mal hier?", fragt Obanczek verblüfft.

„Wir kein Biofrost, alles selber kochen."

Obanczek hält ihr seinen Kripoausweis unter das süße Stupsnäschen, Mot mustert den Ausweis mit ihrem leichten Silberblick.

„Herr Frederici nix da." Sie will die Türe schließen.

„Aber Sie können uns doch sicher sagen, wo wir ihn finden?"

„Herr Frederici mit Schwiegertochter in Herrenhäuser Gärten, Schwiegertochter macht bestimmt wieder Scherereien, mischt sich in alles ein, macht immer nett, aber will mich raus." Mot macht eine wischende Handbewegung in Richtung Straße. „Aber ich nix gehen, Herr Frederici braucht mich, ich immer nett zu ihn. Auf Wiedersehen." Tür zu.

„Die scheint aber ziemlich eifersüchtig zu sein", sagt Obanczek.

„Darum kümmern wir uns morgen."

Samuel Morchner, Chef des Amateurtheaters Döhren, hat den feinen Zwirn aus dem Kleiderschrank geholt und zum beigen Anzug eine rote Fliege umgebunden. Kalenberger findet die Auswahl ungewöhnlich und schenkt Samuel Morcher ein Lächeln für sein Wollen.

Quadro Nuevo tritt auf im Großen Sendesaal des NDR. Der Musikstil der Band wird als eine Mischung aus Tango, Valse Musette, Flamenco, liebevoll entstaubte Filmmusik und ein fast schon verklungenes Italien beschrieben. Das Quartett spielt auf zahlreichen renommierten Festivals wie dem Montreal Jazz Festival, der Internationalen Jazzwoche Burghausen, dem Rheingau Musik Festival und dem palatia Jazz. Weltweit gab die Band bisher rund 1500 Konzerte. Seit November 2008 war der Gitarrist Robert Wolf nach einem unverschuldeten Verkehrsunfall mit dem Band-Bus vom Hals abwärts querschnittsgelähmt. Er starb im April 2015 an den Folgen des Unfalls. Seit dem Unfall von Robert Wolf spielt die Harfenistin Evelyn Huber in der Gruppe.

Kalenberger gefällt die schwungvolle, sensible Musik und als Samuel Morchner seine Hand vorsichtig auf ihre legt, lässt sie ihn gewähren.

In der Pause drängt man ins Foyer, ein Pianist unterhält mit zurückhaltender Barmusik, Samuel Morchner will Sekt besorgen, Kalenberger geht zu einem der Stehtische und belegt zwei Plätze. Sie sieht sich um, ein paar Leute grüßen sie, ein älteres Paar kommt sogar an ihren Tisch, um Kalenberger die Hand zu geben. Nachbarn? Sie kann sich weder an die Gesichter noch weniger an die Namen erinnern.

Samuel Morchner kommt zurück und will ihr etwas erklären. Kalenberger lässt Morchners Worte an sich vorbeirauschen, seine Frau interessiere sich nicht für den neumodischen Kram, sagt er, sie stehe mehr auf Oper, dadurch wäre die Karte frei geworden. Kalenberger könnte schwören, dass seine Frau nichts von ihrem Desinteresse weiß.

Plötzlich bleibt ihr Blick an zwei Männern hängen, die sich geradewegs auf sie zu bewegen. Pierre Webér in Begleitung. Den beiden Männern scheint das Konzert auch zu gefallen, der eine imitiert einen übertreibenden Akkordeonspieler, Pierre lacht, er entdeckt Kalenberger und will den anderen Mann sofort in eine andere Richtung drängen.

Samuel Morchner prostet Kalenberger zu. „Sie sehen aus, als sei Ihnen der Leibhaftige begegnet."

„Lügner entlarven sich meist selber", sagt Kalenberger. „Was die Sache allerdings nicht besser macht."

Samuel Morchner will Kalenberger den Arm reichen, um mit ihr ein wenig durchs Foyer zu schlendern. Doch Kalenberger drückt ihm ihr Sektglas in die Hand und geht zur Toilette. Acht Frauen vor der Tür, sechs dahinter. Als sie die Waschbecken erreicht hat, ruft die Klingel zur Fortsetzung des Konzerts. Samuel Morchner erwartet sie im Gang vor den Toiletten, sie gehen die große Treppe zum Sendesaal hinauf. Samuel

Morchner macht eine launige Bemerkung, Kalenberger hört sie nicht, Samuel Morchner schnappt ein, für den zweiten Teil des Konzerts hält er seine Hand auf seiner Seite. Das Licht wird heruntergefahren, Quadro Nuevo betritt wieder die Bühne, verbindet Folklore mit Jazz, das Publikum applaudiert, und Samuel Morchner schaut etwas verkniffen. Beim nächsten Konzert wird er wohl wieder mit seiner Frau im Sendesaal des NDR erscheinen. In Kalenbergers Kopf Kantapper, Kantapper und morgen früh soll sie sich beim Oberstaatsanwalt mit Ermittlungsergebnissen melden.

VIERZEHN

Auf dem Rückweg von Oberstaatsanwalt Kornett weiß Kalenberger nicht, wohin mit ihrer Wut. Dieser junge Schnösel spielt sich auf, als wäre es eine persönliche Beleidung, wenn ein Mordfall nicht nach wenigen Tagen gelöst ist. Zumindest Wochen. Dabei könnte er bei ihr in die Lehre gehen. Aber was macht sie? Sie sitzt vor ihm wie ein Schulmädchen, das beim Spicken erwischt wurde. Immer auf Ausgleich bedacht, bloß keine Konfrontation, mit krummem Rücken und entschuldigendem Lächeln. Arschkeks! Hoffentlich hat er eine zänkische, unbefriedigte Frau. Und Kalenberger, wie sieht es bei dir aus? Sie wünscht ihn sich als Triangelspieler bei Quadro Nuevo. „Guten Morgen!" Hoffentlich hat Obanczek bessere Laune.

„Wie war's?" vor Obanczek liegt ein Bericht, von dem er nur kurz aufblickt.

„Wunderbar. Großartig!", sagt Kalenberger. „Der Herr aller Geknechteten hat uns zu unserer erfolgreichen Arbeit gratuliert."

„Aha."

„Die angedachte Soko *Rongas* wird zu unseren Ehren umgetauft in Soko KaOb."

„Koop?"

„KaObanczek! Kalenberger und Obanczek - ohne Friedrich Kloppstock."

„Ist Kloppstock krank?"

„Weiß ich nicht, gehört nicht mehr zu unserem Team. Oberstaatsanwalt Kornett ist kurz davor, eine Pressekonferenz anzusetzen, um die Aufklärung des Falls bekannt zu geben."

„Hm."

„Es wird Champagner und Kaviar gereicht und wir dürfen die Speisen und Getränke servieren."

„Na ja."

„In rosa Häschenkostümen mit weißen Ohren und Puscheln am Hintern."

„Okay."

„Hörst du mir überhaupt zu?"

„Nein. Die Ergebnisse aus der Kriminaltechnik sind eingetroffen."

„Irgendetwas, was uns weiterbringt?"

„Lassen wir die Nebenschauplätze mal weg, Harald Perkuhn ist an Herzversagen gestorben. Warum, wieso, weshalb, sollten wir erst einmal beiseiteschieben."

„Mach's nicht so spannend!"

„Die Spurensicherung hat einen ziemlich aktuellen Zeitungsbericht in Harald Perkuhns Schreibtisch entdeckt. Er war in einer Klarsichthülle unter den Boden einer Schublade geklebt worden."

„Immer diese Geheimniskrämerei, dabei findet unsere Spusi doch alles ..."

„... verfährt sich bloß manchmal bei der Adresse."

„Wenn's was bringt, ist wohl eine Tüte mit Apfeltaschen für die Mannschaft fällig."

„Lies es dir durch, danach entscheiden wir."

Der Zeitungsbericht:

... als P. von seinem Hochsitz im Deister zurück zu seinem geparkten Wagen kam, sah er bereits von Weitem einen großflächigen Galgen auf den linken Kotflügel seines BMW gekratzt. Nicht schon wieder, dachte P. resignierend.

Es gab schon einige Vorfälle dieser Art, nicht nur an seinem BMW, auch der VW Beetle einer Mitarbeiterin ist in den vergangenen Monaten zerkratzt oder mit Farbe beschmiert worden. Seit einem halben Jahr wird P. aufs Heftigste terrorisiert.

P., 57 Jahre alt, und Chef einer Unternehmensberatung, wirkt trotz seiner grauen Haare recht jugendlich und hat eine forsche Art, die Dinge zu sehen. Er macht keinen Hehl aus seinem lockeren Umgang mit dem weiblichen Geschlecht. Als seine Mitarbeiterin von ihm schwanger wird, sagt er ihr seine Unterstützung zu, will sich aber nicht von seiner Lebensgefährtin trennen. Da auch die Lebensgefährtin einen eher offenen Beziehungsstil pflegt, schließt er Nachstellungen von dieser Seite aus. Seine schwangere Freundin versichert, mit den Nachstellungen nichts zu tun zu haben, zumal sein Auto auch beschmiert wurde, als sie sich zu einer Aussprache in einem Waldcafé getroffen hatten.

Erst häuften sich die Anrufe bei ihm und seiner Lebensgefährtin. Jeden Tag wird das Paar seitdem daran erinnert, dass ihnen jemand Übles will. P. ist eines von etwa 800000 Stalking-Opfern in Deutschland und gehört damit zur statistischen Minderheit, nur in rund 13 Prozent der Fälle werden Männer verfolgt. Seine Geschichte zählt zu den extremeren Fällen. P. hat das Vorgehen seines Stalkers oder seiner Stalkerin in Phasen eingeteilt.

Phase eins: Das waren 20 bis 30 Anrufe und mehrere SMS am Tag mit dem Hinweis auf seinen geliebten Gasthof südwestlich von Hannover. Der Gasthof wurde bereits vor acht Monaten geschlossen. Einmal fehlte im Büro Ps. Schlüsselbund, kurz darauf wurde ihm sein Handy aus dem Auto mit eintausend Kontaktdaten gestohlen. Dann begannen die Anrufe bei seinen Nachbarn, Mitarbeitern und Freunden. „Einmal rief mich einer an, den ich drei Jahre lang nicht gesehen hatte. Er fragte, warum ich ihm Bilder von verlausten Immobilien schicken würde“. Dann kursierten Fotos am Wohn-

ort des Paares. Die Fotos zeigten irgendwelche Ruinen mit seinem Namen und Unterschrift, später hingen die Fotos auch an Laternen und Telefonhäusern. Sie waren immer mit demselben Spruch versehen: „Hauptsache, Du bist fein raus!" „Es eskalierte immer mehr", sagt der 57-jährige. Das waren Phasen zwei und drei.

Nun also Phase vier: Mal wurden Autos zerkratzt, dann die Schlösser seiner Geschäftsräume verklebt. Immer wieder kommt etwas Neues auf P. zu. Der Schaden betrage schon zwanzigtausend Euro, sagt der 57-jährige. Mittlerweile bekommen auch Kunden und Geschäftspartner Nachrichten, in denen der Unternehmensberater verunglimpft wird. Er sei ein Betrüger, sie sollten sich überlegen, ob sie mit so einem zusammenarbeiten wollten, heißt es beispielsweise in den Mitteilungen. Gut hundert anonyme Anrufe erhalten er und andere Menschen aus seinem Umfeld täglich. Mehrmals am Tag gehen auf seinem Diensthandy seitenlange Kurznachrichten ein. Sie zeugen davon, dass er beobachtet werde. So wird geschrieben, er habe Schweißflecken auf seinem Shirt oder er solle mal wieder zum Frisör gehen. Man signalisiert ihm: Wir sind da. Immer. Sie wissen alles von ihm. Er kann sich ihnen nicht entziehen. „Wir sind immer in deiner Nähe", schreibt der Stalker/die Stalkerin. Wir ist die Gruppe, die laut der übermittelten Nachrichten gegründet wurde, um P. kaputt zu machen. P. glaubt inzwischen an eine Gruppe, „allein ist der Aufwand doch schon logistisch gar nicht möglich."

Natürlich hat der Unternehmer die Polizei eingeschaltet, immer wieder. Die Polizei bestätigt, dass ein Verfahren wegen Nötigung und Verleumdung läuft. Solche Ermittlungen seien aber schwierig und dauerten ihre Zeit, sagt ein Beamter. Dabei war die Behörde nicht untätig. Die Ermittler haben Perkuhns Haus observiert, zwei Verdächtige überprüft, am Ende reichte das aber für eine Anzeige nicht aus.

Auch die Sachbeschädigungen lassen sich keiner Person zuordnen. So ruht der Fall. „Ich habe das Gefühl, die sitzen das jetzt aus", sagt P.

Die Stalker gehen offenbar geschickt vor. Die vielen Anrufe und Nachrichten lassen sich nicht zurückverfolgen. Sie erfolgen über Prepaid-Karten, die nicht namentlich registriert sind. Wie bei Drogendealern üblich werden diese Karten offenbar ständig ausgetauscht. Gut fünfzehn der unbekannten Nummern, von denen die anonymen Anrufe kommen, hat P. schon in einer Black-List gespeichert. Inzwischen lässt er alle Anrufe auf einen Festnetzanschluss im Büro umleiten, dort werden sie nach der Black-List gefiltert und zurück auf sein Handy geschickt. Der Sicherheitsdienst der Geschäftsräume weiß zu berichten, dass es in seinem Büro auch nachts häufig klingelt.

P. ist lizenzierter Jäger. Kürzlich hat ihn eine Beamtin angerufen und ihm geraten, seine Waffen freiwillig abzugeben – sonst werde sie eine Verfügung erwirken. Er mache einen labilen Eindruck, da läge Gefährdungspotential vor. Für P. ist das Zynismus. Er will die Waffen nicht abgeben, schon gar nicht, weil das der Sache zu viel Gewicht geben würde. P. räumt ein, Gewaltfantasien gegenüber seinen Stalkern gehabt zu haben, die sein Unternehmen, seine Beziehung, sein gesamtes Privatleben zerstören wollen. Er habe sich aber sicher im Griff, denn alles andere wäre ein Sieg für die Stalker. Also versucht P., die Aktionen zu ignorieren und hofft auf die heilsame Wirkung der Zeit.

Darunter in Handschrift: P. = Harald Perkuhn, Gruß E.S.

„Das macht die Sache günstiger", sagt Kalenberger, „also eine Apfeltasche für Elke Schmitt."

„Mindestens zwei – eine für Elke und die zweite für Schmitt."

Kalenberger denkt nach, lässt den Kugelschreiber klacken, streift die Schuhe unter dem Tisch ab, schaut auf den Zeitungsbericht. „Okay, Harald Perkuhn war sicher polyamorös und dass da nicht jede Frau mitspielt ..."

„Was war Harald Perkuhn?"

„... polyamorös, also für dich: Er trieb es gleichzeitig mit mehreren Frauen, ohne dabei ein schlechtes Gewissen zu haben."

„Du kennst dich aus!"

„Dafür bin ich auch deine Ansagerin."

„Immer das große Wort, aber ziemlich kleine Augen. Wenn du den Zeitungsbericht genau gelesen hättest, müsste dir etwas aufgefallen sein."

„Ich war bei der Staatsanwaltschaft, da hat man nur noch den Blick für das große Ganze. Sie haben mir beim Abschied die neusten Erkenntnisse der Kriminaltechnik in schriftlicher Form in die Hand gedrückt. Vom Herrn Oberstaatsanwalt eigenhändig mit dem Munde unter Wasser geklöppelt. Nun sag schon, was dir aufgefallen ist."

„Ich denke, es geht überhaupt nicht um Beziehung und Eifersucht."

„Sondern?" Kalenberger schaut Obanczek direkt an.

„Stutzig bin ich bei den Zeilen geworden: *„Einmal rief mich einer an, den ich drei Jahre lang nicht gesehen hatte. Er fragte, warum ich ihm Bilder von verlausten Immobilien schicken würde"*.

„Ich habe das mit den Ruinen eher im übertragenen Sinne für eine zerbrochene Liebe gesehen", sagt Kalenberger, „das kann man aber auch sicher viel direkter sehen."

„Zumindest war Harald Perkuhn der Artikel so wichtig, dass er ihn einigermaßen sicher versteckt hat."

„Vielleicht wollte Harald Perkuhn irgendetwas einreißen lassen, um eine weitere Biogasanlage bauen zu können und jemandem war das gar nicht recht. Lass uns mal überlegen ..."

„Noch vor der Mittagspause?"

„Es gibt Sauerbraten mit Rotkohl. Ich arbeite durch."

„Ich brauche etwas im Magen, sonst kann ich nicht denken!"

„Okay, dann lese ich das Rundschreiben unseres Obermuftis über die neusten Entwicklungen in der Kriminaltechnik, er ruft bestimmt an und fragt ab."

„Nicht doch lieber Sauerbraten?"

„Guten Appetit! Du kannst mir einen Nachtisch mitbringen, wenn es dir keine allzu große Mühe bereitet."

Rundschreiben
Der Chef entwirft sein Szenario: Der Entführer lauscht an der Haustür. Geräusche sind zu hören, er bricht die Tür auf, stürmt herein und überwältigt den Bewohner. Im Gerangel fällt der Bademantel des schreienden Opfers zu Boden. Der nachgefolgte Komplize erschießt den Nachbarn, der zu Hilfe geeilt ist, und versteckt die Leiche im Gebüsch.

Die beiden Verbrecher wischen das Blut auf und schütten Kaffee darüber, dann verlassen sie das Haus mit dem Opfer und schicken dem Ehepartner eine mit Details für die Lösegeldübergabe besprochene Audio-CD.

Soweit der blumige Beginn einer knallharten Faktensammlung.

Bei einem solchen Tatablauf stehen die Chancen nicht schlecht, die Entführer zu identifizieren und vielleicht so das

Opfer schnell zu finden. Neue Verfahren könnten da weiterhelfen.

Dabei steht die Kriminaltechnik für eine einzigartige Synthese verschiedenster Disziplinen, vom gesamten Spektrum der Naturwissenschaften bis hin zu geisteswissenschaftlichen Fächern wie Phonetik, Linguistik oder Schriftvergleichung.

Bereits das Lauschen an der Tür war ein Fehler des Entführers. Es gibt bei einigen Polizeidienststellen umfangreiche Archive mit Ohrabdrücken, die genauso eindeutig einer Person zugeordnet werden können wie Fingerabdrücke. Das gilt auch für Gesichter. Anhand der Haut- und Fettspuren auf einem ausgelösten Airbag lässt sich zweifelsfrei feststellen, wer das Auto gefahren hat.

Schon wer etwas mit seinen Fingern berührt, hinterlässt eine dünne Schicht aus Fett, Salz und Aminosäuren und damit einen Abdruck. Künftig werden Fingerabdrücke auch auf Textilien gut sichtbar, dazu werden die Beweisstücke in eine Vakuumkammer gelegt und verdampftes Gold legt sich als feinste Schicht auf den Stoff. Danach wird das Beweisstück mit Zinkdämpfen überzogen, wobei sich die Zinkteilchen nur dort sammeln, wo keine Fingerabdrücke zu sehen sind. Wie beim Negativ eines Fotos werden so die Konturen des Abdrucks sichtbar gemacht.

Mit einer extrem hochauflösenden Spezialkamera ist es möglich, eine bis auf einen Millimeter exakte Aufnahme eines Tatorts zu machen. Damit lassen sich feinste Blutspritzer und Fußspuren im Detail erfassen und im Nachhinein neu bewerten.

Ein Laserscanner mit 80 Metern Reichweite vermisst zudem den Tatort auf wenige Millimeter genau, indem er erfasst, wie stark und aus welcher Richtung die von ihm abgeschickten Strahlen reflektiert werden. Aus den Daten produziert eine Software ein fotorealistisches Bild.

Das Besondere daran: Die Ermittler können in der Szene den Aufnahmestandpunkt verlassen, virtuell durch den ganzen Raum gehen und weitere Personen, zum Beispiel Opfer oder Tatverdächtige, in die Darstellung einbauen.

Noch mehr Einzelheiten erfasst der Streifenlichtscanner, der auf Zehntelmillimeter auch kleinste Spuren sichtbar macht. Die Daten lassen sich mit einer detailgenauen Ansicht des Opfers abgleichen. Die Schusswaffenkanäle werden vermessen, eine Spezialkamera liefert Bilder von den Spuren auf der Haut, der Computertomograf aus dem Innern des Körpers. Künftig können die Mediziner wohl auf eine reale Autopsie ganz verzichten und sie virtuell am Computerbildschirm durchführen ...

Obanczek kommt zurück. „Und?", er pult mit einem Zahnstocher Fasern vom Sauerbraten aus den Zähnen, „irgendwelche neuen Erkenntnisse?"

Kalenberger pinnt die Faktensammlung an ein Regalbrett. „Wir laufen uns die Absätze schief, dabei hätten wir nur ein bisschen Gold verdampfen müssen und schon wäre der Name des Täters sichtbar geworden."

„Mit Gold sind wir nicht so reich bestückt. Hast du noch ein Mars?" Obanczek setzt sich an seinen Computer. „Wir sollten Perkuhns Lebensgefährtin anrufen, obwohl ich bezweifle, dass sie in seine Grundstücksgeschäfte eingeweiht war. Aber ein Anruf kann nicht schaden."

Schadet nicht, bringt aber auch nichts, auf dem Festnetz und Handy meldet sich die Mailbox. „Dann eben seine schwangere Freundin."

Marcy Schmiedebach meldet sich sehr zurückhaltend. „Ja?"

Nachdem sich Obanczek vorgestellt hat, fragt er Marcy Schmiedebach nach ihren Kenntnissen von Harald Perkuhns Grundstücksgeschäften.

„Mir nicht bekannt."

„Wir können Sie auch in die Waterloostraße bestellen und Ihnen bei der Auffrischung Ihrer Erinnerungen behilflich sein. Schließlich müssen doch fünfzig Prozent der geschäftlichen Korrespondenz über Ihren Schreibtisch gelaufen sein."

„Ich helfe der Polizei immer gern." Das klang irgendwie ironisch.

„Gab es in letzter Zeit irgendwelche geschäftlichen Interessen, irgendwo eventuell eine weitere Biogasanlage zu errichten?"

„Irgendwo, irgendwer, irgendwas?" Pure Ironie.

„Dann also morgen um acht Uhr Waterloostraße 9, Zimmer ..."

„Soweit ich weiß, war nichts Größeres in der Planung. Aktuell nur der Kauf eines Gasthofs südwestlich von Hannover. Der Gasthof wurde aber bereits vor acht Monaten geschlossen. Gott weiß, was Harry damit vorhatte. Ich kann Ihnen die Telefonnummer meiner ehemaligen Kollegin geben, wegen der anderen fünfzig Prozent."

Obanczek notiert sich die Telefonnummer, beendet das Gespräch und will schon die notierte Nummer anwählen, als ihn Kalenberger stoppt.

„Willst du anrufen?"

„Da war was in dem Zeitungsbericht, ein interessanter Bezug, Moment, ich hab es gleich." Kalenberger zieht den Zeitungsbericht zu sich heran. Sie zitiert: *„Das waren 20 bis 30 Anrufe und mehrere SMS am Tag mit dem Hinweis auf seinen geliebten Gasthof südwestlich von Hannover. Der Gasthof wurde bereits vor acht Monaten geschlossen."*

„Könnte auch der Treffpunkt der Stalkerin mit Harry gewesen sein."

„Ein geschlossener Gasthof?"

„Vielleicht besonders romantisch, so mit Efeu, schiefen Dachrinnen und Fenstern ohne Glas."

„Wenn sich Harald Perkuhn für ein solches Objekt interessiert, dann wittert er ein Geschäft. Gib mir mal die Nummer von Marcy Schmiedebach."

„... tut mir leid, dass wir Sie nochmals stören müssen. Haben Sie die Adresse des Gasthofs südwestlich von Hannover?"

„Da gab es keine Adresse, nur ein Projektpapier, das Harald mit der Stadt Springe verhandelte. Jetzt hab ich's wieder, der Name des Gasthofs war *Deisterglück* und eine alte Scheune gehörte auch noch dazu. Ich könnte im Büro genauer ..."

„Das reicht schon, vielen Dank!"

„Wie gut, dass wir eine Telefon-Flat haben", stöhnt Obanczek, „ich rufe unsere Kollegen im Kommissariat Springe an."

Es meldet sich Polizeiobermeister Martin Matthes, „Was kann ich für Sie tun?"

„Wir brauchen ortskundige Unterstützung", sagt Obanczek.

„Was man nicht aufgibt, hat man nie verloren."

„Wie bitte?"

„Friedrich von Schiller!"

„Wie schön für Sie."

„Schönheit ist überall ein gar willkommener Gast!"

„Ich weiß, Schiller."

„Nein, Goethe."

„Ich werde es verschmerzen. Wir suchen einen Gasthof, der vor acht bis zwölf Monaten geschlossen wurde. Aber ohne Schiller!"

„Tell's Klause."

„Ich sagte doch, ohne ..."

„Der Inhaber hieß Klaus Tell. Dazu gibt es keine offiziellen Informationen der Stadtverwaltung. Aber hinter der Hand munkelt man vom Kauf durch einen Investor aus Hannover, der die Klause und die angrenzende Scheune in ein Flüchtlingsheim umwandeln will. Soll ich im offiziellen Auftrag bei der Stadt vorstellig werden?"

Kalenberger nickt, Obanczek instruiert Martin Matthes. „Verbunden werden auch die Schwachen mächtig", sagt der Polizeiobermeister und legt dann auf.

Kalenberger hält es nicht mehr an ihrem Arbeitsplatz. Sie spürt diese innere Erregung, wie vor jedem entscheidenden Durchbruch, steht auf, nimmt Jacke und Handtasche. „Ich geh mal meine Gedanken sortieren", sagt sie zu Obanczek. Nur raus jetzt, sie braucht Abstand von Büro, Computer, Wänden, Tisch und Stuhl.

Seit ihre einäugige Katze Augenstern direkt vor dem Portal des Engesohder Friedhofs überfahren wurde, hat sie den stillen Ort nicht mehr aufgesucht. Heute braucht sie seine Ruhe, Gelassenheit und Zuversicht. Es beginnt zu regnen. Ohne Eile geht sie zu *ihrer* Bank hinter dem nachdenklichen Engel aus Stein, der seinen Kopf auf die rechte Hand stützt, als wäre er ihm zu schwer geworden.

Die Bank steht halbwegs unter den überhängenden Zweigen vor dem Regen geschützt. Kalenberger setzt sich auf die Kante, will nichts denken, fühlt sich desorientiert. Nicht was den aktuellen Fall angeht, mehr im eigenen Inneren. Es fällt ihr schwer, einen Gedanken festzuhalten oder die verschiedenen Gedankenfetzen miteinander zu verbinden. Dieses ziellose Umherflattern beschäftigt sie schon eine ganze Weile; versucht sie einen Gedanken bis zum Ende sauber abzuarbeiten, melden sich immer wieder neue Einwände, die sie vom direkten Weg abbringen. Sie kann sich nur noch selten zielgerichtet konzentrieren. Sie hat ihre Erfahrungen mit diesem Zustand zwischen Euphorie und Endzeitstimmung. Die Angst, der Herausforderung eines komplexen Falles nicht vollständig gewachsen zu sein, und gleichzeitig treibt sie so etwas wie Verlustangst um, wenn ein Fall zu einem Abschluss kommt. Noch ist es nicht soweit, und was hat sie schon zu verlieren? Es bleibt das Leben außerhalb des Lavierens und Funktionierens. Bloß ihre Wurzeln im Leben sind ein wenig brüchig geworden. Selbst für Augenstern hat sie keine Nachfolgerin gefunden, auch um keine weitere Verantwortung zu übernehmen. Die Verknüpfung von Ursache und Wirkung im eigenen Leben ist verloren gegangen. Es fehlt das Licht am Ausgang des Tunnels. Abtreten, aufgeben? Was bleibt ihr dann? Es werden sich neue Zusammenhänge finden und es wird weitergehen.

Kalenberger bleibt noch einige Zeit auf der Bank sitzen, ihre Schuhe und Beine sind nass, als sie aufsteht, dann geht sie ohne Eile zum Auto zurück. Kantapper wird in irgendeiner Gehirnwindung verdampft. Es geht nicht um ihre Befindlichkeiten, es geht um den Fall Harald Perkuhn. Dieser Großkotz ohne Anstand und Regeln wird jemanden herausgefordert haben. Das ist kein oberflächlicher Konflikt, die Auseinandersetzung hat tiefe Wurzeln. Der Herausgeforderte musste sich aufbäumen, um die Achtung vor sich selbst nicht zu verlieren.

„Wie weit bist du?“, fragt sie Obanczek nach ihrer Rückkehr ins Büro. „Sollen wir ausrücken und die Handschellen klicken lassen?“ Sie wechselt die Schuhe, eine Ersatzkleidung hängt nicht im Schrank, wurde irgendwann gebraucht und nicht ersetzt.

„Ich hab erst mal allgemeines Material recherchiert. Wenn sich Harald Perkuhn da reingehängt hat, kann er durchaus Aggressionen von Pegida-Anhängern oder Neidern auf sich gezogen haben. Nur – wie passen die Toten von der Biogasanlage in das Bild?“

„Man wird sehen.“

Das Material:

... Hunderte von Flüchtlingen sind bereits ums Leben gekommen. Doch selbst wenn sie Europa erreichen, gibt es

Probleme. Die Städte wissen nicht mehr, wohin mit den Asylbewerbern. Hoteliers und Hausbesitzer helfen – und leben gut vom Geschäft mit der Not.

Das Hotel Horn in Bergisch Gladbach nahe Köln ist bekannt für seine gutbürgerliche Küche. Bekannte Politiker seien einst hier regelmäßig eingekehrt, berichtet die Lokalpresse. Das Hotel hat eine Website, auf der man die Zimmerpreise nachlesen kann: 60 Euro je Nacht im Einzelzimmer, 80 Euro im Doppelzimmer. Doch buchen kann man hier nicht mehr. Seit April 2014 wohnen in dem Hotel Asylbewerber. Der Eigentümer hat extra für sie umgebaut. Er ist schon im Rentenalter und hat keine Nachfolger. Ein Jahr habe er über das Angebot der Stadt nachgedacht, dann habe er sich entschlossen, das Restaurant zu schließen, umgebaut – und als Flüchtlingsheim wieder eröffnet.

Nun verdiene das Hotel nicht mehr als vorher, aber regelmäßiger. Zwischen 11 und 16 Euro liege der Betrag je Flüchtling und Tag. Das macht für das Hotel sichere Einkünfte zwischen 190.000 und 280.000 Euro im Jahr. Das ist nicht ungewöhnlich viel. Ungewöhnlich ist aber der Pachtvertrag, er läuft über sagenhafte zehn Jahre. Ob es 2024 noch so viele Flüchtlinge gibt wie jetzt, ist zwar nicht klar. Aber derzeit strömen so viele von ihnen nach Deutschland, dass die Städte gar nicht mehr wissen, wohin mit ihnen. Ihre Verhandlungsposition ist dementsprechend schlecht.

Nicht nur Bergisch Gladbach muss neue Lösungen finden. Städte und Kreise in ganz Deutschland sind aktiv. Sie mieten leer stehende Häuser, alte Kasernen oder Bürogebäude an. Ehemalige Altenheime und geschlossene Kliniken werden umgewidmet, ja sogar alte Baumärkte. Grundschulen, die mangels Nachwuchs geschlossen wurden, verwandeln sich in Flüchtlingsheime.

Das sind gute Zeiten für die Besitzer schlecht laufender Hotels oder leer stehender Häuser. Viele von ihnen können umsteigen auf ein einigermaßen sicheres Geschäftsmodell und ihre Immobilien an Flüchtlinge vermieten. Das hat Vorteile. Die Flüchtlinge stellen selten hohe Ansprüche und zahlen verlässlich – das Geld stammt von der Kommune.

Eines steht aber angesichts des Flüchtlingsandrangs fest: Demnächst werden die Kommunen aus Mangel an geeignetem Wohnraum eher mehr als weniger zahlen müssen. Das Flüchtlingsbusiness lohnt sich für immer mehr Immobilienbesitzer. Die Zeit drängt, da werden Verhandlungen schnell geführt, manchmal schlampig. Die Städte vergeben viele Aufträge auch aus Zeitnot unter der Hand und halten die Verträge oft geheim – teils aus Angst, die Preise zu verderben, teils aus Sorge, dass auffliegt, wie schlecht sie verhandelt haben.

Besonders engagierte Städte und Kreise versuchen noch, private Wohnungen für Asylbewerber aufzutreiben. Der Rest sucht vor allem nach Großunterkünften. Da rechtfertigen Notstandsargumente fast alles.

Doch gerade Großunterkünfte sind, wenn sie von Privaten angemietet werden, oft teurer als private Wohnungen. So kosteten 2012 beispielsweise in Jena die Gruppenunterkünfte fast doppelt so viel im Monat wie dort angemietete Wohnungen. Doch viele Städte haben keine Wahl: Die Zahl der Vermieter, die ihre Wohnungen gerne an Flüchtlinge vermieten, ist begrenzt. Vielerorts ist der Markt längst leer gefegt. Zudem gelten Obergrenzen, was die Gemeinden an Miete für Wohnungen zahlen. Nicht mehr als für Hartz-IV-Bezieher ist die Regel.

Diese Grenzen gelten nicht für Not- bzw. Großunterkünfte. Hier kann es richtig teuer werden. Normalerweise bewegen sich die Preise zwischen 11 Euro je Flüchtling und Tag und 16 Euro. Doch sie steigen. So erhält etwa in einer Millionenstadt ein Betreiber von Traglufthallen, in denen Flüchtlinge untergebracht sind, 27,18 Euro am Tag je Per-

son. Teilweise wird von bis zu 35 Euro je Tag und Flüchtling berichtet.

Da kauft ein Logistik-Unternehmer ein einstiges Bundeswehr-Sanitätsdepot und wandelt es in ein Asylbewerberheim um. Knapp 350 Menschen können darin Platz finden. Doch ein Teil der einheimischen Bevölkerung ist mit dem Geschäftssinn des Unternehmers nicht einverstanden. So fand er schon früh Zeichen der Empörung in Form von Kuh- und Schafsmist vor seinem Haus. Außerdem gründeten die empörten Einwohner eine Bürgerinitiative. Sie fordern, dass weniger Flüchtlinge kommen und dass sie dezentral untergebracht werden.

Die Empörung hat drei Gründe: erstens gibt es im Ort einige leer stehende Wohnungen, dabei hätte der ein oder andere dann auch gern selbst mitverdient an den Flüchtlingen. Zweitens hat der Ort nicht einmal 4000 Einwohner. Bis zu 347 Flüchtlinge sind da sehr viel – das findet man selbst bei Pro Asyl. Drittens gibt es den Verdacht, der Unternehmer würde Millionen mit dem Geschäft verdienen. Er selbst weist das zwar weit von sich, will aber keine Zahlen darlegen.

Vielleicht wäre es an der Zeit, diese Art von Verträgen offenzulegen. Schließlich geht es um Steuergeld.

„Also“, sagt Kalenberger, „du bist Harald Perkuhn.“

„Ist es wieder soweit?“

„Ich denke schon.“

„Du bist weisungsbefugt.“

„Also Harald Perkuhn, an deinem Schreibtisch warten gewinnbringende Projekte auf dich, doch du fährst in den Wald, um dich so aufzuregen, dass dich ein Herzinfarkt dahinrafft. Was hast du im Wald verloren?“

„Ich wollte mich erholen, zur Ruhe kommen, über neue Investitionen nachdenken.“

„Du bist kein Naturliebhaber. Wenn du eine Pause brauchst, gehst du in die *Markthalle*, die *Ständige Vertretung* oder ins *Pier 51.* Du kannst doch nicht allein sein."

„Ich wurde bestellt."

„Von wem."

„Jemand wollte mir ein gutes Geschäft vorschlagen."

„Schon besser. Aber warum hast du dein Gewehr zum Hochsitz mitgenommen?"

„Zur Sicherheit, bei meinen Geschäften kann man nie wissen, auf wen man sich einlässt."

„Wo ist die Person, die du treffen willst?"

„Noch nicht da."

„Was machst du?"

„Ich schau mich um. Niemand ist zu sehen."

„Weiter!"

„Ein leichtes Unbehagen macht sich breit."

„Du willst dich absichern."

„Mein Gewehr liegt im Kofferraum. Ich öffne also den Kofferraum, nehme mein Gewehr heraus ..."

„... du öffnest den Kofferraum und im gleichen Augenblick hörst du ein Geräusch. Oder noch besser: Du wirst angesprochen. Du schaust auf und gerätst in Panik. Warum gerätst du in Panik?"

„Ich kenne die Person, die da auf mich zukommt. Ich schnappe mir das Gewehr und flüchte in den Wald."

„Womit macht dir der Angreifer Angst?"

„In der Hand hält er eine Schnappfalle, Harald Perkuhn erkennt sie sofort, empfindet bereits körperlich die Schmerzen, dieser Warmduscher!"

„Warum schießt du nicht auf den Angreifer oder drohst ihm zumindest?"

„Weil ... weil ... weil ..."

„Weil du die Person nicht aus dem Weg räumen kannst. Bei einem Verbrechen würde die Polizei Ermittlungen aufnehmen und einen Zusammenhang zwischen dir und der Person herstellen ..."

„... ich würde verurteilt und käme in den Knast."

„Knast würde dich nicht umbringen. Schlimmer. Ist heutzutage eher ein Ausrutscher. Es müsste etwas Ehrenrühriges sein ..."

„Da fallen mir nur Marcy Schmiedebach und ihr uneheliches Kind ein."

„Das wäre vor hundert Jahren ein Problem gewesen. Heute schmücken sich Prominente mit den außerhäuslichen Produkten ihrer Potenz."

„Eins, zwei, drei – vorbei. Mir fällt nichts mehr ein!"

„Lass uns Feierabend machen. Morgen ist auch noch ein Tag." Kalenberger schickt ihren Computer ins Bett, zieht ihre Jacke an und schließt das Fenster. „Wollen wir zusammen noch einen Espresso trinken, ich bin irgendwie zu aufgekratzt, um nach Hause zu fahren."

Sie schaffen es bis zum Mövenpick am Opernplatz. Obanczek bestellt sich ein alkoholfreies Weizen, Kalenberger eine Latte und schweigt. Obanczek würde jetzt gern sein Motorrad putzen, aber Vorgesetzte ist Vorgesetzte, auch privat. Er nippt an seinem Bier, schaut hinaus auf den Opernplatz, Hannoveraner Hektik - wie auf dem Alex in Berlin oder Stachus in München - morgens zwischen drei und halb vier.

Kalenberger will sich entspannen und kommt nicht raus aus ihren Gedanken. Kantapper wurde in keiner Gehirnwindung verdampft, hatte sich nur zurückgezogen, um sich aufzublähen und in Stellung zu bringen. Jetzt rollt er wieder in ihrem Kopf, übermächtig, mit der Kraft eine Lawine reißt er alles mit sich. Verworrene Fakten, Fragmente von Zusammenhängen, Aussagen, die nichts gebracht haben, Tatortspuren ohne Relevanz, jede Menge Verdächtige und ein Katalog von Motiven.

„Ich brauche einen Cognac", sagt Kalenberger.

„Ist es wieder soweit?"

„Ja."

„Einen doppelten?"

„Einen doppelten!"

„Und wenn wir einfach weiter ermitteln, Stück für Stück, Ort für Ort, Person für Person ..."

„Damit kommen wir nicht voran. Wir fügen unserem Unverständnis nur eine weitere Filiale hinzu. Aber der Laden ist voll, da passt nichts mehr hinein, da sind sogar schon viel zu viele drin." Die Kellnerin bringt den doppelten Cognac, stellt ihn vor Obanczek auf den Tisch, Obanczek schiebt ihn Kalenberger zu. „Wir haben die Übersicht verloren. Drei Tote sind eingefahren, vielleicht werden schon weitere Morde geplant und wir schauen nicht mal zu, sondern weg."

„Du weißt doch, dass unsere Arbeit wichtig ist und bisher meist zu einem Ergebnis geführt hat."

„Aber dieser Fall hat kein Schema, keinen Ausgangspunkt und keine logische Folge. Die Sache hakt, aber ich weiß nicht wo. Ich spüre ganz deutlich, dass da etwas ist. Und da die Personen in unserem Fall das Gesamtbild beherrschen, denke ich mal, dass es eine Person ist, die sich mir aufdrängt. Ich war auf meinem Friedhof und hab mit meinem Engel gesprochen, aber nichts. Er hat mich einfach ignoriert, es war da nur Stille, Leere und Regen." Kalenberger winkt der Kellnerin und bestellt sich noch einen doppelten Cognac. „Ich habe es so satt, mit jedem Fall ein Stück von mir selbst zu verlieren. Die Bedrängnis macht sich breit in mir, besetzt mich bis in die tiefsten Fasern meines Bewusstseins. Da bleibt kaum Raum für mein normales Leben. Ich bring's nicht mehr ..." Sie winkt der Kellnerin. Kalenberger starrt auf den Opernplatz, Obanczek würde sie jetzt gern in seine Arme nehmen, er greift über den Tisch, legt seine Hand auf ihre, sie scheint es nicht zu bemerken.

Die Kellnerin kommt, Kalenberger möchte sich wohl den nächsten Cognac bestellen, doch Obanczek bittet um die Rechnung.

„Ich brauche ein Taxi", sagt Kalenberger.

„Ich bring dich nach Hause!"

„Aber vorher hältst du an einem Kiosk, die Nacht wird lang und dunkel."

Es ist mitten in der Nacht. Kalenberger kommt zurück aus dem Badezimmer. Kaltes Wasser hilft vielleicht gegen einen dicken Kopf, aber nicht gegen fehlende Erinnerungen. Die letzten Stunden liegen wie unter einem wabernden Novembernebel, mal werden Erinnerungsfetzen sichtbar, dann versinkt alles wieder in einem milchigen Grau. Sie geht zurück ins Schlafzimmer und fühlt sich wie im Breakdancer vor zwanzig Jahren. Sie lässt sich aufs Bett fallen und ist eingeschlafen, bevor sie ihre Bettdecke gegriffen hat. Lässt alles über sich ergehen Allmählich atmet sie ruhiger, ihr Gesicht entspannt sich, sie dreht sich auf die Seite und umarmt ihre Bettdecke. Ein schöner Traum von Zweisamkeit und Zärtlichkeit.

Es scheint Morgen zu sein, diffuses Tageslicht fällt auf Kalenbergers Bettdecke, an den Geschmack in ihrem Mund möchte sie nicht denken, sie braucht einen Schluck Wasser. Sie will sich aufrichten, schafft es noch nicht, in ihrem Kopf Zar und Zimmermann, Holzschuhtanz. Der Rücken schmerzt und dazu diese nebulösen Erinnerungen an einen zärtlichen Traum. Es war doch ein Traum? Sie tastet mit der freien Hand das Bettlaken neben sich ab, zur großen Erleichterung stößt sie auf kein Hindernis. Alles glatt und paletti.

„Guten Morgen!"

Kalenberger fährt hoch, der Kopf will bersten, sie fällt aber wieder zurück in die zerwühlten Kissen. „Das darf nicht wahr sein!"

„Ich habe Kaffee gekocht", sagt Obanczek.

„Wenn du jetzt auch noch Bötchen holen willst, erschieße ich dich."

„Ich denke, einen frisch gebrühten Kaffee kannst du jetzt gut vertragen, und ich verzieh mich, als wäre ich nie hier gewesen."

„Das will ich dir auch geraten ... Halt!“ Kalenberger richtet sich mühsam auf, zieht die Bettdecke bis ans Kinn. „Ich will alles wissen.“

„Wozu?“

„Weil ich es bin!“

„Du hast mich ‚mein Bandido‘ genannt.“

„Und weiter?“

„Nichts weiter?“

„Haben wir oder haben wir nicht?“

„Du warst unersättlich – es war einfach ...“

„Bilde dir bloß nichts darauf ein. Ich war total betrunken und du hast die Situation ausgenutzt!“

„Ich hab ein paar Mal versucht zu verschwinden. Aber du wolltest dich aus dem Fenster stürzen, wenn ich dich allein lassen sollte.“

„Oh, Gott!“, sagt Kalenberger und lässt sich wieder in die Kissen fallen. „Verschwinde!“

„Bin schon weg. Wir sehen uns im Büro, wann auch immer.“ Ganz leise schließt Obanczek die Wohnungstür.

Kalenberger möchte wütend werden, auf sich, auf ihn, auf die Situation, auf das Wetter, auf alles, doch irgendwie ist da dieses wohlige Gefühl, das sie genießen könnte, wenn ihr nicht so schlecht wäre.

Sie schafft es, sich nach einer gefühlten Ewigkeit auf die Bettkante zu setzen und ein paar Schlucke Wasser zu trinken. Der Kaffeeduft weht aus der Küche ins Schlafzimmer und wenn er nicht sofort aufhört zu duften, muss sie sich wieder übergeben. Auf dem Wecker ist es sieben Uhr vierunddreißig.

Mit konzentriertem Willen steht sie auf, will ins Bad, schafft es aber nur bis zum Stuhl vor dem Bett. Sie schließt die Augen, sofort startet das Karussell in ihrem Kopf zu einer neuen Runde und Kalenberger reißt die Augen wieder auf. Chaos im Kopf, Chaos im Zimmer, eine Spur von Kleidungsstücken bis zum Bett. Bluse, Hose, BH, Slip - wo ist der Slip? Er wird ihn doch nicht als Trophäe ... der Slip hängt an der Nachttischlampe. Vielleicht hat Obanczek auch alles nur erfunden, um sie zu ärgern, hat sie gestern in ihre Wohnung gebracht und ist heute Morgen mit ihrem Schlüssel in die Wohnung zurückgekommen, um den Kaffee zu kochen.

Kalenberger steht mühsam auf, stützt sich an der Stuhllehne ab und stellt sich vor den Spiegel. Nehmen wir es einfach, wie es ist. Sie geht ins Badezimmer, putzt sich erst einmal die Zähne und stellt sich endlich unter die Dusche. Lange, sehr lange. Dann anziehen, bloß keine falschen Signale aussenden, einen Obanczek-Kaffee aus der Thermoskanne und dann ab ins Büro, aber vorsichtig, sehr vorsichtig. Wo steht ihr Wagen? Ein Blick aus dem Fenster, sie wird sich ein Taxi bestellen müssen.

Obanczek hockt bereits wieder im Büro, man begrüßt sich wie jeden Tag, wobei Kalenbergers Stimme etwas unsicher klingt, Obanczeks dafür umso selbstsicherer. Warum ist das immer so, Kalenberger ärgert sich, Unsicherheit gehört eigentlich nicht zu ihrer Aura. Sie schaltet ihren Computer ein. Noch eine Frage: „Wo steht mein Auto?" Das klang fast schon wieder geschäftsmäßig.

„Vor dem Café Extrablatt am Georgsplatz."

„Wo ist der Schlüssel?"

„In deiner Schreibtischschublade."

Kalenberger nickt, schaut auf den Bildschirm. Noch immer dieses flaue Gefühl im Magen, sie wird heute nicht viel essen können. Vielleicht ein Toastbrot mit Käse, natürlich ohne Butter. „Was gibt's Neues?"

„Oberstaatsanwalt Kornett wünscht eine Bestandsaufnahme. Er will sie der Presse präsentieren."

„Schreib einfach was von einer möglichen Beziehungstat bei Harald Perkuhn mit anschließenden Vertuschungstaten an Carlo van Arpke und Tarek Hoxha."

„Mit ‚zum Opfer' gefallen?"

„Klar, unser Oberstaatsanwalt liebt solche Formulierungen und die ‚Dutzende von Hinweisen aus der Bevölkerung' nicht vergessen."

„Aber spätestens zum nächsten Pressetermin werden wir Fakten liefern müssen!" Obanczek schaut Kalenberger zum ersten Mal an diesem Morgen direkt an. Der Knutschfleck unter ihrer rechten Achsel wird bestimmt noch nicht verblasst sein. Schon wieder dieses Prickeln ...

„Was denkst du?"

„Ich? Wieso? Worüber?", stottert Obanczek.

„Ich denke, die Personen in Harald Perkuhns direkter Umgebung legen wir erst einmal beiseite. Wenn es wirklich eine Beziehungstat war, werden sich Hinweise bei erneuten Befragungen ergeben."

„Dann können wir auf dem Rückweg gleich deinen Wagen mitbringen."

„Wir werden erst einmal gedanklich vorarbeiten." Kalenberger schlägt ihr Notizbuch auf, schaut aber sofort wieder auf. „Ich frage dich jetzt ganz neutral und erwarte eine Antwort ohne jegliche Tendenz: Hast du mir heute Nacht auf die Augen gehauen, unbeabsichtigt natürlich, irgendwie mit der Hand, dem Ellbogen oder ..."

„Nein, ganz bestimmt nicht."

„Ich bin mir sicher, dass ich Farben gesehen habe."

„Also, du hast bestimmt alles Mögliche gesehen, so, äh, aufgekratzt, wie du warst. Du wolltest alles auf einmal ..."

„Und dann?"

„... bist du plötzlich eingeschlafen."

„Damit kommen wir also auch nicht weiter, obwohl ich mich auf solch unbewussten Bilder meist verlassen kann."

„Ich weiß."

„Sonst war nichts, ich meine außerhalb von allem anderen?"

„Du hast mich mitten in der Nach wachgerüttelt, aber eine neue Runde wär selbst mir ein bisschen viel geworden ..."

„Bei Fuß!", befiehlt Kalenberger.

„... ich sollte etwas aufschreiben. Aber was? Ich hab's nicht richtig verstanden, aber mit Farben war es nichts."

„Regenbogenfarben", beharrt Kalenberger auf ihrer Eingebung, „es war ein Regenbogen!"

„Ich kann mich nicht erinnern."

„Und ich mache einen Spaziergang. Da war etwas mit einem Regenbogen ..."

Als Kalenberger von ihrem ausgedehnten Spaziergang zurückkommt, ist Obanczek gerade zurück vom Mittagessen.

„Und?", fragt Obanczek.

„Keine neuen Erkenntnisse!" Obanczek rülpst leicht hinter vorgehaltener Hand. „Entschuldige, Gurkensalat zum Kabeljau!"

„Bitte kein weiteres Wort über Essen. Wer hat gestern eigentlich die ganze Sause bezahlt?"

„Deine Kreditkarte!"

„Freu dich nicht zu früh ... Gurkensalat. Gurken, Regenbogenfarben, keine Fahne, eine Schürze. Die Synapsen sind wieder verbunden."

„Aha." Obanczek blättert in einer dünnen Akte in senfgelben Deckeln.

„Kannst du dich an unseren Besuch auf dem Biohof erinnern?"

„Kann ich."

„Der Besitzer trug eine Schürze in Regenbogenfarben und mit ihm fangen wir an."

„Warum ausgerechnet mit ihm?"

„Er ist der Einzige, der von Harald Perkuhn direkt bedroht wurde und zweitens, weil ich es will."

Jetzt liegt der Nebel schon bis in den Vormittag hinein auf den abgeernteten Feldern des Calenberger Landes. Hoch über dem flachen Land kreisen die mächtigen Bussarde – Meister der Lüfte, Lachnummern am Boden. Jagen Feldmäuse, Vögel, Schlangen und Frösche, soweit das Image, aber viel lieber sammelt er anstrengungsfrei Aas von den Rändern der Autostraßen. Wer tut das nicht.

Obanczek fährt, Kalenberger schaut hinaus in die Landschaft, hängt ihren Gedanken nach, sprechen mag sie nicht. Was auch? Nach gestern Nacht kann jedes Wort im Aussprechen schon seine Bedeutung ändern. Sie kann nicht einschätzen, wie Obanczek den nächtlichen Ausrutscher verarbeitet und sie weiß es von sich selber auch nicht.

Berufliches geht immer. „Was wollen wir eigentlich in *Henni's Gemüsekiste*?"

Kiste! Kalenberger beobachtet ihn aus den Augenwinkeln, wenn er jetzt grinst, lässt sie sich für die nächsten vierzehn Tage krankschreiben.

Doch Obanczek fährt ungerührt fort: „Wir wissen doch, dass es dem Laden nicht gut geht."

„Okay", sagt Kalenberger, „versuchen wir es mal wieder." Sie schließt die Augen, entspannt sich. „Wir halten es nicht mehr lange durch."

„Irgendwo machen wir einen Fehler, andere Bioläden machen guten Umsatz und expandieren, nur wir ..."

Kalenberger richtet sich auf, öffnet die Augen. „Die Rumeierei können wir uns nicht mehr leisten. Wir müssen das Ziel direkt angehen. Warum sind die Heinekens so schlecht auf Harald Perkuhn zu sprechen?"

„Ich nehme an, weil er seine Mutter mit ihrem ersten Mann rücksichtslos vom Hofgut vertrieben hat."

„Ich könnte mir vorstellen, dass der Hass ständig neu aufflammt, wenn man sich über den Weg läuft. Aber Harald Perkuhn wohnt schon seit Jahren in Hannover und seine gelegentlichen Besuche der Biogasanlage wird er wohl vorher nicht angekündigt haben."

„Also muss der Hass auf anderem Wege Nahrung gefunden haben."

„Aber wo und wie?"

„Da, wo wir schon einmal waren. Perkuhns Biogasanlage braucht Mais, Mais und Mais. Dafür pachten die Bauern alle erreichbaren Flächen zu immer höheren Preisen. Da kann die Gemüsekiste natürlich nicht mithalten, trotz besten Kundenstamms und angebotener Qualität."

„Hm", sagt Kalenberger und dann nichts mehr, bis sie auf den Hof des Bioladens einbiegen. „Kein Chow-Chow vor der Tür?", fragt Kalenberger.

Obanczek zuckt nur mit den Schultern.

Vor dem Laden Auberginen, Tomaten, Salat, Kohlrabi, Porree, Möhren – ein umfassendes Angebot für den Gemüseliebhaber.

„Ich kann übrigens ein wunderbares Ratatouille!"

Kalenberger bleibt abrupt stehen, schaut Obanczek herausfordernd an. „Lieber Arbeitskollege, man kann nicht allen Situationen und Worten aus dem Weg gehen, aber lass dir für die Zukunft gesagt sein: Ich akzeptiere keine Wiederholung meiner unverzeihlichen Entgleisung. Ich betone: meiner! Ich bitte dich zu akzeptieren, dass wir gute Kollegen waren und sind und bei Zweideutigkeiten immer die unverfängliche Auslegung gemeint ist."

„Ist klar!"

„Noch eins: Sollte ich mal wieder einem sexuellen Notstand erliegen, dann sicher nicht in deinen Armen. Wenn du das nicht akzeptieren kannst, muss sich unsere Bürogemeinschaft auflösen."

„Wenn du mir nicht bei jeder Bemerkung zweideutige Absichten unterstellst, würde ich auch weiterhin gerne mit dir zusammenarbeiten."

„Also weiter im Text."

Sie schauen sich um. Alles sauber und ordentlich, das Ladenschild über der Tür wurde neu befestigt und direkt im Eingang steht ein Prospekthalter mit neuen Flyern für das Lieferangebot von *Henni's Gemüsekiste*. Obanczek nimmt zwei Flyer heraus, reicht einen Kalenberger weiter, in diesem Augenblick kommt Henni aus dem Laden. „Bitte keine Selbstbedienung!"

„Ich hab doch nur zwei Flyer ..."

„Das wollte ich Ihnen auch geraten haben!" Henni grinst ohne Aggression. Sie geht zu der Kiste mit den Möhren, schaufelt drei Hände voll in den mitgebrachten Weidenkorb, bietet Obanczek und Kalenberger jeweils eine Möhre an, „Müssen Sie probieren, schmecken noch nach Möhren." Als die Kripobeamten zögern, fügt Henni „Müssen nicht mal gewaschen werden" hinzu.

Ihr Mann kommt an die Tür. „Darf es etwas sein?", fragt er zuvorkommend, er trägt eine neue Regenbogenschürze, Obanczek stößt Kalenberger mit dem Ellbogen an, Kalenberger verzieht einen Mundwinkel.

„Wir sind uns noch unschlüssig ...", meint Obanczek.

„... ob es heute Abend Spaghetti mit Tapenade oder Shakshuka mit Spinat zum Essen gibt."

„Da könnte ich unseren jungen Blattspinat bestens empfehlen!"

„Danke", sagt Kalenberger, „wir möchten es uns noch überlegen und melden uns dann."

Sie streifen durch den Laden, Obanczek entscheidet sich für ein abendliches Rührei und Kalenberger nimmt 100 Gramm Rucola für einen spontanen Einfall.

Sie gehen zurück zum Auto. Kalenberger setzt sich hinters Lenkrad, ein kurzes Lächeln huscht über Obanczeks Gesichtszüge, er setzt sich auf den Beifahrersitz. „Sieht so ein Mörder aus?", fragt er mehr sich selber als Kalenberger.

„Zumindest wäre es unser erster Biomörder - ich sehe schon die Schlagzeilen am Kiosk: *Biobauer meuchelt Biogaser.*"

„Ich denke, die beiden haben einfach zu wenig Energie, um jemanden umzubringen."

„Heute schon, aber denk mal an unseren letzten Besuch. Wir werden uns jedenfalls weiter um die Gemüsekiste kümmern."

„Vielleicht haben sie es nicht selbst gemacht, sondern in Auftrag gegeben", überlegt Obanczek.

„Wobei wir bei der Aufgabenverteilung wären. Ich versuche, das persönliche Umfeld ein bisschen zu durchleuchten und du übernimmst die Fakten: Kontobewegungen, Geldanlagen, Bonität ... Aber erst holen wir noch mein Auto ab, sonst muss ich heute Abend zu Fuß nach Hause laufen."

Obanczek macht den Mund auf, klappt ihn aber gleich wieder zu.

Im Büro liegt eine Nachricht: Der Oberstaatsanwalt bedankt sich für die Fakten zur Pressekonferenz, die übrigens sehr zufriedenstellend gelaufen sei. „Weiter so, Alfons Kornett", liest Obanczek vor.

Kalenberger nickt, gießt die beiden Grünpflanzen auf der Fensterbank, das Wasser läuft gleich aus dem Topf hinter der Heizung die Wand herunter. „Hast du schon die Blumen gegossen?"

„Nicht dass ich wüsste Aber du hast bereits heute Morgen versucht, sie zu ertränken."

„Für die nächsten Tage brauchen sie nun erst einmal kein Wasser." Kalenberger legt eine gefaltete Zeitung unter die Heizung, setzt sich an ihren Schreibtisch und sucht in ihrem Notizbuch die Telefonnummer von Korte, Bernhard.

Obanczek vertieft sich in Dateien, ruft mehrmals irgendwo an, arbeitet hochkonzentriert. Kalenberger sieht ihn an, mehrmals, als er zufällig aufschaut, fühlt sich Kalenberger irgendwie ertappt. „Willst du ein Bounty?"

„Immer!"

Korte ist nicht zu erreichen. Kalenberger versucht, etwas über *Henni's Gemüsekiste* im Internet herauszubekommen. Nur das Übliche, Werbung, Kommentare, alternative Angebote. Sie wird ohne Anlass immer fahriger, ruft noch einmal in Ronnenberg an, Korte meldet sich, Kalenberger steht abrupt auf und greift nach ihrer Jacke. „Ich bin dann mal in Ronnenberg."

„Stimmt schon", sagt Obanczek, ohne den Blick von seinem Bildschirm zu nehmen.

Kalenberger ist erleichtert, als sie den Parkplatz an der Waterloostraße verlässt. Obanczek verunsichert sie. Da ist etwas, was zwischen ihnen schwingt und nicht zu fassen ist. Kalenberger ist viel zu souverän, um es für Liebe zu halten. Wo sollte das hinführen?

Korte spendiert ein Gläschen Sekt mit selbst gemachtem Holundersirup, dazu Kokostörtchen für 1,79 von Aldi. Kalenberger möchte sich reinhören in die Ronnenberger Atmosphäre und dann überleiten zum Bioladen. Über Ronnenberg weiß Korte viel zu erzählen, über den Bioladen fast nichts. Die Leute scheinen mit dem Angebot zufrieden zu sein und privat leben die Heinekens eher zurückgezogen.

Nach dem dritten Gläschen Sekt verabschiedet sich Kalenberger. Sie fährt nach Hause, nimmt sich von unterwegs eine Salami-Pizza mit und mummelt sich vor dem Fernseher ein. Mieten, kaufen, kochen - und das gleich auf mehreren Kanälen. Sie schaltet den Fernseher aus, nimmt sich ein Buch, Elke Heidenreich, Alles kein Zufall, Spiegel-Beststellerliste Platz zwei; es könnte auch die Mao-Bibel oder das Telefonbuch sein. Kalenberger muss ihr persönliches Problem lösen, bevor sie ihren Seelenfrieden zurückgewinnt. Sie wird die vergangene Nacht aus ihrem Bewusstsein tilgen müssen, bevor sie von ihr verschlungen wird.

Natürlich ist der Wunsch nach Sex immer vorhanden, mal stärker, mal schwächer, aber sie darf nicht zulassen, dass sich ihr Verlangen zwanghaft mit der gestrigen Nacht und Obanczek verbindet. Wie lehrt die Homöopathie: Gleiches ist mit Gleichem zu bekämpfen - oder so. Ein kurzes Nachdenken, dann fischt sie die Wochenendzeitung aus dem Weidenkorb und sucht nach den einschlägigen Anzeigen. Traut sie sich? Vielleicht helfen Ausnahmezustand und ihr Wille, sich nicht abhängig zu machen.

Schöne, einsame Frau,
Du bist alleine und/oder vernachlässigt? Dame von 18J bis XXX J und suchst du nach einem Männlicher Gesellschaft

oder freundlicher Liebhaber? Denn Du musst wissen, mein Service sind gegen Bezahlung. Und Du bist bei mir absolut richtig. Du kannst bei mir erwarten meine Diskretion Freundlichkeit, Leidenschaft, Ehrlichkeit, Vertraulichkeit, Sauberkeit, und noch viel mehr. Ich garantiere Dich, Du würdest nie von mir enttäusch.

Der wohl eher nicht.

Liebe Dame!
Wenn es Dich reizt, ganz ausgiebig verwöhnt zu werden, mit vielen Streicheleinheiten, mit den Lippen an Deinen empfindlichen Stellen, wenn Du im Mittelpunkt stehen möchtest und gleichzeitig sicher sein möchtest, dass auch ich Lust und Ausdauer habe, dann sollten wir uns treffen!

Ich mache diese Dates nur nebenbei zu meinem Beruf ... trau dich, ruf mich an, du wirst es nicht bereuen.

Keine Geld-zurück-Garantie? Kalenberger grinst gehässig, legt die Zeitung zur Seite. Schon ein bisschen ärmlich, eine solche Selbstanpreisung. Kalenberger, Kalenberger, wo bist du nur gelandet mit deiner Sehnsucht nach Zärtlichkeit?

Als sie jung war, hatte alles so einfach ausgesehen, das Rundum-sorglos-Paket wurde gebucht. Man verstand sich, hatte ähnliche Zukunftspläne und die körperliche Anziehungskraft war unbändig, da warf man alles zusammen und wurde ein Paar. Mit der Zeit verstand man sich nicht mehr blind, sah die Welt mit unterschiedlichen Augen und die sexuellen Wünsche brauchten ein bisschen Unterstützung. Da kamen dann Couch, Küchentisch, Badewanne und Flokati hinzu und plötzlich hatte der Partner eine neue Liebe. Sie hatte gehofft, ihre Lust mit Souveränität überspielen zu können. Doch es genügen Worte, Blicke, kleinste Berührungen, das Feuer wieder zu entfachen. Es war nicht einmal die Nacht mit Obanczek, die sie so unter Spannung setzte, eher die Mechanismen, die sie ausgelöst hatten. Da sie ihren Körper nicht ausschalten kann, muss sie seine Reaktion mit einer anderen Person verknüpfen, um Obanczek nicht zum Ziel ihrer heimlichen Sehnsucht zu machen. Wenn sie weiter mit ihm zusammenarbeiten will, darf sie ihn nur als Arbeitskollegen sehen, und er muss sich auf ihre Professionalität verlassen können.

Gefahr erkannt, Gefahr gebannt! Sie wird strategisch vorgehen und nach jedem Stepp einen möglichen Ausstieg einplanen. Zuerst das Wo? Nicht in ihrer eigenen Wohnung und nicht bei ihm. Also in einem neutralen Hotel. Lore! Lore in der Hallerstraße. Sie betreibt ein kleineres Hotel, das sie Traditionshotel nennt, um nicht renovieren zu müssen. Lore hatte vor Jahren Schwierigkeiten mit osteuropäischen Gentlemen, die Kalenberger schnell in ihre Schranken verwies. Kalenberger ruft Lore an, Lore erinnert sich sofort und Kalenberger erläutert ihr, dass sie sich mit einem Informanten bei ihr treffen wolle. Lore bietet den Frühstücksraum für die diskrete Besprechung an. Eventuell brauche sie auch noch ein Zimmer für die Nacht, wenn sich die Besprechung ausdehnen sollte.

Kein Problem für Lore, sie wird ihr einen Zimmerschlüssel aushändigen, den sie beim Verlassen des Hotels nur in den Briefkasten werfen solle.

„Die Bezahlung regeln wir dann ...", sagt Kalenberger.

„... außergerichtlich." Lore lacht. „Wann wird dein Informant eintreffen?"

„Ich weiß es noch nicht genau, es kann schon heute sein, ich rufe dann aber nochmals kurz durch."

Lore ist es recht.

Jetzt der Anruf bei dem Nebenberufler. Er meldet sich augenblicklich mit „Hallo?"

Kalenberger antwortet mit „Hallo?"

„Wer ist da bitte?"

Sie hätte sich vorher einen Namen ausdenken sollen, den sie auch behält. Ihr Blick fällt auf eine Anzeige neben den Kontaktangeboten. „Mein Name ist Frauke Fielmann."

„Hallo, Frau Fielmann, ich freu mich, dass Sie mich anrufen. Sie haben so eine sympathische Stimme ..."

Und so geht es weiter, bis man sich schließlich auf ein Treffen im Traditionshotel Hallerstraße in zwei Stunden einigt, Erkennungszeichen rotes Einstecktuch im dunkelblauen Jackett.

Kalenberger ruft Lore an und gibt ihr die voraussichtliche Ankunftszeit und das Erkennungszeichen durch. Sie selbst will mit einer Viertelstunde Verspätung eintreffen, vielleicht auch gar nicht.

Lore hat den Herrn Nebenberufler so am hinteren Tisch des Frühstücksraums platziert, dass Kalenberger zu jeder Zeit aufstehen und gehen kann, ohne an ihm vorbeizumüssen.

Der Herr Nebenberufler stellt sich als Dennis vor und übergibt Kalenberger seine Visitenkarte mit vollem Namen, Anschrift, Telefonnummer und E-Mail-Adresse. Kalenberger bestellt bei Lore eine Flasche Sekt. Als sie mit Dennis angestoßen hat, schiebt sie ihm einen Umschlag mit zweihundertfünfzig Euro über den Tisch. Dennis steckt den Umschlag ein, ohne den Inhalt nachgezählt zu haben.

Worüber unterhält man sich? Übers Wetter, Hannovers Neuigkeiten und dann bringt Dennis geschickt das Gespräch auf Kalenbergers Vorlieben. Aus seinem Angebotskatalog wählt Kalenberger zärtliches Schmusen, gedecktes Licht, normale Interaktionen. Seine gepflegten Hände gefallen ihr und seine direkte Art ohne ein Herumgesülze. Die angebrochene Flasche Sekt nehmen sie mit aufs Zimmer, Lore hat den Schlüssel in die Rechnung für den Sekt gepackt und auf den Rezeptionstresen gelegt. Sie schenkt den beiden ein neutrales Lächeln, als sie an dem Tresen vorbei und dann die Treppe zum ersten Stock hinaufgehen. Rote Treppenläufer mit goldenen Querstangen, an der Decke imitierte Petroleumlampen neben blinkenden Rauchmeldern.

Dennis schließt die Tür auf und lässt Kalenberger vorgehen.

Nie hätte Kalenberger gedacht, dass sie sich bei einem solch geschäftsmäßigen Rendezvous fallen lassen könnte, aber dann ist sie doch sehr überrascht, als die vereinbarten zweieinhalb Stunden vorüber sind, und sich Dennis mit einem Kuss auf die Wange verabschiedet. Kalenberger will noch ein paar Minuten ihren Gedanken nachhängen, bevor sie sich von einem Taxi nach Hause fahren lässt. Kalenberger schmunzelt in der Erinnerung, Dennis hat ihr gutgetan.

Ohne Hast steht sie auf, geht ins Bad, ihr eigenes ist ihr angenehmer, also nur eine Katzenwäsche. Übers Handy bestellt sie ein Taxi, geht hinunter, die Rezeption ist unbesetzt, die Klingel, um auf sich aufmerksam zu machen, hat Lore wohl als Hinweis, nicht gestört zu werden, oben auf den alten Dielenschrank gestellt. Das Geld für den Sekt und die Übernachtung legt Kalenberger - großzügig bemessen - in das Rezeptionsbuch.

Zu Hause fällt ihr Blick als Erstes auf den blinkenden Anrufbeantworter, ihr fällt der ignorierte Anruf auf ihrem Handy ein. Obanczek! Er wird sich bis morgen im Büro gedulden müssen. Dennis' Visitenkarte schiebt sie in ihr persönliches Telefonbuch. Im Kühlschrank steht noch eine angebrochene Flasche Sekt. Sie schenkt sich ein Glas ein und nimmt es mit ins Bad.

„Guten Morgen", nuschelt Obanczek, ohne von seinem Bildschirm aufzusehen.

„Das wird sich noch herausstellen", antwortet Kalenberger mit einem ungezwungenen Lächeln. Obanczek schaut sie verwundert an, fängt sich aber sofort. „Ich habe versucht, dich anzurufen."

„Gratuliere, du hast es geschafft, aber eine Verbindung ist leider nicht zustande gekommen. Was gab es denn so Dringendes?"

„Ich bin noch nicht ganz fertig."

„Und dafür rufst du mitten in der Nacht an."

„Ist jetzt alles wieder gut? - Einen interessanten Hinweis habe ich zumindest gefunden." Er schaut wieder auf den Bildschirm. „Nils Heineken hat eine Adoptivschwester. Seine Eltern, Florian Heineken und Margot haben in den Siebzigerjahren des vorigen Jahrhunderts Narumol Heineken adoptiert, eine von den Boatpeople aus Vietnam. Mit Geburtsnamen Hoàng Narumol, in Vietnam werden die Vornamen immer hinter die Familiennamen gesetzt."

Als Boatpeople wurden ursprünglich Menschen bezeichnet, die mit Ende des Vietnamkrieges das Land verließen. Über 1,6 Millionen Vietnamesen versuchten so vor dem kommunistischen Regime zu fliehen. Heute bezeichnet man mit Boatpeople alle Menschen, die versuchen, auf dem Seeweg vor Armut, Verfolgung und Krieg zu fliehen. Weil kleine Boote schwerer mit dem Radar geortet werden können und relativ einfach zu bauen sind, reisen oft Hunderte Menschen in einem winzigen Boot.

„Gut recherchiert!" Kalenberger setzt sich. „Aus dir kann vielleicht doch noch ein brauchbarer Ermittler werden." Sie schaut auf den Bildschirm, sieht ihr eigenes Gesicht. Sie hat wieder das Gefühl einer sich öffnenden Tapetentür. Noch ist nicht zu kennen, ob sich dahinter eine plausible Lösung des Falles oder der Trümmerhaufen zusammenbrechender Spuren verbirgt. Doch da ist auch wieder die vertraute Unruhe, ihr Fahnderpuls schaltet in den erhöhten Betriebsmodus.

Sie greift in die Schreitischschublade und spendiert Obanczek und sich ein Maoam, die Mars-Schokoriegel sind aus. „Wir müssen diese Schwester finden."

„Leichter gesagt, als getan." Obanczek scrollt mehrere Dateien. „Ihr Personalausweis ist seit zwei Jahren abgelaufen, ein Reisepass wurde nicht beantragt und auch sonst fehlt von ihr jede Spur. Sie ist wie vom Erdboden verschluckt oder sie hat eine späte Liebe zu ihren Wurzeln entdeckt und sich nach Vietnam abgesetzt."

„Ich hab da einen Verdacht", sagt Kalenberger. Sie steht auf. „Komm!" Obanczek trägt ihr die Jacke hinterher. „Du willst zum Bungalow am Tiergarten?", fragt er im Auto.

Kalenberger nickt.

„Meiner Meinung nach können wir uns den Weg sparen."

„Deiner Meinung nach!"

„Die Betreuerin von diesem Frederici ist Thailänderin."

„Kann sein."

„Außerdem ist sie etwa zehn Jahre jünger als sie sein darf. Ich schätze sie auf Ende dreißig, als Boatpeople müsste sie Mitte bis Ende vierzig sein."

„Bei Asiatinnen verschätzt man sich leicht, besonders wenn sie klein und zierlich sind. Deine Zweifel werden in wenigen Minuten ausgeräumt oder bestätigt."

ACHTZEHN

Sie müssen mehrmals klingeln, bevor der Türöffner summt. Karsten Frederici erwartet sie im Flur. Allein.

„Wir sind noch immer mit dem Mord an Harald Perkuhn beschäftigt", sagt Kalenberger, „da sind einige Fragen aufgetaucht, die sich bestimmt leicht beantworten lassen."

„Dazu hätten wir gern Ihre Betreuerin gesprochen", ergänzt Obanczek.

„Mot ist zum Einkauf in den Asia-Shop am Hauptbahnhof gefahren und danach hat sie sich noch mit einer Bekannten verabredet."

„Schade", sagt Obanczek, „aber nicht so schlimm. Ich nehme an, Sie haben Unterlagen über Ihre Betreuerin. Sie ist doch offiziell als Ihre Angestellte beim Finanzamt gemeldet."

„Tja, wie das so ist." Frederici windet sich. „Ich hab es mir immer wieder fest vorgenommen, aber jedes Mal ist etwas dazwischengekommen."

„Sie sind doch Anwalt", sagt Kalenberger.

„Ich bin auch nur ein Mensch."

„Aber als Anwalt sollte man in solchen Dingen doch wohl besonders korrekt sein."

„Vergessen Sie nicht, ich bin schwerbehindert und ohne fremde Hilfe geradezu aufgeschmissen. Da verschiebt man schon mal gern anstrengende Touren."

„Sie sollten es nachholen", sagt Obanczek, „aber wir sind nicht von der Steuerfahndung. Sie haben doch sicher die persönlichen Daten Ihrer Betreuerin irgendwo notiert."

„Natürlich“, sagt Frederici und bittet die Ermittler in den Wohnraum. Aus einer Schublade der weißen Kommode nimmt er einen dickeren roten A5-Schnellhefter und blättert einige Plastikeinlagen durch. Schließlich nimmt er eine Karteikarte aus einer Sichthülle und gibt sie Kalenberger, Kalenberger reicht sie Obanczek weiter, sie will Frederici nicht aus den Augen lassen.

„Ihre Betreuerin heißt also Narumol Phannipha.“

„Wenn es da steht.“

„Geboren in Chaiyaphum, Thailand, Alter achtunddreißig Jahre ...“, Obanczek wirft Kalenberger einen schnellen Blick zu, Kalenberger reagiert nicht, „... wohnhaft Bornumer Straße 148 in 30453 Hannover ...“

Geräusche sind vom Flur her zu hören, jemand schließt die Tür auf, Obanczek sieht Kalenberger fragend an, sie beruhigt ihn mit einer fast unmerklichen Handbewegung.

„Ich wieda da!“ Es ist die Betreuerin.

„Habe dich schon vermisst“, ruft Frederici zurück.

Schritte, raschelndes Plastik, Abstellgeräusche sind zu hören, Mot scheint ihre Einkäufe ins Haus zu tragen. Es dauert eine Weile, bis sie im Wohnraum erscheint. Überrascht bleibt sie im Türrahmen stehen, in der Hand eine Styroporverpackung.

„Du hast Besuch?“

„Du kennst doch die beiden Kripobeamten“, sagt Frederici.

„Natulich“, sagt Mot, stellt die Styroporverpackung auf die Kommode und schließt die Schublade.

„Setz dich zu uns“, sagt Frederici, „die Beamten haben sich nach dir erkundigt.“

„Warum?“ Mot ist wachsam unter ihrem freundlichen Lächeln. Sie setzt sich nicht.

„Mein Fehler. Wir müssen dich in den nächsten Tagen beim Finanzamt anmelden", sagt Frederici. Er wendet sich an die Ermittler. „War es das?"

„Reine Routinefragen." Kalenberger schaut in ihr Notizbuch, wendet sich mit einem neutralen Lächeln an Mot. „Sie kommen aus Thailand?"

Mot nickt.

„Dann haben Sie doch sicher schon mal was von der Stadt Kreng Jai gehört und waren vielleicht sogar schon einmal da?"

Mot zögert, scheint nachzudenken, sagt dann: „In Kreng Jai gibt es berühmte goldene Pagode, kennt jeder in Thailand."

„Ihren Ausweis haben Sie wohl nicht zur Hand?"

„Ich wal einkaufe!"

„Tja, natürlich", sagt Kalenberger. Sie steht auf. „Können Sie bitte morgen im Laufe des Tages mit Ihrem Ausweis in der Polizeidirektion Waterloostraße vorbeischauen?"

Sie hält Mot ihre Visitenkarte hin. „Dann machen wir einen Haken in unsere Ermittlungsakte und alles ist erledigt."

Sie nickt Frederici zu und verlässt mit Obanczek den Bungalow.

„Wie ich dich kenne, ist dann nicht alles erledigt." Obanczek darf fahren, Kalenberger will nachdenken.

„Nicht alles."

„Ich nehme an, Kreng Jai?"

Kalenberger nickt. Ihr Lächeln könnte man jetzt durchaus hinterhältig nennen. „Kreng Jai ist der thailändische Ausdruck für das Zögern, ein Hilfsangebot anzunehmen, wegen der Umstände, die man einem anderen damit macht. – Habe ich aus dem Internet."

„Dann sollte die Betreuerin in der goldenen Pagode beten, bevor sie zu uns kommt."

„Sie wird uns einiges zu erklären haben."

„Nehmen wir mal an", sagt Obanczek, „der von uns so sehnlich erwartete Gast ist tatsächlich Vietnamesin und die Schwester von Nils Heineken, was dann?"

„Dann hätten wir eine vielversprechende Spur. Und ich bin sicher, es wird die richtige."

„Ich will dir nicht widersprechen, meist liegst du richtig, möchte bloß mal wissen, woher du das nimmst."

„Erfahrung?"

„Wir sind doch meist zusammen unterwegs, unterhalten uns mit denselben Menschen, aber du ziehst aus den Gesprächen ganz andere Erkenntnisse als ich."

„Du bist zu gutgläubig."

„Du meinst, ich bin mehr der emotionalere Typ und du der rationale?"

Kalenberger schaut ihn kurz an. „Wenn Antworten in unser Erwartungsmuster passen, akzeptieren wir sie leicht als Wahrheit. Doch die Menschen zeigen uns nur, was sie uns zeigen können – auch ohne irgendeine Strategie. Wir sehen, was sie anhaben, hören, was sie sagen, fühlen, riechen, schmecken sie und ordnen sie ein in unser Vorurteil, aber für unsere Fakten brauchten wir die abstrakte abgespeckte Urfassung einer Antwort."

„Du solltest dich um einen Lehrstuhl an der Deutschen Hochschule der Polizei bemühen."

„Damit du mich los wirst?" Kalenberger lacht.

Obanczek schaut auf die Uhr. „Ich habe ein ganz komisches Gefühl." Greift nach seinem Notizbuch, sucht die Eintragungen zum Besuch bei Karsten Frederici.

„Ich will mich vergewissern, ob sie sich schon auf den Weg gemacht hat."

„Tu das - aber eigentlich haben wir ihr kein Zeitlimit gesetzt."

„Ich lass mir ihre Telefonnummer raussuchen." Obanczek greift zum Telefon, schaut noch einmal ins Notizbuch, stutzt, schiebt Kalenberger das Buch über den Tisch. „Kennst du die Adresse?"

„Bornumer Straße 148?"

„Da war ich schon mehrmals mit meinem Motorrad. Das ist der TÜV. Wir sind gelinkt worden."

„Kann doch sein, dass sie in der ersten Etage wohnt."

„Da gibt es keine Wohnungen in der ersten Etage."

„Dann hat sie uns wirklich gelinkt." Jetzt greift Kalenberger zum Telefon, ruft Frederici an. Es dauert eine ganze Weile, bis der Anruf angenommen wird.

Dann Fredericis gequälte Stimme: „Helfen Sie mir. Ich bin mit dem Rollstuhl umgefallen, meine Betreuerin ist nicht gekommen und meine Schwiegertochter ist nicht zu erreichen."

„Wir rufen für Sie den Rettungsdienst."

„Wenn Sie das für mich erledigen könnten, ich habe mir die Hand verletzt."

„Mein Kollege telefoniert bereits mit der Notrufzentrale, in wenigen Minuten wird ein Rettungswagen bei Ihnen sein. Können Sie die Tür öffnen oder sollen wir die Feuerwehr ebenfalls informieren?"

„Die Tür kann ich mit einer Fernbedienung öffnen ..."

„Legen Sie bitte nicht auf, bis der Rettungsdienst eingetroffen ist."

Es dauert nur wenige Minuten, bis sich ein Rettungssanitäter am Telefon meldet und Kalenberger auflegen kann.

„Sie ist also weg“, stellt Obanczek fest.

„Und sie wird sich nicht bei uns und auch nicht bei Frederici melden. Man kann den Menschen nicht in den Kopf sehen. Wir wissen nicht, wie sie heißt und wo sie wohnt, die ganze Frau ist ein Fake.“

„Aber wir haben noch ihren Bruder ...“

„... ob der uns weiterhelfen kann und will?“

„Meine Adoptivschwester?“, stellt sich Nils Heineken unwissend. „Wir haben schon seit einer Ewigkeit keinen Kontakt mehr.“

„Lieber Herr Heineken“, Kalenberger schaut gelangweilt, „wir sollten uns ein ruhiges Plätzchen suchen und dann Tacheles reden. Das Rumgegurke bringt uns nicht weiter. Wir werden nicht lockerlassen und Sie haben keine ruhige Minute mehr. Also?“

Nils Heineken überlegt einen Augenblick, bespricht sich mit seiner Frau und winkt die Ermittler dann in den Raum hinter dem Laden. Hier stapeln sich die leeren Holzkisten, auf einem Resopal-Tisch an der hinteren Wand steht eine Digitalwaage, direkt neben der Tür nach draußen drei Plastiktonnen für den Abfall. An der gegenüberliegenden Wand steht ein Stapel ausrangierter Gartenstühle, Nils Heineken nimmt die oberen drei herunter und stellt sie an den Tisch.

„Wasser?“, fragt er übel gelaunt.

Die Kommissare lehnen ab, lassen sich aber nicht provozieren.

„Wissen Sie, wo sich Ihre Schwester im Augenblick aufhält?“

„Nein!“

„Dann fangen wir einmal von vorne an“, übernimmt Obanczek die Gesprächsführung. „Wie heißt Ihre Schwester?“

„Narumol Heineken.“

„Und mit ihrem vollständigen vietnamesischen Namen?“

„Die asiatischen Namen sind doch so kompliziert und ich habe ihn auch höchstens zwei-, dreimal gehört.“

„Okay“, Kalenberger macht Anstalten, sich zu erheben, „dann kommen Sie morgen früh um acht in die Polizeidirektion, da werden Sie nicht durch Ihre Arbeit abgelenkt und können sich in aller Ruhe konzentrieren.“

Nils Heineken schaut auf die abgeschabten Spitzen seiner Arbeitsschuhe. „Narumol Phannipha.“

Kalenberger steht auf. „Morgen um acht.“ Obanczek legt die Visitenkarte auf den Tisch.

„Narumol Hoàng. Aber ich weiß wirklich nicht, wo sie sich im Augenblick befindet.“

„Wie ist Ihr Verhältnis zu Ihrer Schwester?“

„Wie es unter Geschwistern ebenso ist. Mal gut, mal nicht so gut. Sie hatte es wirklich nicht leicht, und das vergisst man oft im Alltag.“

„Dann will ich Ihnen mal sagen, wie wir uns das vorstellen.“ Kalenberger spricht sehr leise. „Sie haben ein sehr inniges Verhältnis zu Ihrer Schwester, weil Sie beide erleben mussten, was Unterdrückung und Verlust bedeuten. Wenn Ihnen Harald Perkuhn mit seiner brutalen Pachtpolitik rücksichtlos die Existenzgrundlage entzieht, will Ihre Schwester dieses eine Mal nicht machtlos zusehen. Sie will Sie verteidigen.“

„Hört sich plausibel an“, meint Nils Heineken, „doch es sind und bleiben Hirngespinste. Ich weiß nicht, wo meine Schwester ist.“ Er steht auf. „Wenn Sie sie treffen, richten Sie ihr einen schönen Gruß von mir aus.“

„Eventuell sehen Sie unsere Ermittlungen in einem falschen Licht. Wenn sich Ihre Schwester auf eine

Straftat eingelassen hat, steckt dahinter eher eine ausgeprägte Sensibilität gegen Ungerechtigkeiten als kriminelle Energie. Darum gehen wir von einer Einzeltat aus, in die sie verstrickt ist."

„Wo waren Sie und Ihre Frau zum Todeszeitpunkt von Harald Perkuhn?"

„Den Tag vergessen wir nicht, wir haben ihn rot auf dem Kalender angestrichen!"

Er zeigt auf den Bio-Planer an der Wand. „Aber nicht, weil wir Harald Perkuhn gekillt haben, obwohl er es sicher verdient hatte. An dem Tag waren wir in Komotau und haben für unseren Bobby eine Frau ausgesucht."

„Was haben Sie?"

„Für unseren Chow-Chow eine neue Partnerin gekauft, er ist sehr verschmust und das Alleinsein bedrückt ihn sehr."

„Wo ist Komotau?"

„In Tschechien."

„Was Schriftliches haben Sie wohl nicht?"

„Selbstverständlich haben wir eine Bestätigung, schließlich haben wir Bobby für ein paar Tage bei seiner neuen Freundin einquartiert, damit er sich an sie gewöhnt."

Er sucht in einer Kladde hinter der Waage, nimmt ein beschriebenes und unterschriebenes Blatt Papier heraus und reicht es Kalenberger. „Der Fleck ist von einer erlegten Plattwanze." Kalenberger reicht das Blatt mit spitzen Fingern an Obanczek weiter.

„Dann konzentriert sich unser Interesse noch gezielter auf Ihre Schwester. Wo finden wir sie?"

„Ich habe Ihnen schon tausend Mal gesagt, dass ich es nicht weiß, und ich kann es noch tausend Mal wiederholen."

„Sie muss nicht unbedingt auf der Flucht sein ...", gibt Obanczek zu bedenken, „... eine sensible Frau wie Ihre Schwester wird alles tun, damit kein Schatten auf ihren geliebten Bruder fällt. Wir sollten sie finden, bevor sie eine Fehlentscheidung trifft, um sich als Sündenbock zu opfern."

„Melden Sie sich bei uns, wenn sich etwas ergibt", sagt Kalenberger. Sie verständigt sich mit einer Kopfbewegung mit Obanczek und geht in Richtung Gemüseladen.

„Entschuldigung ...", Nils Heineken hält Obanczek am Arm zurück, „... Sie meinen, sie könnte sich etwas antun?"

„Sie kennen Ihre Schwester besser als wir."

„Daran habe ich noch gar nicht gedacht." Nils hält einen Moment inne. „Ich kann es mir nicht vorstellen, aber ausgeschlossen ist es nicht."

„Haben Sie uns jetzt vielleicht etwas zu sagen?"

„Glauben Sie mir, unter diesen Voraussetzungen würde ich nicht schweigen. Aber ich weiß wirklich nicht, wo sich Narumol aufhält."

„Sie haben unsere Telefonnummer."

NEUNZEHN

„Glaubst du ihm?“, fragt Obanczek auf dem Weg ins Büro.

„Das ändert sich im Augenblick von Minute zu Minute. Aber eins ist sicher, wir müssen diese Narumol Hoàng finden, dann sehen wir weiter.“

„Ein bisschen merkwürdig ist die Konstellation schon ...“

„Ich weiß, woran du denkst: Narumol Hoàng ist die Geliebte von Karsten Frederici, Fredericis Ex-Schwiegertochter arbeitet in Perkuhns Büro und Narumol Hoàng hält den Kontakt zu Nils Heineken, einem Opfer von Harald Perkuhn.“

„Bianca Sonnenberg wird die neue Chefin von Fredericis Ex-Schwiegertochter, sie stellt einen branchenfremden Geschäftsführer für Perkuhns Biogasanlage ein, die Arbeiter der Anlage verschwinden und der agilste von ihnen wird mausetot unter der Maische der Anlage gefunden - bestattet neben seinem geliebten Fünfer-BMW.“

„Schreib es genauso auf und schick es unserem Oberstaatsanwalt als Ermittlungsprotokoll ...“

„... dann können wir ab morgen ohne Stress am Maschsee die Schwäne füttern!“ Nach all den persönlichen Irritationen lacht Obanczek seiner Chefin zum ersten Mal wieder unbefangen ins Gesicht.

„Wir müssen Narumol Hoàng finden, ich habe bloß nicht die geringste Ahnung, wo wir mit der Suche beginnen könnten.“

„Narumol war doch nicht gut auf Marcy Schmiedebach zu sprechen, vielleicht ist es umgekehrt genauso.“

„Wir könnten uns nach den Fortschritten in der Erbschaftsangelegenheit erkundigen."
„Telefonisch oder persönlich?"
„Du fährst doch so gerne Dienstwagen ..."

Tiergartenstraße. Ein neues Schild hängt neben der Eingangstür: *Dallas Consulting Group*. Nicht protzig, in schlichtem Weiß mit schwarzen eingravierten Buchstaben.

Die *Group* residiert in der ersten Etage. Neuer Eingangsbereich, kein Holzpaneel, keine Grünpflanzen, alles Glas. Marcy Schmiedebach erkennt den Besuch sofort und kommt ihm mit einem geschäftsmäßigen Lächeln entgegen.

„Schön haben Sie es hier", sagt Obanczek.

„Wenn die richtigen Leute ein Projekt in die Hand nehmen, geht es ruckzuck, was kann ich für Sie tun?"

„Wir haben einige Fragen zu ..."

Marcy Schmiedebach bittet sie mit einer einladenden Geste in die Besucher-Lounge. „Darf ich Ihnen etwas anbieten? Wasser, Saft, Bionade?"

„Wir haben nur ein paar Fragen und sind auch gleich schon wieder weg."

„Bitte", sie setzt sich auf den vorderen Rand eines weißen Sesselchens auf drei Beinen.

„Hier hat sich wohl einiges verändert seit dem Tod des neuen Geschäftsführers?"

„Einiges!"

„Hat Frau Sonnenberg jetzt selbst die Leitung übernommen?"

„Nein, nein. Wir haben ein neues Geschäftsmodell und einen neuen Chef. Wir mischen mit im globalen Investitionsgeschäft, unsere Zentrale befindet sich in Frankfurt, am Puls der Geschäftswelt."

„Wie schön für Sie, dann sind Sie wohl aus der Schusslinie von Harald Perkuhns Lebensgefährtin?" Kalenberger schaut Marcy Schmiedebach genauer an. Schmal geschnittenes Designerkleid, elegante Schuhe, bloß auf *schwanger* würde bei ihr niemand kommen. Bei manchen Frauen wölbt sich der Bauch sehr spät. Allerdings hat Kalenberger den Eindruck, dass beim letzten Zusammentreffen die Schwangerschaft schon weiter fortgeschritten war. Soll sie Marcy Schmiedebach darauf ansprechen?

„Eigentlich sind wir auf der Suche nach Narumol Hoàng ..."

Marcy Schmiedebach schaut verständnislos.

„... Ihnen vielleicht besser bekannt als Mot, die Betreuerin Ihres Schwiegervaters. Sie ist spurlos verschwunden und wir hätten ein paar wichtige Fragen an sie."

„Ich habe meinen Ex-Schwiegervater immer gewarnt, ihr nicht zu sehr zu vertrauen. Für mich hat sie etwas Verschlagenes trotz ihrer aufgesetzten Freundlichkeit."

„Können Sie Ihre Ablehnung irgendwie belegen?"

„Ich kann Ihnen etwas erzählen von der thailändischen Mafia, etwas ganz Persönliches. Ich habe in einer Bar mit einem Thai-Mann meinen Geburtstag gefeiert, den Harry vergessen hatte oder vergessen musste. Es ist spät geworden, sehr spät. Um mir seine wahre Persönlichkeit zu zeigen, hat er irgendwann sein Hemd ausgezogen, um mit seinen Tattoos zu protzen. Der ganze Rücken war tätowiert mit allen möglichen Schriftzeichen und Symbolen. Faszinierend und beängstigend zugleich. Er hat sich eine Zigarette auf der Zunge ausgedrückt und mir dabei tief in die Augen geschaut, dann haben wir Karaoke gesungen, besser gesagt, ich musste singen, er hat gelacht und getrunken. Als es Morgen wurde, hat er mir einen Kuss auf die Stirn gedrückt, ist aufgestanden und mit seinem Motorrad abgehauen. Harry konnte so ein Dreckskerl sein!"

„Harry?", fragt Obanczek.

„Ohne ihn wäre ich doch gar nicht in die unmögliche Situation geraten."

„Narumol Hoàng ist Vietnamesin."

„Die nehmen sich doch alle nicht viel. Ständig hat er auf den Boden gespuckt und sich im Schritt ... Ich könnte mir schon vorstellen, dass diese Narumol zu so einer Gang gehört und meinen Ex-Schwiegervater ausnehmen will. Er ist einfach zu vertrauensselig."

„Auf dem Hintergrund unserer Ermittlungen erscheint uns Narumol Hoàng eher als sensible Frau, die sich in einer ausweglosen Situation für einen geliebten Menschen durchaus opfern könnte. Sie ist wie vom Erdboden verschluckt."

„Sie wird schon ihre Möglichkeiten haben, unterzutauchen."

„Wir halten sie für suizidgefährdet."

„Wenn sie suizidgefährdet ist, bin ich der Kaiser von Abessinien. Sie hat im letzten November meinen Ex-Schwiegervater drei Stunden halbnackt auf der Terrasse sitzen lassen, weil er ihr keine sündhaft teuren Ohrringe kaufen wollte."

„Danke für Ihre Einschätzung", sagt Obanczek.

„Sind Sie eigentlich die einzige Angestellte?", fragt Kalenberger auf dem Weg zur Glastür.

„Ich habe noch fünf Kolleginnen und einen Kollegen, aber die sind alle gerade im Außendienst tätig."

„Drückerkolonne", murmelt Obanczek.

„Vielleicht verkaufen sie Anteile an Biogasanlagen und steigen mit dem Erlös groß ins Recyclinggeschäft ein. Kalirückstände, Uranschrott ... und Medikamente auf Urinbasis."

„Das gibt's doch alles gar nicht!"

„Denkst du!"

Am nächsten Tag wieder im Büro. „Wollen wir die Vietnamesin zur Fahndung ausschreiben?", fragt Obanczek.

„Ich würde gern noch ein wenig abwarten", sagt Kalenberger, „gib eine Anfrage in die Personenermittlung."

„Nichts dreht sich, nichts bewegt sich", sagt Obanczek, „ich hätte mir wohl besser meine Handarbeit mitbringen sollen oder hast du andere Aufgaben für einen angehenden Hauptkommissar?"

„Wenn du doch noch Hauptkommissar werden willst, musst du dich an eigenständiges Denken gewöhnen."

„Dann fange ich jetzt sofort damit an." Obanczek widmet sich der Tastatur seines Computers und schaut auf den Bildschirm. Er wählt sich in die integrierte Vorgangsbearbeitung ein und geht bis auf das Datum des Verschwindens von Narumol Hoàng zurück.

Kalenberger gießt die Blumen auf der Fensterbank, sie wehren sich nicht, dann macht sie sich an die Säuberung der Kaffeemaschine. Hausfrauenarbeit eben, Tastatur und Bildschirm ihres Computers müssen auch gereinigt werden. „Und?"

„Mysteriöser Todesfall in Pattensen. An einer Seitenstraße im Süden der Stadt wurde gegen 15.30 Uhr ein toter Mann in einem Auto gefunden. Die Polizei geht von Suizid aus. Den Abtransport der Leiche wollten 15 Verwandte des Toten verhindern, weil sie die Todesursache in Zweifel zogen. Im Laufe des Nachmittags eskalierte die Stimmung vor Ort, bis einer der Männer ein Messer zog und auf die Beamten zulief. Offenbar wollte er zum Auto des Toten gelangen. Dann griff er die Polizisten jedoch nicht an, sondern stach sich selbst in den Oberkörper. Der Verletzte musste mit einem Rettungswagen in eine Klinik gebracht werden."

„In Pattensen, da hatten sen!"

„Lies doch selbst!"

„Beim Zuhören kann ich mir die Situationen besser vorstellen."

„In Herrenhausen wurde in einem Hotel die Leiche eines Mannes aus Lettland gefunden. Nach kurzer Untersuchung der Leiche durch die Kriminaltechnik geht die Polizei von einem Tötungsdelikt aus ..."

Das Diensttelefon klingelt. Der Kriminaldauerdienst. „Ihr habt doch eine Anfrage nach einer asiatischen Frau an die Personenermittlung weitergegeben?"

„Ja?"

„An der U-Bahnstation Waterloo wurde eine Asiatin von einer einfahrenden U-Bahn tödlich verletzt. Kriminaltechnik vor Ort."

„Sind schon unterwegs!", sagt Obanczek.

Kalenberger will zu Fuß zur U-Bahnstation hinüber. Obanczek widerspricht lieber nicht, obwohl der den kurzen Fußweg für außerordentlich langweilig hält.

Vor den Treppen zur U-Bahn-Station stehen die schwarzen Wagen der Kriminaltechnik und daneben zwei Streifenwagen. Die Beamten werden den Unglücksort absichern.

Unten steht die U-Bahn nur bis zur Hälfte des ersten Wagens am Bahnsteig, der Rest steht im unbeleuchteten Tunnel. Die ersten beiden Türen sind geöffnet, die Beamten aus den Streifenwagen befragen in kleinen Gruppen die Fahrgäste. Auf einer der Bänke sitzt ein Mann in Jeans und blauweißem Pullover, wohl der U-Bahn-Fahrer, er wird von einer Beamtin betreut.

Elke Schmitt kommt auf Kalenberger und Obanczek zu. „Carben in Urlaub?", fragt Obanczek.

„Heute bin ich mal der Chef."

„Schön!" Man gibt sich die Hand.

„Ihr wart schnell", sagt Elke Schmitt, „seid ihr zu Fuß gegangen?"

Eine Frau in Lederjacke beschwert sich lautstark, sie habe einen Termin beim Arzt. Die Beamtin lässt sich nicht aus der Ruhe bringen, bietet an, den Arzt anzurufen, da ist der Lederjacke der Name des Arztes entfallen.

„Wir wüssten gern, wer die Tote ist", wendet sich Obanczek wieder an Elke Schmitt.

„Wir auch."

„Wo ist sie denn?"

„Sie wurde vom Rettungswagen ins Krankenhaus gebracht, aber mit null Aussicht auf Erfolg, meinte einer der Sanitäter. Ich habe ein paar Fotos für den Erkennungsdienst, vielleicht helfen sie euch weiter." Elke Schmitt geht zu einem silbernen Koffer, der bei emanzipierten Frauen durchaus als Schminkkoffer durchgehen könnte. Sie nimmt drei, vier Fotos heraus, reicht sie Kalenberger.

Kalenberger wirft nur einen Blick auf das erste Foto, reicht die Bilder an Obanczek weiter.

„Sie könnte in einem Mordfall mit drei Leichen eine wichtige Rolle spielen", erläutert Obanczek.

„Meldet eure Ansprüche an", sagt Elke Schmitt, „dann arbeiten wir direkt zusammen."

Obanczek greift zum Handy, entfernt sich ein paar Schritte.

Kalenberger lässt ihren Blick über die aufgeregten Menschen schweifen. Jeder ist darum bemüht, zur eigenen Realität zurückzufinden, der Anlass des Stillstands ist längst in den Hintergrund getreten und wird wohl erst wieder bei den Fernsehnachrichten ins Bewusstsein vordringen.

Ein Schienenersatzverkehr wird angesagt, die Menschen wollen zu den Bussen.

Obanczek kommt zurück, reicht Elke Schmitt das Handy, sie spricht ein paar Sätze mit der anderen Seite, nickt ein paarmal, gibt Obanczek das Handy zurück. „Alles klar!“

„Uns interessiert der Tathergang. Wir wurden nämlich indirekt darauf hingewiesen, dass die Frau eventuell suizidgefährdet sein könnte. Als sie noch lebte natürlich. Aus unserer Erfahrung ist der Sprung vor die U-Bahn bei Selbstmordabsicht durchaus plausibel.“

„Sollte sich allerdings ein Fremdverschulden herausstellen, würde das in unserem Fall ganz neue Konstellationen ergeben“, sagt Kalenberger.

„Natürlich, macht schon einen Unterschied, ob gesprungen, gestoßen oder gefallen“, meint Elke Schmitt.

„Wann können wir denn mit ersten Ergebnissen aus der Gerichtsmedizin rechnen?“

„Die Kollegen sind mächtig überlastet, wie ihr sicher aus den Tatort-Krimis wisst.“ Jetzt grinst Elke Schmitt.

„Hast du dich bei deinem witzigen Chef angesteckt?“

„Also wenn ihr mich fragt und nicht meinen Chef, kann ich euch meinen ersten Eindruck schildern. Einen Suizid halte ich für äußerst unwahrscheinlich. Sie wurde ohne Portemonnaie, Schlüssel und Handy gefunden. Aber jetzt muss ich weitermachen, die Üstra dringt auf Freigabe der vielbefahrenen Strecke."

„Wir sollten uns so schnell wie möglich die Video-Aufzeichnungen vom Bahnsteig schicken lassen", sagt Kalenberger.

Obanczek lässt sich mit der Üstra-Verwaltung verbinden. Das Ergebnis seines Telefonats ist nicht sehr befriedigend. „Vom U-Bahnhof Waterloo gibt es heute keine Videoaufzeichnung. Wartungsarbeiten an den Kameras."

Kalenberger schaut sich um, kann keine Wartungsarbeiter entdecken, Obanczek zuckt mit den Schultern. Dann eben zurück ins Büro.

Also wieder hinauf ans Tageslicht. Es regnet es. Nicht allzu stark, aber für Obanczeks Maulen reicht es.

Kalenberger sagt nichts, brütet vor sich hin und Obanczek lässt sie mit seiner Nörgelei in Ruhe. Doch dann hält er es nicht mehr aus, will sich an ihren Überlegungen beteiligen. „Was denkst du?"

„Die Haltestelle war kein Zufall. Sie wollte zu uns, um uns etwas Wichtiges mitzuteilen ..."

„... und das hat ein unangenehmer Zeitgenosse zu verhindern gewusst."

„Wer könnte Interesse daran haben, die Vietnamesin auszuschalten - ich kann mir ihren Namen einfach nicht merken."

„Da kommen doch alle aus der Familie und aus dem geschäftlichen Bereich infrage."

„Ich denke an einen kleineren Kreis, mehr so Nils Heineken, Karsten Frederici und Marcy Schmiedebach."

„Ich hab deinen Blick bei unserem Gespräch mit ihr registriert." Obanczek schaut Kalenberger von der

Seite an und tritt in eine flache Pfütze. Er springt zur Seite, ordnet sich aber gleich wieder neben Kalenberger ein. „Meine Kompetenz in Sachen Schwangerschaft ist recht begrenzt, allerdings glaub ich auch nicht, dass sie schwanger ist."

„Damit wäre sie dann aus dem inneren Kreis der Verdächtigen ausgeschieden."

„Und Frederici wird sich doch nicht selbst um den Sonnenschein seiner alten Tage bringen."

„Bleibt Nils Heineken - obwohl er angeblich so an seiner Schwester hängt. Mit ihm werden wir uns noch einmal ausführlich beschäftigen."

„Vielleicht kann der ehemalige Reporter des Calenberger Käseblatts noch ein wenig ausführlicher über Ronnenberger Klatsch und Tratsch berichten. Ich werde mich gleich darum kümmern - nachdem ich meine Schuhe auf die Heizung gestellt habe."

„Stopf sie vorher mit Zeitungspapier aus, dann trocknen sie schneller."

„Ja doch, Mama!"

Im Büro erreicht sie dann als Erstes die traurige Nachricht, dass Narumol Hoàng ihren schweren Verletzungen erlegen ist. Und Obanczek bemüht sich vergeblich, Herrn Korte zu erreichen. Bei den Calenberger Nachrichten weiß man zumindest, dass er gelegentlich zu seiner Schwester ins Allgäu verschwindet. Obanczek schlägt Kalenberger zur Personenermittlung eine Dienstreise vor. Kalenberger reagiert nicht, sie malt Kringelmännchen auf ihre Schreibunterlage. „Und wenn die Vietnamesin nicht zufällig bei Frederici gelandet ist?"

„Dann könnte es eine direkte Verbindung zwischen Nils Heineken und Frederici geben, eine Verbindung zwischen dem insolventen Biohändler und dem Rechtsanwalt im Ruhestand."

„Ruf noch mal bei den Calenberger Nachrichten an, ob sie seinen Aufenthalt im Allgäu präzisieren können. Ich laufe eine Runde um den Block."

„Vielleicht könntest du einen Amerikaner mitbringen?"

„Mit weißem oder schwarzem Zuckerguss?"

„Hauptsache kein Himbeer."

Kann sie, die freundliche Lokal-Redakteurin. Bernhard Kortes Schwägerin lebt, wenn sie sich recht an Herrn Kortes Berichte erinnert, in Kempten. An den Namen kann sie sich nicht genau erinnern. Eleonore ist der Vorname und ihr Nachname war wie der eines Nationalspielers, Lahm, Neuer oder Klose, aber sie kenne sich mit dem Fußball nicht so gut aus.

Obanczek ruft die Kollegen in Kempten an. Es wird ein längeres Telefongespräch, Obanczek ist die bayerische Sprache ein wenig fremd und es dauert eine Weile, bis er außerdem einen Beamten mit Fußballkenntnissen am Apparat hat. Es ist eine Beamtin. Ihre Sprache klingt in Obanczeks Vorstellung nach tiefem Wald und klarem Bergsee, was die Gesprächsdauer erheblich verlängert. Im ersten Drittel des Gesprächs schließt man Klose aus, da Miroslav mit Vornamen, im zweiten Drittel endet die Suche im Telefonbuch nach Eleonore Lahm und Eleonore Neuer erfolglos, das dritte Drittel zieht sich mit einer vagen Verabredung zum Kathreinemarkt im Oktober und einer Auflistung der aktuellen Nationalspieler in die Länge. Ob der Vorname denn stimme? Obanczek würde lieber noch ein wenig über den Kathreinemarkt plaudern, aber da fällt der netten Dame am Telefon ein, dass sie mittwochs mit Rita Schweinsteiger bei der Seniorengymnastik Arme und Beine strecke und die habe doch eine Schwägerin mit Vornamen Eleonore. Plötzlich passt alles und Obanczek beendet ziemlich abrupt das Telefongespräch.

Er ruft Eleonore Schweinsteiger an, es dauert eine Weile, bis sie abnimmt, und dann dauert es noch länger, bis Obanczek nach Bernhard Korte gefragt hat und er sich verständlich machen konnte, warum er ihn sprechen möchte. „Kripo - das kann doch jeder sagen!" Schwestern sind meist sehr fürsorglich.

Dagegen ist Bernhard Korte recht kurz angebunden. Er ist gerade im Aufbruch zum Lenzfrieder Hohenrücken, um die sagenhafte Aussicht zu genießen. Offiziell sei da nichts, aber vor zwei, drei Jahren habe Nils Heineken den Betreiber der Biogasanlage verklagt. Es wäre eine kostspielige Auseinandersetzung gewesen, sagt man, und der Rechtsanwalt habe ihn an den Alten Fritz erinnert.

„An den Alten Fritz?"

„Fridericus Rex - er hieß so ähnlich. Ich muss jetzt los, bin verabredet."

Kalenberger kommt zurück, hat die Amerikaner vergessen, war einfach zu viel los in ihrem Kopf. „Und?"

„Kein Appetit mehr", sagt Obanczek, nachdem er Kalenbergers leere Hände registriert hat.

„Bleib bei der Sache, für die du bezahlt wirst."

„Also. Frederici scheint für Nils Heineken einen langwierigen Prozess geführt zu haben."

„Dann also die Alternative: Der Bioladen wirft nicht so viel ab, um einen längeren Prozess zu führen und zu verlieren. Der Laden steht sowieso auf schwankendem Boden, seit die Heinekens das Bieterduell um die Pachtverträge nicht mehr gewinnen können."

„Und wie kommt unsere Vietnamesin ins Spiel?"

Kalenberger sagt eine ganze Weile gar nichts, schaut auf ihre Tastatur und streift unter dem Schreibtisch ihre Schuhe ab. „Ich denke da an einen ganz miesen Deal. Heineken hat sich bei Frederici hoch verschuldet und Frederici braucht eine zuvorkommende Pflegerin. Die Vietnamesin liebt ihren Bruder und würde alles für ihn tun, Nils Heineken vermittelt sie an Frederici und erhält dafür Zahlungserleichterungen."

„Gehen wir einen Schritt weiter. Unsere Vietnamesin gewinnt das Vertrauen des Anwalts, vielleicht sogar etwas mehr. Dann kann sie seine Beziehungen nutzen, um ihren Bruder vom Druck des Halsabschneiders zu befreien. Schließlich hat sie doch selber jahrelang miterlebt, was für ein mieser Typ er war."

„Kann durchaus sein, dass Frederici die richtigen Beziehungen hat, und wie er seine vermeintlichen Interessen durchzusetzen weiß, haben wir gesehen, als er mit einer Ex-Schwiegertochter das Haus von Perkuhns Lebensgefährtin ausräumen wollte."

„Die Schwangerschaft war also nur gespielt, um Marcy Schmiedebachs Ansprüche zu dramatisieren und sich allgemeines Wohlwollen - auch von uns - zu sichern."

„Interessante These", murmelt Kalenberger.

„Wenn das so weitergeht", sagt Obanczek, „haben wir den Fall noch vor Dienstschluss gelöst."

„Okay, Obanczek. Frederici hat eine Gang engagiert, um Harald Perkuhn zu beseitigen. Aber warum mussten dann ...", Kalenberger schlägt in ihrem Notizbuch nach, „... Carlo van Arpke und Tarek Hoxha dran glauben? Und noch interessanter: Warum Narumol Hoàng? Sie gehörte nach unserer These doch zu den Guten."

„Nehmen wir mal an, die von Frederici engagierte Gang bestand aus den Arbeitern der Biogasanlage. Der Mann unter der Maische hat den verhassten Chef umgebracht und wollte sich mit den beiden Kollegen absetzen, aber ..."

„Langsam, langsam. Wie hat er ihn umgebracht? Er lauert ihm im Deister am Annaturm auf? Einfach so? Perkuhn wird wohl kaum ein Treffen mit ihm vereinbart haben. Wie kommt er hin und zurück, zum Tatzeitpunkt hatten die drei keine Autos, nur zwei Fahrräder. Wir werden also noch ein wenig ermitteln müssen."

„Aber ohne Amerikaner ..."

„Bleib ernst! Es muss eine Person geben, die uns bei den Ermittlungen völlig durch die Lappen gegangen ist. Irgendwie aus der Umgebung der Biogasanlage, denke ich."

„Ein Arbeiter aus dem Klärwerk?"

„Möglich, wenn er in irgendeiner Verbindung zu Harald Perkuhn gestanden hat, aber ziemlich unwahrscheinlich, wenn ich meine persönliche Einschätzung ins Spiel bringen darf."

„Bleibt nur ..."

„Feierabend. Morgen ist auch noch ein Tag. Wenn du willst, kannst du dir die Akten mit nach Hause nehmen und unters Kopfkissen legen."

Obanczek fährt seinen Computer herunter. „Heute Abend mache ich noch eine letzte Tour durchs Calenberger Land und den Deister, bevor ich meine Maschine für den Winter einmotte."

„Hört sich irgendwie melancholisch an."

„Ist es auch. Man wird alt. Ich werde mir wohl ein Auto zulegen."

Es ist fünf Uhr vierundfünfzig, als Kalenbergers Wecker klingelt. Doch nicht der Wecker, ihr Handy. Obanczek ruft an. Hoffentlich nicht aus dem Krankenhaus.

„'tschuldigung", sagt Obanczek, „ich nehme an, du hast nicht mehr geschlafen?"

„Doch, hab' ich."

„Dann gönn dir noch ein Stündchen, ich bin schon aus der Leitung."

„Nun mach schon!"

„Du hattest doch da mal eine Bekanntschaft mit Handkuss."

„Ich?"

„Den Mann mit Hund."

„Ach so."

„Tannenbaum oder so."

„Er nannte sich Tannenberg mit jeder Menge Hokuspokus davor. Ein armer Irrer, obwohl ..."

„Obwohl?"

„Er hat immer wieder unsere Wege gekreuzt. Wir sollten ihm auf den Zahn fühlen. Seine Visitenkarte muss ich noch irgendwo haben."

„Diesmal habe ich das Gefühl, auf eine interessante Spur gestoßen zu sein. – Ich hol dich ab."

„Ich muss aber rasch noch unter die Dusche."

„Du brauchst dich nicht zu beeilen, ich bin noch unterwegs. Ich will meinen kleinen Gebrauchten noch ein wenig ausfahren, so in einer halben Stunde stehe ich bei dir vor der Tür."

Kalenberger gönnt sich sogar noch einen Kaffee und ein Toastbrot mit Cheddar-Käse. Als es klingelt, hat sie gerade Tasse und Teller abgespült. Sie zieht ihre Jacke an, steckt die üblichen Utensilien in die Taschen. Obanczek wartet direkt vor der Haustür.

Kalenberger muss grinsen, als sie sein Auto sieht. Er ist also angekommen in der Midlife-Crisis. Ein klappriger Porsche! Wie soll sie da rein- und rauskommen?

Es geht, einfach zusammenfalten.

„Fahr, als würdest du deine Mutter kutschieren!"

„Die Adresse?"

„Auf der Visitenkarte war kein Platz mehr für eine Adresse, alles voll mit Titeln und Auszeichnungen."

„Also erst einmal ins Büro?"

„Es ist noch so schön früh, lass uns einen Versuch starten und fahr nach Springe."

„Unsere Kollegen besuchen?"

„Die fangen erst um acht an. Aber Tannenberg oder wie er auch immer heißt, haben wir zuletzt im Café Wisent getroffen. Also muss er das Café kennen, wenn nicht, können wir hoffentlich ein paar Informationen abgreifen."

Obanczek ist wohl noch nicht oft mit dem Wagen angefahren, er hopst, steht und geht fast aus, bis er endlich ins Rollen kommt.

„Falls es dein Auto bis in den Deister schafft ..."

Es ist noch früh am Morgen, doch es ist ein gutes Vorwärtskommen, in die entgegengesetzte Richtung gibt's an den Ampeln schon längere Standbys. Alle wollen nach Hannover, wer fährt schon zum Arbeiten in den Deister?

„Merkwürdig", sagt Kalenberger nach einer Weile, „du fährst den Weg, als wärst du ihn schon sehr oft gefahren."

„Heute Morgen erst zweimal, allerdings nicht im Detail."

Das Café liegt verlassen. Nur die Einbeck-Leuchte am Eingang brennt. Obanczek klopft an die Eingangstür, nichts regt sich. In der gegenüberliegenden Fichte zanken sich zwei Elstern.

„Energischer!", sagt Kalenberger.

Nach dem dritten Klopfen öffnet eine junge Frau, sie hat sich eine Schürze umgebunden und in der Hand ein Aufwischtuch.

„Sie bringen die neue Kaffeemaschine?" Mit dem kleinen Finger der freien Hand streicht sie eine Haarsträhne zurück.

„Nicht direkt." Obanczek zückt seinen Ausweis, hält ihn der jungen Frau gut lesbar unter die Nase. „Das ist Hauptkommissarin Kalenberger", er weist auf seine Kollegin.

„So früh am Morgen bedeutet Ihr Besuch wohl nichts Gutes?"

„Wir suchen einen Mann, mit dem wir uns gern unterhalten würden. Er nennt sich ..." Obanczek schaut Kalenberger an.

„... Enzo zu Tannenberg oder so ähnlich."

Die junge Frau überlegt einen Augenblick, sie schaut in die Fichte, schüttelt dann den Kopf und wendet sich wieder an die Kripo-Beamten. „Der Name sagt mir nichts, überhaupt nichts."

„Er ist wohl gelegentlich mit einem Jack Russell unterwegs."

„Ach so", die junge Frau hängt das Aufwischtuch über die Türklinke und fährt sich mit langen Fingern durchs Haar. „Das könnte Erich sein. Wir haben zwei Hunde und Erich beschäftigt sich sehr viel mit ihnen. Wir haben bei dem Café-Betrieb einfach nicht genügend Zeit."

„Und der zweite Hund?"

„Ein Rhodesian Ridgeback."

„Mit denen man in Südafrika auf Löwenjagd geht?"

„Sie brauchen eine starke Hand, dann opfern sie sich für ihr Herrchen oder ihr Frauchen."

„Hat Erich auch einen Nachnamen?" Obanczek will das Fachgespräch über Hunderassen beenden.

„Natürlich!", sagt die Frau mit den widerspenstigen Haaren. „Er heißt Erich Beck und bevor Sie weiter fragen, er wohnt drüben in dem kleinen Haus mit seinem Freund. Die beiden sind nicht ganz, nun, wie soll ich sagen, normal?"

„Sie sind schwul?"

„Das auch. Aber beide ticken nicht ganz richtig, waren auch schon mehrmals in Wunstorf. Erich hört Stimmen und kann tausend Geschichten erzählen, als wären sie wahr."

„Und sein Freund?"

„Francesco war früher Kirmesboxer, daher wohl der Dachschaden. Aber beide sind völlig harmlos. Sie helfen in Haus und Garten und bei der Reparatur der Spielgeräte, dafür dürfen sie kostenfrei wohnen."

„Danke", sagt Kalenberger, „Sie haben uns sehr geholfen."

„Hoffentlich ist es nichts Schlimmes?" Die junge Frau greift nach dem Aufwischtuch. „Ich muss weitermachen. Sollten Sie noch Fragen haben – Sie wissen, einfach energisch klopfen." Und damit schließt sie die Tür des Cafés hinter sich.

„Sie hätte uns doch wenigstens einen Kaffee anbieten können", meint Obanczek, „und wenn es nur ein Espresso gewesen wäre."

„Die Kaffeemaschine ist wohl noch nicht in Betrieb", sagt Kalenberger und geht voraus zu dem kleinen

Backsteinhaus neben dem großen Holunderbusch und mit der alten Bank vor der Tür.

Obanczek sucht vergebens nach einer Klingel. Er klopft an die Fensterscheibe in der Tür. Von innen ist ein abweisendes Brummen zu hören. Er klopft erneut, das Brummen verstärkt sich, hört sich an wie das Knurren eines größeren Hundes, Obanczek lässt Kalenberger den Vortritt.

„Feigling!" Kalenberger pocht gegen das Holz der Tür. „Aufmachen, Polizei!"

Jetzt bellt der Hund so aggressiv, dass selbst Kalenberger einen Schritt zurücktritt. Aber da steht schon Obanczek. Kalenberger entschuldigt sich.

Im Haus ist eine männliche Stimme mit einem kurzen Befehl zu hören, Das Bellen bricht ab, die Tür wird einen Spaltbreit geöffnet. Ein verschlafener Tannenberg erscheint barfuß, bekleidet mit kurzen roten Shorts und pinkfarbenem Shirt.

„Guten Morgen", sagt Kalenberger, „wir kennen uns?"

Zu Tannenberg zwinkert mit den Augen, um die Person vor der Haustür erkennen zu können.

„Ach, Sie sind es, gnä' Frau. Was verschafft mir die Ehre Ihres unerwarteten Besuchs?"

„Wir hätten ein paar Fragen an Sie."

„Dienstlich oder privat?" Zu Tannenberg versucht ein Lächeln, es wird eher ein verkniffenes Grinsen, ist wohl noch zu früh für eine vollendete Beherrschung der Gesichtszüge.

„Dienstlich!" Obanczek tritt aus Kalenbergers Schatten.

Zu Tannenberg scheint zu überlegen, schaut zurück ins Haus. „Ich komme raus, Brutus könnte unser Gespräch stören. Ich zieh mir nur noch rasch etwas über."

„Die Tür bleibt auf!"
Nach wenigen Augenblicken erscheint zu Tannenberg wieder, an den Füßen ein Paar derbe Wanderschuhe und um den Körper den dunkelgrünen Janker geschlungen. Er zieht die Tür hinter sich ins Schloss, setzt sich auf die Bank, lächelt Kalenberger unsicher an. „Es ist also vollbracht!"

Kalenberger setzt sich seitlich neben ihn auf die Bank, Obanczek stellt sich vor die beiden, zieht sein Notizbuch aus der Tasche.

„Dann berichten Sie mal, Erich Beck!"

„Ich will es kurz machen", sagt Erich Beck, „Sie haben sicher noch nicht gefrühstückt und das Café öffnet in einer Viertelstunde."

„In welcher verwandtschaftlichen Beziehung stehen Sie zu Nils Heineken?"

„Er ist der Sohn von Margot Beck, die nach dem Tod meines Bruders noch einmal geheiratet hat, einen Florian Heineken - ein Mann mit wenig Geld, aber großem Herzen - umgekehrt wäre es vielleicht besser gewesen."

„Sie waren in der Psychiatrie?"

„Ich bin für nichts verantwortlich, was geschehen ist. Das habe ich amtlich. Ich höre seit fünfzehn Jahren Stimmen, die mir Befehle erteilen und ich kann mich nicht widersetzen."

Obanczek schaut gelangweilt zur kreischenden Elster in der Tanne hinauf.

Erich Beck grinst verschwörerisch. „Bloß damit Sie sich keine falschen Hoffnungen machen zur Verwertbarkeit meiner Aussagen."

„Dann also Butter bei die Fische: Wie haben Sie Harald Perkuhn umgebracht?"

„Tja, wie. Das weiß ich nicht so genau und will es auch gar nicht so genau wissen."

„Fangen Sie bitte nicht so an", Obanczek senkt seinen gelangweilten Blick auf Erich Beck, „wir waren doch schon weiter."

„Die Familie Perkuhn hat alles zerstört, was sich ihnen in den Weg stellte. Haus und Hof an sich gerissen und die Familie Beck in ihrer Substanz zerstört. Zum Schluss ging auch noch Nils in Konkurs." Erich Beck hängt einen Augenblick seinen Erinnerungen nach. „Jahrelang habe ich auf eine Chance gewartet, es ihm heimzuzahlen und dann hat Nils' Schwester Narumol durch Harald Perkuhns Sekretärin von seiner Canophobie erfahren. Ich liebe Hunde und habe mich nach einem schönen kräftigen Exemplar umgesehen. Ich habe ihn mit der Drohung einer geschäftlichen Enthüllung zum Annaturm gelockt und die Strapazen hat sein schwaches Herz nicht ausgehalten."

„Okay", sagt Obanczek, „das war Harald Perkuhn, bestens abgesichert durch Ihre inneren Stimmen. Aber da blieben noch weitere drei Tote auf der Strecke."

„Ich möchte es mal so ausdrücken", Erich Beck greift seinen Janker, zieht eine Packung Menthol-Zigaretten aus der Tasche, dreht die Packung mehrmals in der Hand und steckt sie wieder ein, „sie waren den Problemen nicht gewachsen."

„Wie haben Sie's gemacht bei Tarek Hoxha, Carlo van Arpke und Narumol Hoàng?"

„Da kann ich leider nicht mit Details dienen."

„Berufen Sie sich nicht auch noch auf Gedächtnisschwund!"

„Hatten Sie vielleicht Helfer?", mischt sich Kalenberger ein.

„Ganz bestimmt sogar, gnä' Frau!"

„Ihren Freund und Lebensgefährten?"

„Sehr gut kombiniert, Frau Hauptkommissarin. Francesco ist wahnsinnig stark", ein Lächeln huscht über Becks Gesicht. „Er ist ein bisschen verwirrt, aber wenn man ihm etwas aufträgt, erledigt er es gewissenhaft und endgültig."

„Tarek Hoxha wollte unbedingt Chef der Anlage werden, da hat sich Harald Perkuhns Lebenspartnerin an meinen alten Freund Karsten Frederici gewandt, ob er seine Beziehungen spielen lassen könnte."

„Sie haben ihm Francesco vermittelt?"

„Zum Freundschaftspreis."

„Woher kannten Sie Karsten Frederici?" Obanczeks Notizbuch ist vollgeschrieben, er sucht in seinen Taschen nach Papier, Kalenberger reicht ihm ihren Notizkalender.

„Frederici brauchte eine Pflegerin und ich habe ihm Narumol vermittelt. Sie können davon ausgehen, dass die beiden sehr glücklich waren, bis sie eines Tages hier vor der Türe stand und uns provozierte. Als praktizierende Katholikin könne sie es nicht mehr mit ihrem Gewissen vereinbaren zu schweigen. Sie habe sich mit ihrem Beichtvater besprochen, sie würde zur Polizei gehen und sich offenbaren. Dann nannte sie einen illusorischen Preis, um sie umzustimmen. Wir haben das als sinnlose Drohung empfunden, aber dann machte sie sich auf den Weg zur Polizeidirektion in Hannover und kam unter die Räder."

„Wir tauschen mal", sagt Kalenberger zu Obanczek, „du bist ganz blass geworden." Sie steht von der Bank auf, nimmt Obanczek den Terminkalender ab und Obanczek setzt sich.

„Fehlt noch Carlo van Arpke."

„Den haben wir unterschätzt, schließlich war er ein Mann, der auch auf unserer Seite stand. Wir haben gedacht, der ist damit zufrieden, regelmäßig Geld zu verdienen, und dann erhöht er das Angebot für die Ackerflächen an die Verpächter um zwanzig Prozent. Damit wäre Nils nicht nur insolvent, sondern für den Rest seines Lebens pleite gewesen, weil er seine Hypotheken nicht mehr bedienen konnte."

„Francesco?"

„Francesco."

„Was mich noch interessieren würde", Obanczek hat sich gefangen, „wie sind Sie zu den Tatorten gekommen?"

„Ich? Ich nicht. Ich habe kein Auto und keinen Führerschein."

„Und Francesco?"

„Francesco fährt wie der Teufel, hat er im Autoskooter auf der Kirmes gelernt."

Obanczek sieht sich um. „Sein Auto haben Sie geschrottet, um Spuren zu beseitigen?"

„Francescos Auto stand bis zu Ihrem Anklopfen hinter dem Haus. Ich konnte mich nur kurz verabschieden, bevor er sich auf den Weg gemacht hat."

„Ich habe kein abfahrendes Auto gehört", meint Obanczek.

„Wenn Francesco will, kann er ganz sanft und zärtlich sein. Und fragen Sie mich nicht, wo er hingefahren ist. Ich wollte es zu seinem Schutz nicht wissen. Vielleicht schreibt er mir irgendwann einmal eine Ansichtskarte."

„Da haben Sie sich aber einiges eingebrockt!"

„Wie ich bereits gesagt habe. Ich bin schuldunfähig. Ich höre ärztlich beurkundet seit sechzehn Jahren Stimmen, denen ich bedingungslos folgen muss. Natürlich geht es jetzt für mich auf direktem Weg in die Geschlossene, aber das war's mir wert. Nur wird's da keine Hunde zum Ausführen geben – das hätte ich vorher bedenken sollen."

Kalenberger ruft die Kollegen an, Erich Beck in die Psychiatrie zu überstellen. Obanczek besorgt drei Kaffee aus dem Café. Man schlürft und schweigt, keiner hat mehr etwas zu sagen, bis endlich der Kastenwagen vom Kriminaldienst mit zwei instruierten Beamten eintrifft und Erich Beck mitnimmt, der sich von Obanczek mit einem freundlichen Händedruck und von Kalenberger mit einem Handkuss verabschiedet.

„Das muss gefeiert werden", sagt Obanczek, „wohin darf ich dich heute Abend entführen?"

Kalenberger wimmelt Obanczek mit einem feinen Lächeln ab. Obanczek? Lieber nicht! Sie wird sich den zärtlichen Nebenberufler gönnen.

Horst Göbbel - Mitglied des erweiterten Vorstands des Integrationsrates Nürnberg in „Nürnberg interKULTURELL 2015“

1945–2015 Flucht. Vertreibung. Integration

„Migranten wissen sehr gut, wie es ist, alles hinter sich zu lassen“, schrieb Mehmet Ata in der Frankfurter Allgemeinen Sonntagszeitung am 22.03.2015. Dies galt früher, dies gilt heute ebenso für Millionen Menschen. Leider werden immer wieder insbesondere durch politische oder wirtschaftliche Umstände, durch Kriege Menschen aus ihrer Heimat vertrieben oder sehen sich gezwungen, ihre angestammte Heimat zu verlassen und gelangen als Flüchtlinge, als Vertriebene, als Schutzsuchende in tödliche Gefahren oder in andere Länder, in andere Gebiete, wo sie sich Rettung oder zumindest neue Perspektiven erhoffen - und manchmal auch finden.

Gedenkjahr 2015
2015 jähren sich zum siebzigsten Mal die Zerstörung Nürnbergs, Dresdens, zahlreicher weiterer deutschen Städte, der Abwurf der ersten Atombomben (Hiroshima und Nagasaki), das Ende der verbrecherischen nationalsozialistischen Gewaltherrschaft, das Ende des Zweiten Weltkrieges wie auch die Befreiung der Konzentrationslager. Weltweit ließen mehr als 45 Millionen Männer, Frauen und Kinder ihr Leben. Die Zerstörungen waren unermesslich. Am Kriegsende be-

fanden sich mehr als 12 Millionen DPs (displaced persons) in Deutschland. DPs waren vor allem Zwangsarbeiter und Zwangsverschleppte der nationalsozialistischen Herrschaft, die vornehmlich aus osteuropäischen Staaten, aber auch aus ganz Europa stammten. Abermillionen Menschen verloren durch Flucht, Deportation oder Vertreibung ihre Heimat.

2015 jährt sich zum siebzigsten Mal auch die Deportation von Deutschen aus Südosteuropa (u.a. Banater und Sathmarer Schwaben, Donauschwaben, Siebenbürger Sachsen, Ungarndeutsche ...) zur Zwangsarbeit in die Sowjetunion, wo die Deutschen aus Russland schon seit 1941, als Nazideutschland die UdSSR angriff, in zentralasiatische Gebiete und nach Sibirien zwangsevakuiert worden waren. Hunger, Leid, Unrecht, Tod und breit angelegte Diskriminierung erfuhren die Deportierten fern ihrer Heimat.

2015 jährt sich zum siebzigsten Mal der Beginn der Vertreibung und die erzwungene Auswanderung großer Teile der dort ansässigen deutschsprachigen Bevölkerung aus den deutschen Ostgebieten und Deutscher aus Mittel- und Osteuropa nach dem Ende des Zweiten Weltkriegs und der Konferenz der Siegermächte in Potsdam (Juli-August 1945).

Die Flucht im Osten des Reichsgebietes hatte schon 1944 begonnen. Betroffen waren von diesen Vorgängen ca. 14 Millionen Deutsche (Ostpreußen, Westpreußen, Pommern, Sudetendeutsche, Schlesier, ...). Sie war eine Folge der nationalsozialistischen Gewaltherrschaft und Kriegsverbrechen. Es wird angenommen, dass in diesem Zusammenhang etwa 2 Millionen Deutsche umkamen.

Flucht, Vertreibung, Deportation der Deutschen stehen im Kontext der diabolischen nationalsozialistischen Expansions-, Vernichtungs- und Lebensraumpolitik und ihrer Folgen. Der Flucht und Vertreibung von Deutschen gingen die Massendeportation und die Ermordung von unzähligen Menschen in den im Zweiten Weltkrieg von der Wehrmacht eroberten Gebieten voraus.

Es mahnen uns: das System von Konzentrations- und Vernichtungslagern, die Ermordung von sechs Millionen Juden, etwa einer halben Million Sinti und Roma, die in die Millionen gehenden Opfer unter der Zivilbevölkerung Polens, der Ukraine, Weißrusslands und Russlands, der grausame Besatzungsterror, der Hungertod von Millionen sowjetischen Kriegsgefangenen sowie die Errichtung eines Systems von Zwangsarbeit.

Im August 1944 z.B. waren 5,7 Mio. ausländische Zivilarbeiter, 1,9 Mio. Kriegsgefangene und etwa 500.000 KZ-Häftlinge im Deutschen Reich registriert.

Integration in Deutschland nach 1945

Humanitär gesehen, ging es zunächst darum, das Überleben der Vertriebenen angesichts des schweren Mangels an Nahrung, Wohnraum und Kleidung zu sichern. Dies ist weitgehend gelungen, obwohl sie in ein besiegtes, zerstörtes, am Nullpunkt angelangtes Land kamen.

Die wirtschaftliche und soziale Integration der Vertriebenen in die beiden deutschen Staaten vollzog sich in einem jahrzehntelangen schwierigen Prozess. Es kam weder im Westen noch im Osten Deutschlands zu einer reibungslosen, schmerzfreien und harmonischen Integration der Flüchtlinge.

Bei der Ankunft im Westen waren sie teils mit Verachtung konfrontiert, oft einfach als Polacken, als Flüchtlingspack, ... beschimpft.

Für die furchtbaren Erlebnisse der Flüchtlinge wie Misshandlungen und Vergewaltigungen interessierte sich niemand. Viele Vertriebene mussten im Westen mit wüsten Anfeindungen und Rassismus leben. „Viele Vertriebene traf im Westen nur blanker Hass", schreibt Sven Felix Kellerhoff in „Die Welt" am 19.05.2008. Ganz und gar unchristlich habe man kurz nach dem Zweiten Weltkrieg in Schwaben gebetet:

Herrgott im Himmel, sieh unsere Not,
wir Bauern haben kein Fett und kein Brot,
Flüchtlinge fressen sich dick und fett,
und stehlen uns unser letztes Bett.
Wir verhungern und leiden große Pein,
Herrgott, schick das Gesindel heim.

Dieses Schmähgebet kursierte 1946/47 in Waiblingen und Aalen. Der Historiker Andreas Kossert spricht von der „Kalten Heimat".

Dennoch verdankt die Bundesrepublik den unwillkommenen Zuwanderern einen wesentlichen Teil jener Modernisierung, auf die heute jeder Deutsche stolz sein kann und sein sollte. Das Wirtschaftswunder im Westen der 1950er-Jahre ist ohne den substantiellen Beitrag der deutschen Flüchtlinge und Vertriebenen kaum erklärbar. Bundespräsident Johannes Rau betonte in seiner „Berliner Rede" im Juli 2000: „Diese letztlich erfolgreiche Integration war am Anfang alles andere als leicht, obwohl Deutsche nach Deutschland kamen.

Viele werden nicht vergessen, auf wie viel Ablehnung sie nicht nur in Dörfern und Kleinstädten gestoßen sind – obwohl sie schwerstes Leid getragen hatten, obwohl sie dieselbe deutsche Sprache sprachen, obwohl sie zur gleichen Kultur gehörten, oft sogar zur selben Konfession wie ihre neuen Mitbürger."

Waren es vor 70 Jahren am und nach dem Ende des Zweiten Weltkrieges auch Millionen Deutsche, die durch Flucht, Vertreibung, Deportation Hilfe benötigten, so sind es heute in erster Linie Nichtdeutsche, die von Flucht, von Vertreibung betroffen sind und auch bei uns eine sichere Bleibe und Zukunft suchen.

In unserer multimedialen Welt überstürzen sich diverse Nachrichten täglich, stündlich. Eine Konstante scheint das Thema Migration mit all ihren oft negativen Facetten einzunehmen - wohl auch, weil uns in diesem Zusammenhang Tag für Tag verstörende Nachrichten über gewaltsame Vertreibungen von Minderheiten, massenhafte Freiheitsberaubung, willkürliche Festnahmen, Folter, Misshandlungen, Entwurzelung, Brandstiftungen in Asylbewerberheimen, Ausländerhass, rassistische Verbrechen gegen Zugewanderte usw. erreichen:

„Flüchtlinge - Masseneinreise aus dem Kosovo - Länder schlagen Alarm" (www.sueddeutsche.de - 10.02.2015), „Innenministerkonferenz: EU-Lager für Flüchtlinge in Nordafrika?" (www.proasyl.de - 12.03.2015)

„Flüchtlingswelle - Länder erwarten eine halbe Million Asylanträge", „Länder verlangen realistische Planungsgrundlage" (www.br.de - 22.03.2015) ...

Schon am 29. April 2013 schrieb die Berliner Morgenpost: „Rechtsextremismus-Angriffe auf Ausländer haben in Deutschland stark zugenommen", die Deutsche Welle meldet am 6. März 2014: „Rechtsextremismus - Angriffe auf Asylbewerberheime nehmen zu."

12. Dezember 2014: Im mittelfränkischen Vorra in Bayern stecken mutmaßlich rechtsextreme Täter einen umgebauten Gasthof mit Scheune und ein renoviertes Wohnhaus für Flüchtlinge in Brand. Die Migrationsbeauftragte der Bundesregierung Aydan Özoguz klagt über Drohungen und Hassbriefe. Regelmäßig lese sie Botschaften wie: „Du gehörst am nächsten Baum aufgehängt" (Spiegel, 12.04.2015).

Der Brandanschlag auf eine noch nicht bezogene Asylbewerberunterkunft am 4. April 2015 in Tröglitz in Sachsen Anhalt hat über Deutschland hinaus Entsetzen hervorgerufen. „Europarat sieht Atmosphäre von ‚Hass und Intoleranz' in Europa" (FAZ, 07.04.2015). Erinnert wurden wir schmerzlich an die Serie von ausländerfeindlichen Ausschreitungen zu Anfang der 1990er-Jahre in Deutschland (z.B. Hoyerswerda 1991, Rostock-Lichtenhagen 1992, Mordanschlag von Mölln 1992, Brandanschlag von Solingen 1993 ...) oder an die unfassbare NSU-Mordserie zwischen 2000 und 2007.

In einem Kommentar in der FAZ vom 07.04.2015 schreibt Jasper von Altenbockum u.a.: „Jedem, der Verantwortung trägt, ob in Berlin, in den Ländern oder in Ortschaften wie Tröglitz, sollte bewusst sein, worum es dabei geht, nämlich um die Gefahr, dass sich Verbrechen wiederholen, die vor zwanzig Jahren in Deutschland begangen wurden und wie ein Flächenbrand um sich griffen. ... Die deutsche Gesellschaft und Politik von heute sind nicht mehr die von damals. Sie haben bittere, aber auch gute Erfahrungen gesammelt."

Günter Burkhardt, Geschäftsführer von Pro Asyl, beschrieb am Osterwochenende 2015 die Gefahr einer Überforderung der Bevölkerung, „wenn etwa ein kleiner Ort über Nacht damit konfrontiert wird, dass eine hohe Zahl von Flüchtlingen kommt". Die Ängste, die dann entstehen, seien durchaus nachvollziehbar. Noch vor der Flüchtlingskatastrophe vom 19. April 2015, bei der etwa 900 Menschen im Mittelmeer starben, titelte Der Spiegel am 11.02.2015: „Flüchtlingskatastrophe im Mittelmeer: Europas tödliches Versagen ... Die EU nimmt Tote in Kauf, um Migranten abzuschrecken." OBM Dr. Maly meldete sich früh zu Wort: „Maly fordert Flüchtlingsgipfel" (NN, 13.04.2015). Bei t -online.de, dpa, AFP hieß es im Presse-Echo am 21.04.2015: „Europa macht sich zum ‚Komplizen gewissenloser Schlepper'", zugleich im Spiegel: „EU-Flüchtlingspolitik: Neue Strategie, bekannte Inhalte: Besserer Grenzschutz, Kampf gegen Menschenhändler: Die EU-Kommission will ihre Flüchtlingspolitik überarbeiten".

„EU-Sondergipfel berät über Flüchtlingskatastrophen im Mittelmeer" (SZ 23.04.2015), „Flüchtlingsgipfel: EU verdreifacht Seenothilfe im Mittelmeer, EU ringt in Brüssel um Lösungen - Ist die Zeit der leeren Worte vorbei?" (www.nordbayern.de – 23.04.2015), „Flüchtlingskatastrophe im Mittelmeer: Mehr Geld, mehr Schiffe: EU weitet Seenotrettung aus" (Stern, 24. 04.2015), „Bewaffnete Milizen unter verschiedenen Bannern bekämpfen sich gegenseitig, sie schlachten unschuldige Menschen ab und schicken Tausende von verzweifelten Flüchtlingen übers Mittelmeer ... Die Europäer müssen aus moralischen und sicherheitspolitischen Gründen diesen Horror beenden." (24.04.2015, Le Figaro – Frankreich).

Migration und Integration heute

Angesichts dieser verstörenden Meldungen stellt sich auch die Frage, ob Integration überhaupt noch stattfinden kann? Das Gelingen von Integration ist ja nach wie vor eine der wichtigsten Herausforderungen der Zukunft.

Ralph Peters titelt am 28.04.2015 im Spiegel: „Bevölkerungsentwicklung: Deutschland schrumpft dank Zuwanderern weniger schnell". Gelungene Integration setzt nicht nur die Bereitschaft der Menschen mit Migrationshintergrund zur Integration voraus, sondern auch eine integrationswillige Aufnahmegesellschaft. Der Nürnberger Integrationsrat sieht Integration als gesamtgesellschaftliche Aufgabe (Erklärung vom 25.10.2010). Menschen mit Migrationshintergrund sind längst ein selbstverständlicher Teil der deutschen Gesellschaft. Integration ist eine Einigung auf gemeinsame Werte und Normen, Integration ist keine Assimilation. Integration ist Zusammenleben in Vielfalt. Wir wünschen nicht nur Toleranz, sondern eine Akzeptanz auf gleicher Augenhöhe. Integration bedeutet Respekt vor den Menschen in der aufnehmenden Gesellschaft. Gelungene Integration entscheidet über die Zukunftsfähigkeit Deutschlands. Der Integrationsrat wünscht sich eine Willkommenskultur in Deutschland. Wir wenden uns gegen jede Art von integrationsbehindernder Ausgrenzung, gegen Rassismus und Diskriminierung. Jedes einzelne Individuum trägt Verantwortung für die gesamtgesellschaftliche Entwicklung. Deshalb wäre es wünschenswert, wenn die Menschenwürde im Mittelpunkt der Politik stünde. Die Dynamik des unumkehrbaren demografischen Wandels in Deutschland (wir werden älter, weniger, bunter) verlangt weitere Zuwanderung nach Deutschland. Von der Politik erwarten wir intelligente Lösungen in Fragen der Integration. (...)

HANNOVER KRIMI
Ein Hannover-KRIMI
Günter v. Lonski
MORD
AUF DEM
SCHÜTZEN
FEST
CW Niemeyer

Im Verlag CW Niemeyer bereits erschienen ...

Schloss Marienburg bei Hannover. Eine Person fällt kopfüber vom Schlossturm. Wer hatte Interesse, den Anwalt ins Jenseits zu befördern? Der unbekannte Schirm-Attentäter, der schon einmal in Hannover zugeschlagen hat? Hat etwa dieser merkwürdige Royalisten-Club etwas zu verbergen? Ein Mitglied des Clubs will auspacken. Doch bevor das erste Wort gefallen ist, liegt auch er tot zu Kalenbergers Füßen. Trau, schau, wem ...

Günter v. Lonski. Royal Flash
280 Seiten. Paperback. ISBN 978-3-8271-9461-9
E-Book 978-3-8271-9653-8 (Pdf)
978-3-8271-9853-2 (Epub)

Im Verlag CW Niemeyer bereits erschienen ...

Laura und Klara kommen einem geraubten Kunstwerk auf die Spur, können der Polizei einen gesuchten Gauner übergeben und machen sich auf die Suche nach einem Schatz … Ob sie ihn finden?

Günter von Lonski. Alarm im Pfannkuchenhaus
224 Seiten. Paperback. ISBN 978-3-8271-9580-7
E-Book 978-3-8271-9649-1 (Pdf)
978-3-8271-9849-5 (Epub)

www.niemeyer-buch.de

Im Verlag CW Niemeyer bereits erschienen ...

Die Klasse von Laura und Klara hat fleißig für die Klassenfahrt gespart. Da fehlt plötzlich Geld in der Kasse. Schnell wird bekannt, dass Hausmeister Poppelbaum vor Jahren im Gefängnis war. Und damit ist doch wohl klar ... Doch Laura und Klara suchen lieber nach Beweisen.

Günter von Lonski. Lange Finger in der Klassenkasse
224 Seiten. Paperback. ISBN 978-3-8271-9581-4
E-Book 978-3-8271-9683-5 (Pdf)
978-3-8271-9883-9 (Epub)